D1395082

TOVE NILSEN

De vleugeldief

VERTAALD DOOR KIM SNOEIJING

AMSTERDAM · ANTWERPEN

2011

This translation has been published
with the financial support of NORLA.

Q is een imprint van Em. Querido's Uitgeverij BV, Amsterdam

Oorspronkelijke titel *Vingetyven*
Copyright © 2008 Forlaget Oktober A/S
Copyright vertaling © 2011 Kim Snoeijing
via het Scandinavisch Vertaal- en Informatiebureau Nederland /
Em. Querido's Uitgeverij BV, Singel 262, 1016 AC Amsterdam

Omslag Monique Gelissen
Omslagbeeld Izabela Matuszynska
Foto auteur Morten Brun

ISBN 978 90 214 4037 8 / NUR 302
www.uitgeverijQ.nl

HENRY

Ik wacht op een meisje dat er geen idee van heeft dat ik op haar wacht en daarom heb ik de perfecte plek gevonden. Als we elkaar leren kennen, zal ze begrijpen dat ik haar verdien, maar omdat we elkaar nog niet kennen en het leeftijdsverschil haar in het begin sceptisch kan maken, moet ik niet te veel de aandacht trekken.

Ik heb bedacht welke kleren ik aan moet hebben als ik hier sta. Niet dat ik me raar heb uitgedost, integendeel. Ik kijk heel goed uit dat ik nooit opvallende kleren draag. De kleren die ik hier aanheb zijn zo anoniem mogelijk, er zijn maar weinig mensen die me hierin opmerken. Bovendien heb ik me vaak genoeg verkleed, er bestaan foto's van me in een matrozenpak en in scoutinguniform; ik herinner me dat de mouwen van de matrozenkiel zo kort waren dat ik met opgetrokken schouders moest lopen. Maar vooral het scoutinguniform vond ik akelig. De korte broek was zo genaaid dat hij zowel aan de voor- als aan de achterkant te strak zat, ik weet zeker dat dat met opzet was gedaan. Onze hopman heette Herolfsen, hij was groot, dik en gek op marcheren. Op zondagen marcheerden we langs de bioscoop van Godlia, waar ik de eerste James Bond-film heb gezien en waar ik een keer met een klasgenoot naar een kerstviering ben geweest omdat zijn vader bij het openbaar vervoer werkte en ze daar hun feestjes hadden; we kregen een zakje met bikkelharde rozijnen en zachte clementines, en er was een hinkelwedstrijd waaraan ik niet meedeed omdat ik geen flater wilde slaan, want ik wist dat ik als laatste zou eindigen omdat ik nogal dik was.

Het huis van hopman Herolfsen was geel en stond vlak bij de bioscoop, hij woonde nog bij zijn oude ouders in, die als zendelingen op Madagaskar hadden gewerkt. Zij bezochten alle scholen in Oslo om dia's te laten zien van de inwoners van Madagaskar die over Jezus zongen en de zelfgebakken croissants van mevrouw Herolfsen aten. Die kregen wij ook als we een gezellig avondje van onze welpengroep hadden. Telkens als we langs hun huis liepen, stak Herolfsen de vlag extra hoog in de lucht onder het roepen van 'één twee, één twee, één twee' om ervoor te zorgen dat zijn ouders bij het raam gingen staan en konden zien hoe geweldig hun zoon als hopman was.

'Wees paraat!' riep hij.

Ik was niet paraat. Er was niet alleen iets met de broek aan de hand, mijn kousen gleden naar beneden en de wollen doek onder mijn hemd kriebelde. Omdat het vaak klonk alsof er een orgel in mijn borst zat, moest ik een zelfgehaakte doek dragen die in kamferolie was gedrenkt. De doek zat met twee veiligheidsspelden vast aan de binnenkant van mijn thermohemd. De combinatie van wol en olie maakte mijn huid zo vurig dat het leek alsof iemand er een strijkijzer tegenaan had gehouden. Ik haatte die doek en was altijd bang dat anderen de kamfergeur zouden ruiken en zich zouden afvragen wat er met mij aan de hand was. Ik draag nooit meer iets wat anderen me opdringen, alleen al de gedachte maakt me woedend. Het fotostatief en de camera klaarzetten en hier met de verrekijker om mijn nek staan en doen alsof ik gek ben op vogels voelt als voldoende vermomming.

Ik ben niet gek op vogels.

Ik ben gek op degene die zo meteen komt en aan wie ik bijna niet durf te denken omdat ze er zo bijzonder uitziet en mijn gedachten volledig in beslag neemt als ik me haar voor de geest haal.

Op tv kunnen vogels mooi zijn als ze rode en groene kleuren

6

hebben, maar hoe dichterbij ze komen, hoe walgelijker ze worden. Ze hebben klauwen als poten en uitdrukkingsloze ogen, probeer maar eens een vogel in de ogen te kijken, dat gaat niet. Vogels hebben geen ziel. Vogels zingen niet, dat zeggen we alleen omdat het leuk is om naar ze te luisteren, maar het is geen gezang, het is het markeren van hun territorium, dat weet ik van de vogelexperts in *De natuur in*. Kijk maar eens hoe walgelijk vogels zijn als ze door een auto zijn aangereden en op het asfalt liggen met fladderende vleugels waardoor het lijkt alsof ze leven, maar dat komt alleen maar door de wind. Een dood dier is een geheel, het lijkt op zichzelf, terwijl een dode vogel een brij met veren wordt, en je ziet dat het waar is wat ze in natuurprogramma's zeggen, dat vogels nakomelingen zijn van dinosauriërs en dat we geluk hebben dat we op zondag aan de wandel kunnen gaan zonder monsters tegen te komen die het formaat van een trailer hebben.

Ik heb een radio in mijn oor, maar die staat nooit aan. Het zou niet in me opkomen om anderen rechtstreeks in mijn schedel te laten praten, zeurderige stemmen die stoer doen en wereldsterren bij de voornaam noemen.

'Paul heeft momenteel problemen met zijn ex,' zeggen ze lachend en ze bedoelen McCartney. Geen twijfel mogelijk dat ze zich verkneuteren omdat dat mens met één been zich zoveel mogelijk van zijn vermogen probeert toe te eigenen. Het is me opgevallen dat mensen die getrouwd zijn of waren, hatelijk doen als het bij andere mensen misgaat, en hoe hoger anderen op de maatschappelijke ladder staan, hoe hatelijker degenen worden die zich lager in de rangorde bevinden.

'Je moet niet denken dat het helpt dat je een Beatle bent geweest, eindelijk zit het jou ook eens flink tegen!'

Zo lijken ze te denken. Dat is brutaal van hen, ik had McCartney graag willen bellen om hem op te monteren als ik had gekund. Hoewel ik nooit getrouwd ben geweest en nog nooit ook maar een theelepeltje met een vrouwspersoon heb gedeeld, zijn er veel dingen die ik had kunnen zeggen en die McCartney zouden hebben goedgedaan. Soms, als het niet zo goed met me gaat en het beter was geweest dat alles anders was, denk ik graag dat ik willekeurig wie van waar dan ook ter wereld had kunnen zijn. Niet uit Afrika of Azië, dat spreekt voor zich, maar uit Australië of Amerika. Vooral ergens van het platteland in Amerika, daar waar gele korenvelden en brede rivieren zijn die zo stromen dat de bovenlaag van het water er vettig uitziet. Ik ben er niet geweest, maar ik heb het in een film gezien. Stille rivieren met wilgen die boven het water hangen, dikke wilgenkatjes die je lekker tussen je vingers kunt klemmen en waarvan ik me verbeeld dat ze me doen denken aan iets waarvan ik de naam niet wil noemen. Ik denk graag dat ik uit een stadje aan een rivier in het Midwesten kom, een gewone man die in een garage werkt, bier drinkt en een kaartje legt. Een man met een paar vrienden en een heleboel makkers. In Amerika kan ik me mijn vrienden niet voor ogen halen, dan wordt het beeld in mijn gedachten troebel, ik zie geen enkele gezichtstrek voor me, maar als ik aan makkers denk, zie ik een groep voor me met bierflesjes, geruite overhemden en van die worsten die je met een zakmes in plakjes snijdt. Als ik me in gedachten troost, heb ik altijd een hond, een bruine herdershond die niet kwijlt en stinkt, die kwispelt als ik thuiskom en rust in mijn hoofd brengt.

Ik heb geen hond en ik bevind me niet in het Midwesten, maar biertjes gaan er wel in. Eentje voor het ontbijt en eentje erna, plus nog een. Nog twee. Vroeger kocht ik minder bier dan nu, veel minder, maar het is niet erg om wat te drinken, het is niet zo gevaarlijk als de mensen zeggen. Bier stroomt dwars door je lijf en ik word niet dronken, het enige nadeel is dat ik vaker moet plassen. Ik bevind me ten oosten van Oslo, bij het meer dat het grootste natuurreservaat van de hoofdstad vormt.

Dit is de plek die ik het best ken, niet alleen in Noorwegen, maar in het universum, als we dan toch groots moeten denken. Het Østensjøvannet. Daar groeit de beruchte waterscheerling, die groter is dan een man en giftiger dan de giftigste slang. Even aan je vinger likken na die beruchte waterscheerling te hebben aangeraakt en je gaat tegen de vlakte, krijgt blauwe lippen, een groene huid en dan is het afgelopen, zei leraar biologie Olestad. Niet alleen de waterscheerling is uniek voor het Østensjøvannet, dat zijn vooral de waterjuffers, die zich in tegenstelling tot menselijke juffers niet zo voornaam bewegen en met hun achterlijf heen en weer kronkelen. Hun vleugels glinsteren en ze geven nooit op; lang nadat de insecten op andere plaatsen in Noorwegen van de kou zijn omgekomen, cirkelen de waterjuffers van het Østensjøvannet in grote zwermen rond op jacht naar prooi.

Ik wacht op het mooiste meisje van de wereld en dat is niet niets.

Om het hele meer heen loopt een 4,4 kilometer lang wandelpad. Aan weerszijden liggen de glooiende akkers van de boerderijen waarin vierduizend jaar oude speerpunten zijn gevonden. Dat soort dingen behoort tot de leerstof uit mijn jeugd, proost! Er zijn paden en moerassen, velden met runenstenen en kloosterruïnes. In de kloostertuin groeien nog gele frambozen. Toen we klein waren leerden we dat de monniken en nonnen zo kieskeurig waren dat ze niet tevreden konden zijn met gewone frambozen, maar de zeldzame gele exemplaren wilden. Het belangrijkst hier zijn de ongeopende grafheuvels van zestien meter doorsnee, en voor een grafheuvel is dat heel wat. De mensen die nu leven worden min of meer samengeperst alsof het onder de grond ook spitsuur is. De schedels van koningen, koninginnen en hun slaven liggen in de oude grafheuvels, maar de staat heeft besloten dat ze in vrede mogen rusten. Vader was het daar niet mee eens. Hij kon nergens anders aan denken dan aan de grafheuvels en de schatten die daarin verborgen konden liggen. Ik ben vast de enige jongen in Noorwegen, en misschien wel in heel Europa, die midden in de nacht met zijn vader mee moest om met de metaaldetector over beschermde oudheden te gaan.

De maan scheen boven Manglerud, wij liepen onder de maan.

Finnsen senior en junior. Vader met de detector, ik achter hem, altijd even zenuwachtig dat iemand erachter zou komen waar we mee bezig waren. Vader had visioenen van koninginnenkronen en koningszwaarden, hij droomde ervan een grote slag te slaan en in de krant te komen.

Ik kan daar niet meer aan denken, het is allang voorbij.

Er zijn hier niet alleen oude grafheuvels, je hebt hier ook donkere, vrijwel ondoordringbare oerbossen met wortels en bomen die zijn omgevallen, er zijn zwerfkeien die groen zien van het mos en grotten die geschikt zijn als schuilplaats.

Ik sta nu niet in het bos, ik sta bij het pad dat naar het deel van het meer loopt dat we China noemden omdat een kok van het eerste Chinese restaurant in Oslo daar altijd naartoe ging. Hij lag dan op de loer met een zelfgemaakte val waarmee hij wilde eenden ving, om ze daarna de nek om te draaien en in zijn restaurant als pekingeend met rijst te serveren. Op een keer is hij in het water gevallen op een plek waar het dieper was dan hij dacht en we konden zijn geschreeuw van ver horen. Hij riep iets wat klonk als hajjiiing, hajiiing, het geluid zit nog steeds in mijn hoofd, het betekent natuurlijk help, help in het Chinees. Van de kant van de eenden gezien had hij het verdiend om te verdrinken, hoe vaak hij ook hajiiing riep, maar hij werd op het droge getrokken door een voorbijganger en naar de dokterspost gebracht. Volgens de geruchten was de modder van de bodem zo giftig dat hij, ook al was hij een Chinees, de rest van zijn leven nog maar over de helft van zijn longcapaciteit beschikte.

Nu komt ze weer. Nu neemt ze mijn gedachten in beslag. Nu zie ik voor me hoe knap ze is.

Sinds ik haar de eerste keer volgde, kan ik het landschap altijd zo goed in me opnemen alsof ik de nieuwe cartograaf ben. Mijn oude school ligt bij het Chinese deel van het meer, haar school ligt aan de tegenovergestelde kant. Dat ik dat voorjaar langs haar school liep was toeval. 18 april 2007 was de datum waarop ik haar voor het eerst zag. Ik had vader bezocht in Murmansk, het bejaardenhuis waar hij woont. Het gebouw is zo lelijk dat het De Noorse Lelijkheidsprijs zou moeten krijgen als zoiets in het leven zou worden geroepen. Aan de overkant van de straat is een nieuw winkelcentrum dat vele honderden miljoenen moet hebben gekost. Daar is een fitnesscentrum en een kapsalon waar mannen met zilverpapier en roze smeersels in het haar zitten zonder zich te schamen, maar aan het bejaardenhuis is, zo lang ik me kan herinneren, geen steek veranderd. Het is een flatgebouw waarvan het pleisterwerk van de muren valt en de markiezen heen en weer slingeren, vol duivenpoep, boven veranda's met verwelkte bloemen in de bloembakken. Binnen ziet het er even armzalig uit, de vulling puilt uit geruite stoelen uit de jaren zeventig, de linoleum op de vloer vertoont barsten en vanaf 's ochtends vroeg ruikt het er naar bloemkoolsoep.

Vader heeft ze niet allemaal meer op een rijtje, hij heeft twee TIA's gehad. Soms is hij heel helder, andere keren denkt hij dat oudjaar 1999 voor de deur staat en begint hij te zeuren dat we naar de koopjeswinkel moeten om batterijen voor de zaklantaarn te halen voor het geval op de hele wereld tegelijk de elektriciteit uitvalt. De elektriciteit viel niet uit, maar in 2000 won hij dertigduizend kronen in de lotto, waar ik nog geen vijftig kronen van heb gekregen. Daarna is er in zijn leven niets meer van belang voorgevallen. Vader was in mijn kinderjaren zo ziekelijk dat het ongelooflijk is dat hij nog leeft. Van hem heb ik het orgel in mijn borst geërfd, hij had de hele winter bronchitis en de rest van het jaar had hij rugpijn, pijn in de heupen, pijn in de knieën, pijn in de vingerkootjes, overal pijn. Soms denk ik dat de metaaldetector alle kracht uit zijn lichaam moet hebben getrokken. Nu is hij zo mager dat het lijkt alsof je hem omver kunt blazen, zijn schouderbladen steken als vleugels onder zijn overhemd vandaan, alsof hij op het punt staat op te stijgen, maar hij klampt zich vast en de vrijdagse rijstepap als dessert is zijn hoogtepunt van de week. Niet rijstepap met rode saus, maar rijstepap met room, wit op wit. Ik lees elke dag overlijdensadvertenties, sommige knip ik uit en stop ik in een ordner die ik voor dat soort dingen heb. Als het bioscoopadvertentie heet, is het vreemd dat het ook overlijdensadvertentie heet, je zou denken dat bioscoop en overlijden verschillende woorden verdienden. In een overlijdensadvertentie stond: 'Lieve Ragnar, je besloot ons te verlaten. Denk je misschien dat je het aan gene zijde gemakkelijker krijgt? Groeten, Rigmor.' Die heb ik uitgeknipt omdat je volgens mij in de krant geen ruzie met de doden mag maken. Meestal knip ik de advertenties uit van doden die na 1980 zijn geboren. Ik probeer hun gezicht voor ogen te halen en maak me boos dat mijn vader hen mag overleven.

Ik woon in zijn appartement, dat is het huis uit mijn jeugd, de plek waar McCartney eigenlijk mee naar mijn kamer had moeten gaan om mijn Matchbox-auto's te bekijken, als dat had gekund. Ik woon achter wat nu een videotheek is, maar wat vroeger slechts een lap grond met een voetbaldoel was. Het appartement staat niet op mijn naam en vader staat niet onder curatele, dus ik moet hem af en toe wel bezoeken om zijn handtekening op papieren te krijgen. Door die bezoekjes krab ik me meer dan normaal, zelfs in mijn handpalmen en onder mijn voeten krab ik, er ontstaan barstjes en dat is pijnlijk, vooral voor iemand als ik, die eraan gewend is geraakt om door de stad te lopen. Ik hou er niet van om binnen te zitten, dat heb ik nooit gedaan, het wordt te benauwd, het is alsof het plafond mijn hoofd raakt en dan moet ik naar buiten.

Nadat ik in tehuis Murmansk ben geweest, loop ik altijd het hele stuk naar huis. Dat deed ik ook die keer dat ik haar in de gaten kreeg, die alle andere meisjes achter zich laat.

Het was 18 april 2007 en ik volgde de sluiproute achter de kerk, in de richting van de fabriek waar ze verdovingsmiddelen maken, langs de rioolboezem, tussen de hoge rietstengels met de bruine punten die op sigaren lijken door, over de brug naar de kebabkraam en de school. Ik heb nog nooit kebab gegeten en zal dat ook nooit doen, ik wil niet in de rij staan met mensen die niets anders kunnen laten zien dan de zichtbare onderbroeken waarop 'Calvin Klein' staat. Ik word boos als ik die onderbroekboorden zie. Ze staan daar te pronken en het is niet moeilijk me voor te stellen wat ze over mij zouden kunnen zeggen.

Toen ik langs het schoolgebouw liep, ging de bel voor het einde van de les en de leerlingen stormden naar buiten. Ervoor stond een grote kastanje en een jongetje gooide zijn schooltas hoog in de lucht zodat kladblokken en potloden op de grond vielen. Het was vrijdag en het eind van de schoolweek. Hij deed dat vast omdat hij blij was en dat was mooi voor hem, maar binnen in mij begon het te ontploffen. Ik herinnerde me dingen die ik me niet wilde herinneren en op dat moment kwam zij naar buiten.

Ze liep samen met vriendinnen, zoals meisjes op die leeftijd bijna altijd doen. Ze hadden allemaal lang haar en droegen een spijkerbroek en een strak topje. Dat van haar was wit met een vraagteken op haar tieten. Dat is geen fraai woord. Tieten, die doen denken aan die dingen waar baby'tjes aan moeten zuigen en dat is het laatste waaraan ik wil denken. 'Borsten' is ook geen fraai woord. Dat doet denken aan iets in medische boeken of aan flodderige bh's die aan drooglijnen bungelen. Haar dingetjes waren niet flodderig. Ze waren klein en mooi. Haar heupen waren ook mooi. Ze droeg een laagzittende broek en een riem met glinsterende gesp en haar haar was halverwege opgestoken, zodat een deel ervan aan de zijkanten naar beneden hing, wat extra mooi was omdat ze lange oorbellen met parels droeg. Ze was niet alleen mooi om te zien, ze was bijzonder, heel bijzonder. Ik kan niet zeggen waarom, ik merkte slechts dat ik mijn ogen niet van haar af kon houden. Ik raakte zo in de war dat ik de envelop die ik in mijn hand had, liet vallen. Het was een brief die ik had beloofd voor vader op de bus te doen, het was ongetwijfeld slechts nonsens die hij aan iemand uit vroeger tijden had gekrabbeld, maar hij zei dat het belangrijk was en dat ik niet moest vergeten hem te posten. In plaats van hem in mijn zak te stoppen, hield ik hem vast en opeens liet ik hem los. Er kwam een windvlaag en de envelop waaide over het trottoir, regelrecht op haar af. Ze had kunnen doen alsof ze niets zag. Ze had arrogant kunnen doen en er gewoon aan voorbijlopen, maar dat deed ze niet. Ze holde een paar passen, kreeg de brief te pakken en liet hem weer vallen, maar ze gaf niet op voor ze hem opnieuw te pakken had.

'Je moet je brief niet verliezen, dat zou vervelend zijn voor degene aan wie hij is gericht,' zei ze.

Ze gaf me de envelop, keek me recht aan en glimlachte, waarna ze samen met haar vriendinnen verder liep. Ze was zo knap en ik kon geen woord uitbrengen, ik voelde alleen dat ik vuurrood werd en een eindje verderop moest ik stoppen en doen alsof ik mijn veters strikte, alleen om tot rust te komen. De rest van de dag had ik haar gezicht en glimlach voor ogen, ik hoorde haar stem en kon niet ophouden eraan te denken wat ze met die woorden had bedoeld. Ze dacht dat de brief van mij was en dat het vervelend voor iemand zou zijn als hij niet aankwam. Dan moest ze toch wel iets goeds in me zien? Dan moest ze me toch wel aardig vinden?

Een paar maanden geleden wist ik nog niets van haar. Nu ken ik haar voor- en achternaam, ik weet haar leeftijd, haar adres, haar telefoonnummer thuis en haar mobiele nummer. Haar naam zag ik voor het eerst op haar schooltas. Regine Sørensen. Ik kreeg overal kriebels en ik moest een eindje lopen en hem vele malen fluisteren. Ik heb haar haar huis zien binnengaan, dat is Lerkeveien 12. Toen hoefde ik alleen nog nummerinformatie te bellen, de vrouw die me haar mobiele en haar vaste nummer gaf had een vriendelijke stem, ik zou graag meer met haar willen praten. Ik kreeg zin om te vragen hoe haar slaapkamer eruitzag, geen ondeugende of brutale vragen, niets over dildo's of zo, maar of haar beddengoed roze of lichtblauw was, of ze een kruik gebruikte, of er een spiegel aan de wand hing en wat er op haar nachtkastje lag. Gewoon dat soort dingen. Natuurlijk vroeg ik dat niet, dat is onmogelijk, dan worden mensen wantrouwig en denken ze dat er iets mis is. Ik praatte zoals je tegen vreemden hoort te praten en ze gaf me de telefoonnummers. Als je de naam maar hebt, kun je gemakkelijk informatie over mensen krijgen. Ik weet meer dan de feiten, ik weet waar ze op welk tijdstip is.

Ik weet ook wat haar wensen zijn, dat voel ik tot op het bot.

Regine.

Ik vind het leuk dat ze een ouderwetse naam heeft, maar ik vind het niet leuk zoals haar vriendinnen haar noemen. Reggi. Ik heb hen dat horen roepen en raakte geïrriteerd omdat het zo oppervlakkig en lichtzinnig klonk. Ze is niet oppervlakkig, ze is serieus. Elke dinsdag en donderdag om kwart over drie loopt ze langs de plek waar ik heb besloten te gaan staan met mijn camera, verrekijker en rugzak met biscuits en koffiethermosfles waar bier in zit. Ik ben niet zo dom om in een natuurreservaat te staan en bier uit een flesje te drinken, ik weet hoe mensen dan reageren. Ik giet het bier in de thermosfles, er kunnen bijna drie halve liters in.

Ik weet dat ik voorzichtig moet zijn met haar achternalopen, ook al doe ik alsof ik een gewone wandelaar ben. Meisjes van die leeftijd zien er stoer uit, maar vanbinnen zijn ze waakzaam. Als ze me een aantal keren achter elkaar achter zich zou zien, zou ze snel wantrouwig worden, zelfs als ik zou doen alsof ze me geen barst kan schelen. Meisjes van die leeftijd zijn gedrild om wantrouwig te zijn als mannen achter hen aan lopen, dat hebben ze van hun arrogante moeder geleerd. Zij kunnen zo oplettend zijn als ze willen, ik ben oplettender dan zij. In de kranten staat dat onderzoekers hebben ontdekt dat mannen een miserabel geheugen hebben als het om visuele zaken gaat, maar bij mij klopt dat niet. Ik heb altijd aandacht gehad voor details, zowel buiten als binnen, maar vooral binnen in appartementen. Ik herinner me wat er bij mensen aan de wand hangt, welke kleur de lampen hebben en hoe hun bankkussens liggen. Ik herinner me de titels van de boeken in de boekenkasten. Ik heb voldoende gelezen. Niet alleen Morgan Kane en *Grote uitvinders*. Ik heb *Papillon* gelezen, het boek over de man die van een gevangeniseiland ontsnapte, en ik heb *Sexus* gelezen van iemand die Miller heette, maar dat was veel te veel gepreek. Lang geleden, toen De Plantage De Oase heette en ik een baan had, in de goede jaren, de allerbeste jaren, toen mensen me respecteerden en me Finnsen noemden en erop vertrouwden dat Finnsen alles kon regelen, de jaren die ik terug wil, toen las ik romans omdat de anderen daar veel lazen en vooral een van hen, die zo veel hasj rookte dat hij de Kop werd genoemd. Hoe meer hasj de Kop rookte, hoe meer hij las. Ik heb het ook geprobeerd. Geen hasj, maar romans. Veel daarvan waren knap bedacht, maar bijna allemaal werden ze overschat.

De Kop zat niet alleen vol van lezen, hij wilde dat hij en ik samen een boek zouden schrijven. Het schrijversduo noemde hij ons, als we pallets met potgrond vervoerden.

'Pas op, hier komt het schrijversduo uit Manglerud,' zei hij.

Omdat ik hier vandaan kwam en de Kop zich erop beriep hier half vandaan te komen, wilde hij dat het boek *Bekende mannen uit Manglerud* zou heten, maar aangezien we alleen iets wisten over rockmusicus Granlund en conciërge Trondsen, kwam er nooit wat van.

Hoewel ik niet meer lees, herinner ik me veel titels in een boekenkast nadat ik in een kamer ben geweest. Ik herinner me wat de mensen op hun ladekasten en in hun laden hebben. Als er een piepkleine kikker op een plank staat, dan zie ik hem.

De rijkste jongen van mijn klas heette William Wiik. Zijn familie schreef de achternaam met een W en twee i's om te laten zien dat ze voornamer waren dan anderen. De villa van de familie Wiik-met-twee-i's had glimmende dakpannen en een dubbele carport. Vooral die dubbele carport ergerde velen van ons. Ik werd er verder nooit uitgenodigd, maar op zijn tiende verjaardag besloot het gezin Wiik te doen alsof er rechtvaardigheid bestond, daarom werden alle jongens uit de klas uitgenodigd, niet zoals gebruikelijk dertien van de vijftien. Normaal gesproken werden Filip en ik nooit uitgenodigd, ik omdat ik dik was en Filip omdat zijn vader professor was, maar die keer mochten we komen. We kregen verschillende soorten gebak en zijn vader had snoepgoed in de bomen gehangen, maar mijn aandacht werd door iets anders getrokken. Op de rand van de open haard lag een groen figuurtje, een kikker. Er was iets met de groene kleur, die was niet donkergroen en niet lichtgroen, maar perfect groen, en perfecte dingen willen dat mijn handen ze vasthouden. Zo is het altijd geweest, op dat gebied ben ik speciaal, het perfecte wil naar mij. Ik ben geen dief, ik steel nooit in winkels, nooit, maar die kikker pakte ik en dat voelde goed. William zou hem van zijn moeder erven, die hem van haar moeder had geërfd en dat ging zo terug tot iemand met over-over in de naam. Hij pochte dat de kikker van jade was, dat die een versteende prins voorstelde en dat hij in Kashmir in India was gekocht en tot hun familieschatten behoorde. Dat hij praatte alsof het vanzelfsprekend was dat je in India was geweest en over familieschatten beschikte, maakte me boos. Omdat zijn ouders zo aardig waren geweest iedereen uit te nodigen, ontstond er ruzie op school. Hoewel het buiten het terrein van de school was gebeurd, schakelden Williams ouders het schoolhoofd in, en schoolhoofd Albin was er de man niet naar om afstraffingen uit de weg te gaan. We moesten nablijven tot 'de zondaar bekende', zoals hij zei. Ik ben geen zondaar, dus ik bekende niet en zal dat ook nooit doen. De groene kikker behoort nu tot mijn familieschatten en zal dat voor eeuwig blijven doen, samen met een heleboel andere dingen.

Het is lang geleden dat ik een vaste baan had, maar het gebeurt nog steeds dat me wordt gevraagd ergens mee te helpen. In februari mocht ik 's avonds aan het werk, we moesten een kantoortuin achter het gemeentehuis leegruimen, boven het restaurant dat Papa en nog wat heet en waarvan de eigenaar werd doodgeschoten. We moesten alles uit de vertrekken halen voor een duizendje per persoon.

'Nu is alles weg,' zeiden de anderen.

Niet alles was weg. Er lag een paperclip onder een plint en een potlood onder de verwarming. Als er een paperclip en een potlood in een vertrek liggen, is niet alles weg. De meeste mensen kijken maar half en daarom deugen ze niet als getuige. Daarover heb ik programma's op Discovery gezien. De meeste mensen kunnen getuige zijn van een overval, maar ze herinneren zich zelfs niet of de dader een blauwe of een grijze jas droeg. Waar anderen een grijze jas zien, zie ik bovendien dat de ene knoop niet dicht zit en dat er aan de linkerkant een balpenvlek zit die door de stof van de jaszak is heen gedrongen. Waar anderen een oorbel met een parel zien, zie ik bovendien dat bij de bevestiging van de parel namaakdiamanten glinsteren.

De parels van Regine zijn druppelvormig, ze zijn goed zichtbaar als ze het haar zo opsteekt dat ze er ouderwets uitziet. Moderne meisjes kunnen knap zijn, maar het moderne maakt hen eenvoudig en ik hou niet van het eenvoudige. Meisjes die wat ouderwets aandoen, worden interessant omdat ze zich onderscheiden.

Ik sta bij het water in het vogelreservaat. Ik neem een slok bier, het kan me niets schelen dat het bier verschaald is, zolang het maar werkt. Ik zie de waterjuffers heen en weer schieten om opeens volkomen stil te staan, alsof ze ergens diep over nadenken. Ik denk graag dat ze van afstand worden bestuurd, dat ik de afstandsbediening hanteer en hun achterlijf kan laten kronkelen. Ik zie een groene glinstering in de veren van de woerden, die blij mogen zijn dat pekingeend niet meer in de mode is. Ik doe alsof ik een van de velen ben die op hun favoriete vogel staan te wachten. Amateurfotografen zijn bijna nooit vrouw. De vrouwen hebben in stukjes gescheurd brood in een plastic zak bij zich en praten met een pruttelstemmetje alsof ze denken dat eenden kleine kinderen zijn die begrijpen wat ze zeggen.

'Nee nee, niet bijten, niet vechten, lief zijn, allemaal eerlijk delen!' zeggen ze, ze buigen voorover en ik krijg zin om die vrouwen een flinke duw in de rug te geven zodat ze in het ondiepe water vallen dat zo modderig is dat het zelfs de longen kapotmaakt van Chinezen, die toch wel wat gewend zijn. Ik hou van de gedachte hoe die vrouwen eruit zouden hebben gezien als ze omhoog moesten klauteren en spuugden en hoestten zonder er ook maar íéts van te begrijpen.

Mannen maken foto's. Volwassen mannen met fotoapparatuur van duizenden kronen staan urenlang foto's van vogels te maken die precies hetzelfde zijn als foto's van vogels die anderen al eerder hebben gemaakt. Volwassen mannen die zich voornaam voordoen en de camera scherp stellen om foto's te maken van een Canadese gans die er net zo dom uitziet als een willekeurige andere gans.

Ik vraag me af wat er aan de hand is met die idioten die daar met hun dure, opschepperige lenzen staan. Vaak denk ik aan hen als hopmannen die geen scouts meer hebben en daarom hun toevlucht moeten zoeken tot vogels, en de vogels kunnen gewoon van hen vandaan vliegen als ze dat willen. Die gedachte, dat hun foto-objecten gewoon weg kunnen vliegen met hun Donald Duck-geluid, brengt me in zo'n goed humeur dat ik zin krijg in perziken uit blik. In vroeger jaren had ik andere lievelingsgerechten, maar dit jaar zijn het gladde perziken die door je keel naar binnen glijden. Dat past niet bij bier. Ik had noten of chips moeten hebben, maar die ben ik vergeten.

Wat vogelaars ook mankeert: mij verlenen ze een dienst. Zij hebben de rol gecreëerd, zodat ook ik hier kan staan doen alsof ik een van hen ben.

Ik wacht op de dag en het tijdstip waarop alles klopt.

Ik weet niet wanneer het zal zijn, maar het komt.

Ik weet niet hoe het gaat gebeuren, maar het gebeurt.

Regine Sørensen van de Lerkeveien is meer dan dertig jaar jonger dan ik, maar dat heeft niets te betekenen, op de een of andere manier ga ik haar ontmoeten, haar leren kennen, en dan wordt ze de mooiste van al mijn schatten.

ELISABETH

Het leven is beter dan ooit. Ik voelde me gelukkig toen ik Regine kreeg, maar dat geluk had volgens mij meer weg van het gevoel na het behalen van een overwinning waar je lang voor hebt getraind; het was een uitbarsting van vreugde. Het geluk dat ik nu voel is stiller, maar niet minder wild. Of andersom, het is even wild, maar rustiger en dat spreekt elkaar zo tegen dat je dat misschien niet kunt zeggen.

Twee jaar geleden zou ik niet geloofd hebben dat ik ooit nog zo mocht liefhebben als nu. Dan denk ik niet alleen aan de man die ik heb ontmoet, ik denk aan de openheid die ik heb gekregen. Misschien is dat een verkeerd woord. Als beroepslezer let ik op de ontoereikendheid van woorden, maar ik kan niets beters verzinnen dan 'openheid'. Het is voldoende om een boom in het avondlicht te zien, een schutting met zwarte letters die KILL BUSH eisen, wolken die boven een van de jonge jongens drijven die op een skateboard lijken te zijn opgegroeid en die langs het Ruïnepark in het oude stadsdeel slingeren in capuchontrui en met loslopende honden twee stappen achter zich; alles wat ik zie stroomt door me heen en ik verbeeld me dat juist dat, kijken zonder iets speciaals te verwachten, betekent dat je op de wereld durft te zijn.

Als het klopt dat we allemaal gedachtetrainingen doen wanneer we alleen zijn, is het belangrijk te voorkomen dat de oefeningen bombastisch worden. 'Op de wereld zijn', die woorden klinken dan wel bombastisch, maar ik verloochen ze niet. Twee jaar geleden heb ik mijn vader en moeder begraven met amper een jaar tussentijd en in de loop van dat jaar ben ik ook gescheiden. Onze vrienden begrepen er niets van, in elk geval deden ze alsof ze er niets van begrepen. Elisabeth en Andreas, jarenlang hadden ze onze namen in één adem uitgesproken, ze hadden die op kerstkaarten en uitnodigingen geschreven en over ons gesproken alsof we een begrip waren. Opeens was het begrip 'Elisabeth en Andreas' opgesplitst, ze moesten rekening met ons houden als gescheiden personen, wat ertoe leidde dat ze ook zichzelf in een scherper licht moesten zien. Misschien is juist dát wel het moeilijkste als vrienden scheiden, het onbehagen om je eigen keuzes in perspectief te zien?

Als mijn vriendinnen er niet waren geweest, had ik me de eerste maanden diep ingegraven. Om hen te bedanken heb ik mijn eigen vriendenprijs in het leven geroepen, die ik elk jaar op 8 maart, de internationale vrouwendag, ga uitreiken, niet alleen aan één, maar aan meerdere vriendinnen. De vriendinnenprijs 2008 zal uit tulpen bestaan, zowel Ninni, Ida als Edith zal op die datum een boeket krijgen. Toen het op zijn slechtst met mij ging, trokken ze mij mee, niet de stad in, maar op wandelingen en naar tentoonstellingen, ze kwamen bij me thuis met kleine aanmoedigingen, geurkaarsen, badoliën en bioscoopkaartjes. Niet dat ik me iets van de films herinner, maar ik hoefde niet alleen te zijn en nog belangrijker, Regine hoefde haar mama niet in haar eentje te zien zitten.

Het was een onwerkelijke, maar tegelijkertijd erg werkelijke tijd. Ik herinner me niet zo veel van het uiterlijke, dat wat er gebeurde, maar vooral mijn eigen gevoel dat ik het leven niet goed had begrepen. Ik dacht aan mezelf terug als dertigjarige, hoe kwiek en zelfverzekerd ik me voelde. Ik was in alle werelddelen behalve Australië geweest, ik had de baan bij een uitgeverij gekregen die ik graag wilde, ik was pas getrouwd met iemand die een of meer kinderen met me wilde, iemand die tranen in de ogen kreeg bij de gedachte me zwanger te maken. We waren in Rome toen ik ontdekte dat ik in verwachting was, we zaten op Piazza Navona en hadden het gevoel dat we de hoofd- rollen speelden in een film die iedereen zou willen zien. De ke- ren dat ik over verdrietige, ongelukkige vrouwen hoorde of las, zat ik niet alleen vol onbegrip, maar voelde ik bovenal geïrri- teerde minachting. Het is akelig om dat nu toe te geven, maar ik herinner me dat ik minachting voelde. Wat was er mis met hen? Waarom konden ze niet wat meer lachen? Waarom konden ze zich niet op de schoonheid van het bestaan concentreren en al- les waarover ze klaagden, alles wat de glans van hen wegnam, de laan uit sturen?

Vijftien jaar later was ik daar zelf, in de wereld zonder glans.

Ik verslond artikelen over de bewering dat crisissen altijd iets goeds opleverden, als je maar de tijd nam het oude kwijt te ra- ken zodat er iets nieuws tevoorschijn kon komen. Gezwets en holle frasen, moderne kletspraat, dacht ik. Van die dingen die allerlei therapeuten moeten zeggen om te laten zien dat hun be- roep zinvol is.

Ik geloofde er geen sikkepit van en toen bleek het waarheid te bevatten.

Ik weet niet precies wanneer het gebeurde, maar het was als wanneer mist langzaam door warmte wordt verdreven. Als ik mezelf in de spiegel zag, begon ik mijn gezicht weer leuk te vinden. Ik dacht niet: daar heb je iemand die oud begint te worden. Ik dacht: daar ben ik. Als ik trap op liep dacht ik niet dat het vermoeiend was, maar dat ik sterke enkels, sterke be- nen, sterke heupen, een sterke rug had. Als ik at, was dat niet om een vol gevoel te krijgen, maar omdat het smaakte. Toma- ten, paprika, knoflook en rijst. Geleidelijk aan kwam de zin van simpele dingen terug. De boeken, de stapels manuscrip- ten, het lezen, vooral het lezen, het tot je nemen van de ver- zinsels en gedachten van anderen. Al vanaf het moment dat ik eindexamen deed wist ik dat ik bij een uitgeverij wilde werken, en ik heb het geluk gehad dat ik mijn droombaan kreeg.

Ik heb geen grote belevenissen of spanning nodig om te voelen dat ik leef. De maaltijden van Regine en mij zijn meer dan voldoende om me tevreden te stellen, eenvoudige, alledaagse maaltijden, vaak slechts voor ieder van ons een salade of een tosti, maar altijd iets om over te praten. Regine is nooit zwijgzaam of geheimzinnig geweest, er is altijd zo veel gelach en leven om haar heen. Ze zingt, danst, vertelt over school en vertrouwt me toe wie verliefd is op wie. Niet dat ik denk dat we vriendinnen zijn. Ik besef heel goed hoe pathetisch het is wanneer moeders hun dochters vriendinnen noemen, maar we delen wel een heleboel, we gebruiken dezelfde make-up, lenen kleren van elkaar en vertellen wat we 's nachts hebben gedroomd. Vooral wat dat laatste betreft gaan we zo ver dat ik mezelf soms aan het leeftijdsverschil moet herinneren, maar we herinneren ons onze dromen en delen de verbazing erover.

'Weet je die konijnendroom nog?' zegt Regine soms om me te herinneren aan een ochtend dat ze zo in de ban was van een droom dat ze een konijn was, dat ze een hele tijd over haar oren moest strijken om zich ervan te verzekeren dat die niet over het kussen heen hingen en niet behaard waren.

'Herinner je je het smaragdbos?' zeg ik soms om haar te herinneren aan de keer dat ik droomde dat zij en ik een bos in liepen waarin de bodem, de bomen en de beekjes glinsterden van de edelstenen.

Het genot van het hebben van een dochter als Regine is er altijd geweest en dat betreft niet alleen het genot van het hebben van een kind, maar vooral van het hebben van Regine. Als ik nooit een kind had gekregen, zou ik misschien een gemis hebben gevoeld, maar dat gemis zou weinig concreet zijn geweest en juist daarom geloof ik dat het gevoel weer verdwenen zou zijn. Maar op het moment dat ze daar lag, tien minuten oud, met nog niet volledig ontwikkelde hersens, zintuigen en motoriek, was ze toch zo geheel en al zichzelf. Ze was haar eigen wezen. Juist dat was zo treffend. Dat ze al zichzelf was tot in het kleinste detail en niet iemand anders kon zijn, was overweldigend omdat ik geen idee had van mijn verantwoordelijkheid als ouder, maar ogenblikkelijk begreep dat ik van haar zou gaan houden, hoe ze zich ook mocht ontwikkelen.

Soms, als ze huiswerk maakt of oortjes in heeft om naar muziek te luisteren, kan ik stil naar haar zitten kijken, naar het gezichtje dat voor mij het mooist van al is, en dan besef ik even hoe broos alles is. Vlak na de echtscheiding was mijn vreugde over haar gemengd met verwarring en angst. Ik bedacht hoe leeg de kamers zouden lijken en hoeveel er zou verdwijnen als zij er niet zou zijn. Haar stem, vooral als ze zingt 'start me up' of 'she bangs, yes, she bangs', zonder te bedenken wat ze zingt met haar moeder in haar nabijheid. Haar lichaam, de bewegingen, de frisheid, de vitaliteit, ik zal alles zo vreselijk missen op de dag dat ze het huis verlaat. Zelfs haar rommel. De haarbandjes, de kammen, de oogschaduw, de mascara, de klokhuizen; ik heb nog nooit gehoord dat iemand klokhuizen op zulke vreemde plaatsen neerlegt. In de badkamerkast, in het naaikistje, in bed onder de kussens vind ik klokhuizen. Plus stukken kauwgom, slipjes, papieren van school, maillots, gummetjes, pillendoosjes, muziekbladen, alles wat op een hoop kan liggen en haar kamer op een archeologische opgraving laat lijken waarvan niemand een vermoeden heeft wat ze in de bodem zullen aantreffen. Het kan de knuffelbeer zijn die ze op haar tweede verjaardag kreeg en waarvan de kop zo vaak weer is vastgenaaid dat die nu scheef staat. Hij heet Goggipundi, een naam die ze zelf heeft verzonnen. Goggipundi is een bereisd heer, hij is in de VS en Afrika geweest en gaat nog steeds mee op reis. Een tijdlang werd ik overweldigd door sentimentaliteit bij alleen al de gedachte dat Goggipundi uit mijn leven zou verdwijnen.

Op die momenten, als ik tot tranen toe was geroerd door een

oude teddybeer, begreep ik dat ik me moest vermannen.

Na de echtscheiding raakte ik er nog meer van overtuigd dat ik niet moest eindigen als een vastklampende moeder die leeft dankzij haar enige kind. Ik werd krampachtig sterk en dacht dat ik dat moest blijven, maar op een ochtend verloor dat krampachtige zijn grip, anders kan ik het niet formuleren. Ik lag in bed en zag de zonneschijn door de gordijnspleten en voelde dat verleden noch toekomst een rol speelde, het enige van betekenis was de vreugde over het hier en nu.

Vanaf dat moment keken mannen weer naar me. Alleen daardoor! Kijkende mannen, dat had ik afgeschreven als iets wat tot het verleden behoorde, wat ik nooit meer zou meemaken, misschien alleen bij iemand die dronken of bijziend was. Ik had niet begrepen dat ik de blikken buitensloot, omdat ik me niet openstelde om iets anders dan mijn eigen triestheid te voelen.

Iemands minnares zijn meende ik achter me te hebben gelaten.

Ik herinner me de dag dat ik de scheidingspapieren op de bus deed. Ik liep langs een lingeriewinkel met de Italiaanse naam die klinkt als de totale onbezorgdheid – La Senza; zij die zich nergens achter hoeft te verstoppen. Mijn blik viel op kanten niemendalletjes die ervoor zijn gemaakt dat iemand anders ze uittrekt. Nee, dacht ik. Ik zal me nooit meer aan iemand durven laten zien, dat is voorbij. Een afgesloten hoofdstuk. Ik bedacht dat met angst omdat ik niet kon begrijpen dat ik al op die plek in het leven was aanbeland, toch leek het definitief. Ik zou me nooit meer op die manier voor een man mooi maken.

Nu heb ik een After Eden-setje gekocht voor negenhonderd kronen en ik kan bijna niet wachten tot de man voor wie ik me mooi wil maken, mijn lichaam ervan zal ontdoen. Omdat die kleine kledingstukjes zinloos duur zijn en het politiek correcte in me uitdagen, heb ik een trui, een mascara en een haarversteviger voor Regine gekocht. Verrassingscadeautjes maken haar altijd zo blij; als ze iets krijgt ook al is ze niet jarig of is het geen kerst, maakt haar dat vrolijk. Dat is een gave van haar, dat ze niet verwend overkomt, ook al krijgt ze meer dan ze nodig heeft. De trui is grijs met ingeweven glitters in het garen, hij is lang genoeg om te gebruiken als een tuniek met een legging eronder. Ze zal hem aantrekken en zich nieuw en mooi voelen. Ze zal haar ogen opensperren en de mond wijd opendoen op de manier waarop je je wimpers in de spiegel schminkt, ze zal met haar hoofd voorovergebogen staan en haar lange haar sprayen en het omhoog slingeren als in een reclamefilm, en als ze ziet dat ik haar zie, zal ze lachen en zeggen: 'ja hoor, mama, ik ben echt ziekelijk ijdel en ik ben echt beïnvloed door al die domme reclame'. Ze zal haar lange haar zo kammen als ze mooi vindt en dan zal ze naar haar vriendinnen gaan.

Ik leun mijn hoofd tegen het raam van de bus en merk de geur op van appels, de vrouw op de stoel naast me heeft een draagtas vol. Misschien is ze naar de markt geweest of misschien heeft ze ze in een tuin geplukt, misschien is ze op weg naar huis om een appeltaart te bakken. Als ik thuiskom zal ik appels op de schouw leggen zodat de kamer vol appelgeur komt te hangen als ik de haard aansteek, en het zal niet lang duren of er liggen klokhuizen op de rand van het bad, op de cd-speler en in de boekenkast. Kafka met een klokhuis, Camus met een klokhuis, zo hoort het.

Mijn houtschuur ligt propvol droog berkenhout. Ik heb een koophuis dat bijna is afbetaald. Daarnaast heb ik geld van een erfenis op de bank, voldoende om nog een hele tijd alles te kunnen betalen wat ik nodig heb. Ik kan Regine mee op reis nemen, ik kan zelfs een van haar vriendinnen op een reis trakteren. We kunnen naar Rome of Madrid gaan of nog verder weg, naar Cuba als we dat willen, we kunnen zelfs naar Cuba voordat Castro sterft.

Jarenlang, eerst toen moeder ziek werd en daarna toen vader begon te sukkelen, was het alsof de wereld zich sloot. Alsof mijn mogelijkheden steeds beperkter werden en mijn radius steeds kleiner, alsof ik altijd heen en weer zou pendelen tussen een vermoeiend huwelijk en twee veeleisende ouders. Ik liep letterlijk heen en weer tussen ons huis en dat van moeder en vader, en nu, nog maar twee jaar later, ligt de hele wereld open en dat gevoel is zo bevrijdend dat ik het bijna niet durf te geloven, dat je je zo jong kunt voelen op een leeftijd van bijna vijftig. Ik zie reisadvertenties en herken weer degene die ik was voordat ik volwassen werd. Het meisje dat zich er zo op verheugde dat ze een nacht alleen thuis mocht zijn dat het kriebelde, dat meisje ben ik nu. Eindelijk kan ik weer doen wat ik wil en gaan waar ik heen wil. Ik kan naar Brazilië of Zuid-Afrika of per trein naar Mongolië, waar nog steeds wilde paarden bestaan, die je 's nachts kunt zoeken. Een vriendin heeft erover verteld, hoe avontuurlijk het is om op een hoogvlakte te staan bibberen van de kou en opeens de wilde paarden te zien aan komen galopperen met de maneschijn in de manen.

Mijn mobieltje trilt in mijn jaszak op het moment dat de bus stopt. Regine is op school, het bericht komt niet van haar, hoewel ze nu middagpauze heeft. Het is van de man die maakt dat ik dure lingerie koop hoewel hij zegt dat hij me het liefst ziet als ik in een vuile trainingsbroek op mijn knieën in de tuin lig te wroeten. Hij meent het, maar ook weer niet. Net als veel mannen die te lang in een ruzieachtig huwelijk hebben gezeten, heeft hij onvoldoende heerlijks meegemaakt. Ik zie dat in zijn blik, dat hij het bijna niet gelooft, dat hij op zijn zesenvijftigste een vrouw heeft gekregen die kanten gevalletjes aantrekt om die door hem te laten uittrekken. Hij raakt helemaal opgewonden, zijn ogen versmallen, zijn lippen versmallen, zijn ademhaling wordt hard, zijn bewegingen worden hard, maar hij wordt geen vreemde en dat is belangrijk. Ik herken hem, zelfs als hij in de ban is van zijn eigen begeerte en misschien ergens anders aan denkt om extra zin in ons te krijgen. Hij is geen vreemde, iets in zijn uitdrukking of blik is altijd herkenbaar en ik weet niet waarom dat zo belangrijk is, alleen dat dat zo is. Hij ligt op me en is bezeten als hij mij neemt, maar toch is hij de man die hij anders ook is. Hij is vriendelijk, en vriendelijkheid is een ondergewaardeerde eigenschap. Toen hij doorkreeg dat ik het vreselijk vond dat de zomerplanten zouden verwelken, kwam hij met bollen voor sneeuwklokjes om me eraan te herinneren dat alles op de wereld altijd opnieuw begint. Een zakje sneeuwklokjesbollen voor 39,90 van De Plantage, een van de beste cadeaus die ik ooit heb gekregen. Hij is leraar en doceert Noors en geschiedenis, maar hij maakt niet de indruk van een leraar. Ik weet niet welke indruk hij maakt, ik heb geleerd dat maar weinig mensen in een smal hokje passen, maar de eerste keer dat ik hem in een gezelschap ontmoette, zou ik het nooit hebben geraden. Hij staat graag vroeg op om lange boswandelingen te maken, niet op zondag als alle anderen hutjemutje lopen, maar op doordeweekse ochtenden als hij een paar uur vrij heeft. Hij zegt oktober de allerbeste maand te vinden, omdat de nachtvorst de paden zo goed begaanbaar maakt, terwijl de lucht zo scherp en mooi is.

'Half bevroren vossenbessen en beekwater,' zegt hij soms alsof het culinaire hoogstandjes zijn.

Hij heet Dag. Dag Andersen uit Lambertseter. Hoewel hij een buitenmens is, heeft hij *Op zoek naar de verloren tijd* van begin tot eind gelezen. De meeste mensen die dat zeggen, liegen; ik heb alleen de twee eerste delen gelezen en weet eigenlijk niets anders meer dan de madeleines en het gemis van een welterustenkus van moeder. Nadat hij me dit had verteld, sloeg ik als eerste bladzijde 1 van het eerste deel open om de inleiding te lezen. 'Lange tijd ben ik vroeg naar bed gegaan.' Ik was zo verliefd dat ik de woorden niet met de auteur verbond, ik dacht niet dat de boekpersoon vroeg naar bed ging, maar dat het Dag Andersen was, en die gedachte maakte me gelukkig omdat Dag Andersen alias Marcel Proust mij in gedachten had. Dag Andersen die vroeg naar bed ging in de flat waar hij na zijn echtscheiding naartoe is verhuisd. Dag Andersen die vroeg naar bed ging en aan mij dacht, aan Elisabeth, de nieuwe vrouw in zijn leven. Ik heb de boeken van Proust bij hem thuis gezien. Twaalf bordeauxrode banden, vlekkerig en kapot gelezen. Hij is de enige man die ik ken die zegt dat hij alle twaalf delen van Proust heeft gelezen en ik moet hem wel geloven.

Ik geloof alles wat hij zegt, dat is een beslissing die ik heb genomen.

Hoewel ik leef van het lezen van literatuur en weet dat de leugen het kenmerk van de literatuur is, ben ik doodsbenauwd voor leugens in het leven. Waarschijnlijk omdat ik weet hoe gemakkelijk liegen is en omdat ik weet dat de intensiteit van waarover je liegt evenredig is met het bedrog. Hoe ernstiger de leugen, hoe gemakkelijker hem te ontkennen. Wie heeft er nu zin om over onbenulligheden te liegen? De grote zaken zijn immers zo riskant dat je zelfs je toevlucht tot de genadegift van de verontwaardiging neemt om te kunnen ontsnappen. Toen ik op een avond veel te laat thuiskwam en Andreas insinueerde dat ik misschien meer had gedaan dan met vriendinnen kletsen en hij daarin gelijk had, raakte ik zo verontwaardigd dat mijn stem trilde toen ik hem vroeg zijn eigen smerige fantasie eens onder de loep te nemen.

Ik was zo verontwaardigd dat ik zelfs op het Engels overging.

'*Dirty,*' zei ik. 'Jij denkt zo dirty!'

Er zijn dingen die ik achter me heb gelaten. Ik wil daar niet meer aan denken. Ik wil ze buiten mijn hoofd laten. Dat kan een mens, dingen volledig buiten het hoofd laten, als je maar manieren vindt om uitleg te geven of uitvluchten te verzinnen, en daar heb je vriendinnen voor. Als je maar de juiste porties ontboezemingen en uitvluchten teruggeeft, dan helpen vriendinnen elkaar overal mee.

Andreas ging niet op zoek naar de klassieke verontschuldiging van 's avonds werken en congressen toen hij langzaam maar zeker wegleed, hij begon te fitnessen. In het begin vond ik dat mooi, hij zat op zijn werk zo veel achter het beeldscherm, prima dat hij wat meer beweging ging nemen. Hij werd slanker en vrolijker en leek steeds opgewondener, vaak was hij domweg euforisch. Hij lachte soms om niets als hij van het fitnesscentrum kwam, zelfs om de weerberichten op tv. De temperatuur in Mehamn in het hoge noorden, aangenaam! De temperatuur in Kautokeino, verrukkelijk! Terwijl hij voorheen had zitten pruilen over verkeerde berichtgeving, zelfs in de tijd van satellieten, en het soms als een belediging ervoer dat er natte sneeuw viel in plaats van een dik pak dat bleef liggen. Alleen al dat er een meteoroloog bestond met de naam Gijzelwaterval werd nu grappig, dat Gijzelwaterval verkeerd weer voorspelde in een te strak colbert maakte Andreas gewoon gelukkig. Terwijl hij steeds beter in vorm kwam en zijn humeur er steeds beter op werd, wilde hij steeds minder vaak met me vrijen, hij had voortdurend nieuwe excuses. Er was nog een weerbericht dat hij wilde horen of nog een notitie die hij moest schrijven of hij moest in zijn eentje tot rust komen.

Na maandenlang het leven van een non te hebben geleid, vertelde ik het aan mijn hartsvriendin, Ninni.

'Begrijp je niet wat dit betekent!' riep Ninni uit en ze hield een betoog dat mannen dan wel egoïsten konden zijn, maar dat geen enkele gezonde heteroman zich iets fijners kon voorstellen dan de vrouw in zijn leven tevreden te stellen.

'Mannen die in de bus staan te stralen hebben juist een wip gemaakt, dat weet je toch,' zei Ninni op haar directe manier. Zij raadde me aan in zijn zakken te zoeken tot ik bewijs vond. Ik ben nooit zo dom geweest om bewijs in mijn zakken te laten zitten, bewijs achterlaten is vragen om als leugenaar te worden ontmaskerd. Ik vond haar te naïef en te achterdochtig. Het stond me tegen, maar ik was te zwak, ik kon het niet laten. Ik neusde rond en op een dag vond ik het bewijs. Een kwitantie van een fitnessshirt van het merk Puma, damesmaat 36, gekocht in de Stenersgaten, voor zevenhonderd kronen. Regine had geen fitnessshirt gekregen en ik ook niet. Toen ik hem met de vondst confronteerde, probeerde hij zich eruit te redden door te beweren dat hij een cadeau voor zijn zus had gekocht. Zijn zus! Wie koopt er nu een fitnessshirt in maat 36 voor een oudere zus die maat 42 draagt en die altijd beweert dat ze God dankt voor alle regenachtige dagen waarop ze niet naar buiten hoeft en daarom op de bank kan kruipen met kokosmakronen en een kruiswoordpuzzel?

Pas toen ik dreigde te bellen om te vragen of het shirt paste, kwam het verhaal op tafel.

Mijn man had een twaalf jaar jongere fitnessinstructrice ontmoet en het ging volgens hem niet om haar lijf, dat o zo stevige lijf, maar om haar charme, die o zo zeldzame charme, waarvoor hij was gevallen.

Zij kan nog kinderen krijgen, was mijn eerste gedachte.

Mijn rol in dat verhaal is nu voorbij, die eindigde toen ik Dag ontmoette. Leraar Dag Andersen die slecht hoort met zijn ene oor en die daarom tijdens het luisteren zijn hoofd met vragende aandacht naar voren buigt, waardoor ik ga denken dat niets charmanter is dan een beetje slecht horen. Leraar Dag Andersen die zich niet kan scheren. Hij snijdt zich zodat hij bloedt of hij vergeet kleine plekjes waar de baardstoppels uitsteken of hij vergeet het scheren helemaal en geeft me schurende kussen. Om het bloeden te stelpen op de plek waar het scheermes hem heeft gesneden, gebruikt hij piepkleine stukjes papier die hij soms vergeet weg te halen, en die combinatie van klungeligheid en verstrooidheid die hem soms naar mij toe laat komen met piepkleine stukjes kronieken of sporttabellen in zijn gezicht, laat me smelten. Op dezelfde manier zie ik dat ik iets heb wat hem ontroert, zonder dat ik weet wat dat is. Ik weet alleen dat dat een schijnsel van geluk legt over alles wat ik meemaak en dat me vele malen per dag ertoe aanzet rechtop te gaan staan en te glimlachen.

Hij aait me vaak over mijn haar.

Hij kijkt me recht in de ogen en dat is een geschenk als je het tegenovergestelde hebt meegemaakt.

Als we wijn drinken, vergeet hij nooit te proosten. Op feesten is hij opgewekt en kan hij snel drinken, maar hij voelt wanneer hij genoeg heeft gehad, dan houdt hij zijn hand boven het glas. Hij staat op als ik wil vertrekken en brengt me altijd naar huis. Hij kan vertellen over dichters uit de barok en hij kan lamsbout en ijs serveren dat hij beweert zelf te hebben gemaakt, maar waarvan hij pas na het eten bekent dat hij het in de supermarkt heeft gekocht.

Dat zo'n man in de middagpauze van zijn collega's wegloopt en in de gang tussen de lerarenkamer en het kantoor van de rector gaat staan om mij sms'jes te sturen die niets met zijn literaire smaak te maken hebben, maakt me week.

'Je bent zo lekker.'

'Je hebt mijn leven op de kop gezet.'

'Je maakt me zo geil.'

'Ik wil je gauw onder me hebben.'

We hebben erom geglimlacht, dat we onze toevlucht nemen tot dezelfde eenvoudige taal die hij zijn leerlingen probeert af te leren, maar wij leren het niet af. We praten elke dag met elkaar, ook al wonen we niet samen, voorlopig nog niet, maar misschien over een jaar of twee of drie, wanneer onze kinderen niet alleen doen alsof, maar ons echt als paar hebben geaccepteerd en wanneer we beiden het gevoel hebben dat het goed is om meer te delen dan we nu doen.

Ik stap uit de bus, loop langs de school en de kebabkraam de smalle weg tussen de lariksen in. In plaats van in het rijtjeshuis te blijven wonen of het appartement van vader en moeder over te nemen, heb ik mijn geld in een vrijstaand huis gestoken en dat is het slimste wat ik ooit heb gedaan. Een rood huisje waarvan de muren al een geschiedenis met zich meedragen, niet onze oude familiegeschiedenis, maar de nieuwe van Regine en mij. Het huis heeft iets vreemds. Het is vlak na de oorlog, in 1947, gebouwd. Dat weet ik niet alleen uit de overdrachtsakte, maar doordat het huis is geïsoleerd met houtwol en oude kranten. Als ik achter de dakbalk peuter, krijg ik stukjes kranten te pakken die vertellen over het Marshallplan en de Kon-Tiki-expeditie en hoe barstens koud het in december 1947 was. Het huis is hoog en smal en heeft naast de bovenverdieping een zolder en een benedenverdieping. Aan de buitenkant lijkt het klein, maar iedereen die binnenkomt verbaast zich over de hoeveelheid ruimte die we hebben. Ik hoop dat onze gezelligheid voelbaar is en de ruimte groter laat lijken. Elke keer dat ik het bordje met 'Hier wonen Elisabeth en Regine Sørensen' zie, voel ik een steek van blijdschap.

Ik lees een autoriteit in die woorden.

Hier wonen moeder en dochter en ze hebben het uitstekend.

We hebben niemand anders nodig om ons te redden.

De margrieten op de trap staan nog in bloei, een Spaanse gele en een witte. De viooltjes staan er ook nog, raar dat zulke fluweelzachte bloemen zo veel regen en kou kunnen verdragen, ze kunnen zelfs in de sneeuw staan zonder te verwelken. Ik pak de sleutel onder de lege bloempot vandaan die omgekeerd tussen de andere staat. Netheid is niet de sterkste kant van Regine en mij, we vergeten zo vaak sleutels dat er beslist eentje buiten moet liggen. Andreas ergerde zich daar altijd aan, als hij geïrriteerd genoeg raakte vroeg hij of we niet net zo goed een briefje konden schrijven om dieven uit te nodigen om maar binnen te komen en te vertellen waar onze creditcards, contant geld en sieraden lagen. Hij wilde een alarminstallatie aanleggen zodat we de sticker van de bewakingscentrale op de deur konden krijgen, maar dat heb ik tegengehouden, volgens mij was dat te duur en zouden we met de code rommelen, maar wat me eigenlijk tegenstond was de achterdochtige houding tegenover onze omgeving. Ik wilde niet voortdurend denken dat er dieven bestaan die bij je inbreken, ik wil denken dat de meeste mensen te vertrouwen zijn.

Ik steek de sleutel in het slot, maar kan niet wachten tot ik binnen ben, ik toets het sms'je op mijn mobieltje tevoorschijn. Ik lees het, begrijp er niets van, lees het nog een keer en controleer het nummer, maar dit nummer ken ik niet.

'De kat houdt van de nacht', staat er alleen.

HENRY

Nu september vordert, begint het zelfs op zonnige dagen behoorlijk koud te worden. Er zitten een extra trui, sjaal en muts in mijn rugzak, maar dat is niet voldoende. Alles wat ik nodig heb, heb ik bij een postorderbedrijf gekocht dat de catalogus per post stuurt. Die heet 'de Noorse catalogus' en er staan foto's van alle artikelen in. Ook al heb ik nog niet de helft ervan nodig, toch blader ik er graag in. Je kunt van alles en nog wat uit die catalogus bestellen, opblaasbare kleerhangers, broodbakmachines, badmatten die knipperen, gereedschapskisten, hoerenslipjes, vitamines voor honden en jichtmedicijnen voor mensen. Plus jachtverrekijkers en andere jachtuitrusting. Uit het hoofdstuk met jachtartikelen heb ik warmtezolen voor mijn schoenen en metalen zak-etuis besteld. De etuis hebben kleine briketten die je kunt aansteken en die vier uur lang gloeien.

'Wij jagers moeten geen koude handen krijgen', stond er in de reclame. De schrijver daarvan wil zich zeker voordoen als een forse man die met andere mannen op sneeuwhoenjacht gaat, en die nadat ze de vogels hebben geschoten, teruggaan naar hun vakantiehuisje om jachtschotel met roomsaus, vossenbessen en bloemkool te eten, wat ze allemaal vanzelfsprekend vinden. Om kameraden of makkers te zijn. Dat heb ik ervaren toen ik met de Kop bij De Plantage werkte en ik heb het in films gezien. In films gaat het vaak om jachtgezelschappen, maar dat zou niets voor mij zijn. Een jachtgezelschap mag wapens gebruiken en zelfs nadat ze geschoten hebben, maken ze tot laat op de avond herrie, de tv staat te luid en ze laten na het douchen haren in het afvoerputje liggen. Ik heb die types niet alleen in films gezien, ik heb ze ook in het echt gezien. Ik ben in de winkel met de naam Pentagon geweest, waar ze zwaarden en wapenrusting, militaire helmen en handboeien en ook martelwerktuigen verkopen, ze hebben daar zo veel onaangename spullen dat ze een horrorfilm van materiaal hadden kunnen voorzien. Ik ben daar een paar keer geweest, maar onlangs waren er twee figuren die rood plastic lint kochten waarop CRIMESCENE INVESTIGATION stond, van dat afzetlint dat de politie gebruikt. Ik vroeg me af waar ze dat voor gingen gebruiken, ze stonden dicht bij elkaar, de een porde de ander in de rug en ze lachten hartelijk.

Ik ben toen weggegaan, ik kan niet tegen harde geluiden.

Als ik vader en de caissières die vragen of je een draagtas wilt niet meereken, is het nu twaalf dagen geleden dat ik met iemand heb gepraat. Ik zie overal mensen staan kletsen, maar ik snap niet dat er zoveel te kletsen is. Het etui met de warmtebriketten zit in een fluwelen hoesje en ik heb er een in alle zakken van mijn anorak. Als ik koude vingers krijg, hoef ik ze maar in mijn zakken te steken en ze aan het velours te warmen. Toen ik klein was, lang voor de scouting, had ik een trui van velours, je kon de stof heen en weer strijken als bont en de trui was groen met elastiek onderin. Ik had een bruine maillot en geruite pantoffels met metalen gespen om ze dicht te doen. De metalen gespen deden pijn op de wreef en de pijpen van de maillot gingen draaien zodat ze strak gingen zitten, je kon ze niet op hun plaats wurmen en ik trok de pantoffels en de maillot uit.

Ik wil nu een slok bier, dat blijft koud in de thermosfles.

Ik heb ook een heupfles. Soms moet je keel iets warms hebben, dan neem ik een slok. Ik neem geen Koskenkorva of andere goedkope rommel, het is echte Chivas. Met bier en sterkedrank moet de balans haarscherp zijn. Ik moet het flink koud krijgen voordat ik iets warms verdien. Ik verdien het nu.

Moeder ging naar een dokter in de Bygdøy Allé en ik mocht

niet mee omdat het over het krijgen van nog een kind ging. Dat wist ik toen niet, dat heb ik naderhand begrepen. Ze hield vast wel van mij, maar ik was niet voldoende. Ze wilde er nog een, een ander dan ik. Ik zeg niet dat daar iets mis mee is, maar als je met alle geweld nog een kind wilt zonder dat wat daarvoor nodig is leuk te vinden, dan klopt er toch iets niet. Dat begreep ik destijds niet. Toen begreep ik alleen dat het om van onderen ging. Dat zei moeder. Dat de dokter haar van onderen moest onderzoeken.

Waar van onderen? vroeg ik me af.

Moeder dronk niet, ze rookte niet, ze schold niet, meestal was ze aardig, maar ze had soms medelijden met zichzelf om alles wat ze naar haar mening had verdiend maar niet had gekregen. Een nertsmantel, een Volkswagen en nog een kind, dat meende ze verdiend te hebben. Als ze daaraan dacht, kreeg ze een gelaatsuitdrukking die vader een martelaarsgezicht noemde. Toen ik nog niet wist wat het woord 'martelaar' betekende, zocht ik het op in het woordenboek en daarin stond dat martelaars vaak gestenigd werden. Dat was niet bepaald geruststellende leesstof. Wanneer de martelaarsdagen voorbij waren, kon het zo gezellig zijn. Vooral als we aan de keukentafel in het kookboek met de titel *Eten voor Eirik* zaten te lezen. Daarin stonden kleurenfoto's van desserts en gebak, er waren bananen die door de cacao waren gehaald en een slagroomtaart die was uitgesneden als een vlinder, met gele glazuur. Er was een apart hoofdstuk dat alleen over feestelijke sandwiches en belegde boterhammen ging en iets wat smørrebrød heette, dat moeder en ik vaak maakten. Dat was niet iets voor amateurs, je gebruikte een versgebakken witbrood dat je in de lengte doorsneed en waarop je allerlei beleg naast elkaar legde: runderrollade met plakjes radijs, worst met pickles, ansjovis die dwars op eieren hoorde te liggen en koude vleeswaren in gelei, en alles moest mooi worden gestapeld, niet alleen omdat het mooi moest lijken, maar omdat het beleg hoog moest zijn, maar ook weer niet zo hoog dat het eraf viel. Moeder werd kalm van het stapelen op dat brood, ik werd er ook kalm van. Het was het allerfijnst als haar naaikransje kwam, dan was er een vast menu. Luxe bronwater en ragoutbakjes met vispaté, garnalen en erwten in witte saus. Ik mocht de vispaté in blokjes snijden en de garnalen en erwten door de witte saus mengen en bovenop mocht ik een plukje peterselie leggen. Het zag er mooi uit en moeder was erg in haar nopjes. We legden de belegde boterhammen en de ragoutbakjes op een schaal met mooi kantpapier op de bodem en moeder zei dat wij tweeën zo artistiek waren dat we wel een broodjeszaak konden beginnen. De dames van het naaikransje aten de ragoutbakjes met mes en vork, ik begreep nooit hoe ze dat voor elkaar kregen want de bakjes waren zacht maar bros, en vielen uit elkaar in schilfers die aan hun lippenstift bleven plakken. Dat zag er niet mooi uit. Als het naaikransje eindelijk voorbij was, kreeg ik de bakjes die over waren en ik mocht een paar van de luxe bonbons kiezen die ze altijd bij hun koffie hadden.

Ik heb dat boek *Eten voor Eirik* geërfd, het ligt in de keukenkast. Soms blader ik erin en bekijk ik de bladzijden waarin moeder een ezelsoor heeft gemaakt, dan is het bijna alsof ik weer tien ben. Alleen al bij het zien van een gebakfoto weet ik weer hoe het naar de eau de cologne rook die moeder ophad en hoe heerlijk we het soms hadden. Als het te veel wordt, moet ik het boek snel in de kast terugleggen.

Moeder had een oudere zus die Else heette en die wat uiterlijk betrof veel op haar leek, maar voor de rest anders was. Heel anders. Ze werkte in een fourniturenwinkel in Majorstua, een klein kot waar ze borduurgaren, naalden, klossen garen en losse kragen verkochten. Het vertrek was bruin, dat herinner ik me doordat er een koffiebranderij vlak naast lag en koffiegeur bruin is, maar de bruine kleur kwam vooral van alle laden die zo smal als planken waren. Als er geen klanten waren, mocht ik de ladeplanken uittrekken en dat was elke keer weer even spannend. Sommige planken hadden groeven en in de groeven lagen naainaalden, haaknaalden en stopnaalden, de punten deden me huiveren en ik deed de laden weer snel dicht. Op andere planken lagen rijen knopen en die planken wilde ik nooit dichtdoen. De knopen waren geordend op kleur en formaat, piepkleine witte, middelgrote witte en grote witte. Ik vond het heerlijk dat het geen rommeltje was, dat er orde en systeem heerste. Twee witte knopen waren van parelmoer met een gouden randje, ze glinsterden en misschien dat ik toen voor het eerst ontdekte hoe fijn het was om iets moois vast te houden. Ik wilde die knopen hebben, ze waren het begin van mijn familieschatten, hoewel ik dat toen nog niet wist. Ik liet ze stiekem in mijn broekzak glijden, en toen ik thuiskwam verstopte ik ze in de spleet achter de kast op mijn kamer, op de plek waar een gat in het pleisterwerk zat. Later heb ik een grote metalen doos aangeschaft, maar destijds had ik alleen dat gat in de wand. Wekenlang was ik doodsbang, ik was er zeker van dat ik ontmaskerd zou worden, maar dat gebeurde niet en na verloop van tijd durfde ik de knopen tevoorschijn te halen en ermee in mijn broekzak te lopen. Het werd winter en op een zondag bibberde ik van de kou, toen zei vader dat ik op mijn familiejuwelen moest passen. Ik wist zeker dat hij van de knopen wist, maar ook toen gebeurde er niets.

Wat er wel gebeurde was dat Else iets kreeg wat neurasthenie werd genoemd, waardoor de fourniturenwinkel moest sluiten. Toen ik op een keer haar naam moest schrijven, schreef ik Ezel. Ik wou dat ik dat met opzet had verzonnen, dat was nog beter geweest. De ezel woonde in het appartement boven de tandartsenpraktijk in de Thereses gate, waar de tram langsreed zodat de muren trilden. Het appartement was lang en smal en door het woonkamerraam keken we uit op de binnenplaats waar een bloedbeuk groeide. De naam joeg me angst aan, daarom zat ik vaak naar die boom te kijken. Ik vroeg me af of hij iets met de tandartsenpraktijk te maken had, omdat er bloederige plukken watten voor de ingang op de grond lagen. Ik vroeg me af of er bloed in de bladeren zat, dat ze daarom donkerrood waren. Er sjokte een das met een lange varkensneus en een plat lichaam met een stugge vacht voorbij en hij verdween door een gat in het hek naar de afvalbakken. Dat gaf me overal een tintelend gevoel en ik wist dat dat tintelen nog fijner werd als ik niet vertelde wat ik had gezien, maar het geheimhield.

Zo is het met alles wat fijn is, het wordt nog fijner als niemand anders ervan weet.

Ik had daar niemand om mee te spelen, ook niet in gedachten; dat was voordat Paul McCartney in mijn leven kwam.

Ik zat op de school die van heel Oslo het meest op een ouderwetse kostschool leek, met een toren en een torenspits. McCartney had daar best leerling kunnen zijn. Vaak denk ik dat dat zo was, een tijdlang was dat een van mijn lievelingsgedachten. Ik ben me van het leeftijdsverschil tussen ons bewust, maar in gedachten ben ik degene die beslist of leeftijd al dan niet bestaat. In mijn gedachten zaten McCartney en ik op de basisschool in dezelfde klas, klas 3a.

McCartney en Finnsen.

Tijdenlang waren het wij tweeën.

We liepen soms weg van gym en verstopten ons achter het fonteintje en daar zaten we onze lunchpakketten te delen, ik had witbrood met Nutella en McCartney had luxebrood met rozijnen en roomboter. Soms ga ik zover dat we Engels praatten, precies dat Liverpooldialect dat McCartney sprak toen hij een tiener was, maar omdat dat moeilijk is, laat ik hem mijn taal spreken. Ik laat hem daar achter het fonteintje zitten en naar me kijken met die trieste gezichtsuitdrukking van hem en zeggen bedankt, Henry, hartelijk bedankt, jij bent mijn allerbeste vriend, zonder jou weet ik niet wat ik zou moeten doen.

Als McCartney in het appartement van mijn tante in de There-ses gate was geweest, zouden we de binnenplaats op zijn gegaan om de das te zoeken en naar de bakkerij zijn gelopen om warme tarwebolletjes te kopen waar we dan stukjes chocola in stopten, zodat die samen met het binnenste van de bolletjes smolten. Ik zou McCartney het Bisletstadion hebben laten zien. We zouden door de poort zijn geslopen en ik zou McCartney hebben verteld dat hier schaatswedstrijden waren waar mensen naar keken als het zo koud was dat ze krantenpapier in hun laarzen moesten stoppen en McCartney zou inspiratie krijgen om daar een lied over te schrijven, en dat lied had een grote hit kunnen worden. Ik zing vals, maar binnen in me hoor ik de melodieën correct. Dat speelt geen rol, aangezien ik me niet druk maak over muziek. Ik ben niet onder de indruk van de muziek van de Beatles. Integendeel, wanneer ik die filmclips zie waarin meisjes gillen, zich aan de haren trekken en flauwvallen omdat McCartney en Lennon daar staan te tokkelen en te zingen, wil ik het apparaat het liefst uitzetten. Het is niet echt, het is hysterie die de meisjes met elkaar oproepen. Als een meisje de Beatles in haar eentje had gezien, zou ze zich nooit zo hebben gedragen. Het waren slechts vier jongens die hun haar niet wilden knippen, die goed konden zingen en die zo rijk werden dat ze hun geld ten slotte niet meer konden tellen. In het gezicht van McCartney zit iets anders dan geldzucht, dat heb ik altijd gezien, die hangende oogleden van hem vertellen dat hij aardig is. Vooral nu hij ouder is, is dat duidelijk. Toen ik op een keer te veel bier had gedronken en voor de tv in slaap viel, werd ik wakker bij een programma waarin een grootmoeder met een donkere stem zat te praten. Het duurde een aantal seconden voor het tot me doordrong dat het McCartney met te veel tv-schmink was.

In de Thereses gate zat ik alleen op de keukenvloer winkeltje te spelen met de keukenspullen. Het was koud om zonder maillot te zitten, in alleen mijn onderbroek, maar ik was de winkelchef en besliste over alles in de kast. Op een keer gooide ik de hele bus met vanillesuiker om zodat de vloer om me heen wit werd. Even zat ik de vanillesuiker tussen mijn vingers te wrijven, het voelde aan als kleffe sneeuw, alleen was de sneeuw droog, niet nat. De ezel moet het hebben gehoord, ze kwam van achteren en schudde me door elkaar. Ik kan me niet herinneren dat ze iets zei, maar ze greep me bij de halsboord van mijn trui en schudde zo dat mijn hoofd heen en weer zwiepte en ik kon alleen nog denken dat ze daartoe het recht had omdat ik haar parelmoeren knopen had gepakt.

Toen sloot ze me op in de provisiekast.

Het was een nauwe ruimte, met een schuin dak dat naar onderen toe steeds lager werd. Het was daar koud, maar het ergst was de duisternis. Eerst was het pikkedonker, daarna kon ik de planken ontwaren waarop kruiken en glazen potten stonden die op een akelige manier glinsterden waardoor de inhoud ervan aan oren en tongen deed denken. Soms vind ik de herinnering zo akelig dat ik heb geprobeerd te denken dat ik het maar verzonnen of gedroomd heb, maar het is echt gebeurd. Ik riep sorry, dat was een van de belangrijkste woorden om te zeggen, maar ik kreeg geen antwoord. Ik bonkte en sloeg tegen de deur, ik begon te huilen, maar het hielp niet. De ezel deed alsof ze er niet was, of misschien was ze weggegaan. Misschien kwam ze nooit meer terug. Misschien moest ik daar blijven tot ik doodging, maar voordat ik doodging verschenen de spinnen en de ratten om me aan te vreten. Er waren ratten op de binnenplaats, daarom lagen er blauwe rattengifbolletjes en vallen bij de afvalbakken waar de das was verdwenen. De spinnen had ik al vaak gezien, ze zaten aan de rand van hun web te wachten met hun dunne poten die nauwelijks bewogen. Ik meende ze over mijn voeten te voelen kruipen. Ik had mijn pantoffels niet moeten uittrekken, ik had mijn maillot niet moeten uitdoen, ik had het koud en raakte in paniek.

Ik kan niet ouder zijn geweest dan zes jaar.

Niet in staat wraak te nemen.

Opgesloten door een vrouwspersoon met een droge kut onder haar plooirok. Ik weet niet waarom ze zoiets verzon, misschien kwam het door de neurasthenie of had ze gewoon een boosaardige kant. Ik weet het niet, maar ik begreep dat ze het leuk vond om me op te sluiten. Dat zou me leren. Dat een glazen pot omgooien voldoende was. Op een keer blies ik in het rietje zodat de sinas overstroomde en er gele vlekken op het witte tafelkleed kwamen, toen moest ik regelrecht naar de provisiekast. Een kwartier straf, daarna ging de deur weer open, maar dat wist ik de eerste keer nog niet. Toen stond ik daar te beven en te trillen, en alleen wie als zesjarige opgesloten in een pikkedonkere kast is geweest, weet hoe het voelt dat je weldra wordt opgegeten door iets wat je niet ziet. Om niet opgegeten te worden hield ik mijn armen om mijn hoofd en toen rook ik de geur van vanille op velours en die combinatie, veloursvanille, maakte dat ik het heb gered.

Ik leerde met koude voeten omgaan. Ik leerde wachten. Ik leerde geduld hebben. Tussen de struiken staan en over een meer vol zwemmende vogels uitkijken doet me niets. Er drijven bladeren en rommel op het wateroppervlak, over de rommel lopen de watervlooien en boven hen zoemen de waterjuffers, ze zwermen in het rond als minihelikopters, klaar voor de aanval. Niet zo ver bij me vandaan ligt een zwaan. Eerst dacht ik dat hij dood was, hij leek bijna ondersteboven te zijn gevallen, maar hij drijft alleen en eet van de modder op de bodem.

'O, kijk eens, wat een mooie zwaan!' zeggen de wandelaars tegen elkaar.

Zwanen zijn zwemmende verwanten van de dinosauriërs, ook die zijn alleen mooi van een afstand. Van dichtbij zijn de witte halsveren smerig geel, de zwarte voeten liggen achterover op een misvormde manier en de oranje snavel eindigt in een bult. Misschien zit er een ademgat in die bult of misschien zitten de ademgaten verder naar onderen, dat kan me niets schelen. De zwaan heeft een zwart masker dat eindigt in priemende ogen en hij sist ook naar mensen als hij geen jongen hoeft te beschermen.

'Kijk, hij fotografeert al die mooie vogels,' zei een moeder een halfuur geleden tegen haar kind.

'Ja, dat is de vogelman,' riep het kind. Het was een jongetje, dat hoorde ik zonder me om te draaien. Mijn hart begon te bonken. Hard, het bonkte veel te hard. Dat stond me niet aan. Toen had ik mijn thermosfles nodig. Ik liet de heupfles waar hij was, maar ik schonk bier in. Ik had me om kunnen draaien en naar hen kunnen glimlachen, ik had kunnen zeggen dat het mooi herfstweer was. Ook al zitten er soms vele dagen tussen de keren dat ik iemand spreek, toch ben ik niet asociaal. Ik weet wat je in verschillende situaties moet zeggen. Soms, als ik mijn buren ontmoet, zeg ik dat het binnenkort winter wordt of dat de vuilnismannen aangerotzooid hebben en afval op de stoep hebben laten vallen en dat ze dat op hadden moeten ruimen, maar nu zei ik niets. Ik draaide me ook niet om. Ik bukte me alleen maar en deed alsof ik de camera beter instelde, ik deed alsof ik druk bezig was terwijl ik Regine en haar smalle heupen voor me zag. Ik zag haar op een manier die het staan in zo'n pijnlijke houding waard was, ook al zou ik nóg zo lang zo moeten staan. Ik zag haar wangen, hals en schouders en alles waarop ik graag mijn handen wilde leggen.

Mijn vingertopjes ruiken naar vanille. Ik heb vanillesuiker gestrooid in het hoesje met de warmtebriketten.

ELISABETH

'De kat houdt van de nacht.'

Ik sta op de trap naar het scherm van mijn mobiele telefoon te staren en probeer het bericht te begrijpen. Een zweefvlieg zoemt boven de Spaanse margrieten. Ik doe een wedstrijd met mezelf om ze langer in bloei te houden dan vorige herfst en toen stonden ze tot midden oktober. Een bloemist heeft me geleerd om ze geen koud maar lauw water te geven en ook mest te geven met extra voedingsstoffen. De zon schijnt, maar ik heb het koud in mijn dunne jas, moeder zei altijd dat ik me beter moest kleden. Ik draag zomerkleren of winterkleren, het is me nooit gelukt om me naar de wisseling van de jaargetijden te kleden. Hoewel het al bijna oktober is, draag ik een dun topje onder mijn jas en zomerschoenen zonder sokken.

Ik ga naar binnen en zet de boodschappen en mijn handtas weg. Het ruikt nog naar tacokruiden van het late avondmaal van gisteren. Nog niet zo lang geleden zag ik dat een francofiele chef-kok taco's varkensvoer noemde, maar Regine zou ze elke dag wel lusten. Ze verbrokkelt de droge tacoschelpen boven de salade, voegt extra chilisaus toe, strooit geraspte kaas over het kipgehakt en eet zo gulzig en gehaast dat ze het servet in haar hand moet houden terwijl ze iets komisch over een of andere leraar of leerling vertelt.

'De kat houdt van de nacht.' Wat heeft dat te betekenen?

Het nummer begint met 90, maar ik kan me niet herinneren dat eerder te hebben gezien. Ik moet nummerinformatie maar bellen. Ik toets 1881 in en krijg antwoord van een vrouw die het dialect van Telemark spreekt, misschien werkt ze in een centrale ergens in een dal met schuren en van die voorraadhuisjes op palen op de achtergrond. Ik hoor haar toetsen, dan zegt ze dat het nummer niet geregistreerd staat, maar dat ze op internet kan zoeken. Ik zeg dat ik dat graag wil en zie voor me hoe ze ongetwijfeld in een open kantoortuin op het beeldscherm zit te zoeken.

'Het spijt me, daar staat het nummer ook niet.'

'Maar bestaan er dan mobiele telefoons die nergens zijn geregistreerd?'

'Het kan een bedrijfstelefoon zijn of een heel oud mobieltje. Of het kan gaan om iemand die niet wil dat het nummer bekend wordt gemaakt.'

Wie kan dat zijn en hoe doe je zoiets? Ik heb geen idee en wil het vragen, maar voel hoe weinig alles wat met mobiele telefoons en mogelijkheden van foutmeldingen te maken heeft me interesseert. Spelletjes op je mobieltje, spelletjes op de computer, alles wat met intoetsen, codes en cijfers te maken heeft vervult me met intense verveling. In plaats van meer vragen te stellen, bedank ik haar voor haar hulp en verbreek de verbinding.

Veel mensen noemen hun geliefde 'poesje'. Misschien zijn het twee mensen die met een troetelcommunicatie bezig zijn en lijkt een van hun nummers op dat van mij? Ik leg de telefoon weg en neem de tassen met stoffen mee de woonkamer in. Ik spreid ze uit over de bank. Een donkerbruine stof met gouden brokaatpatroon. Een roodachtige stof, ook die met gouden strepen. Ik koop de stoffen bij Agra Fashion, een Pakistaanse winkel in de wijk Grønland. Achter de volgepropte etalages en de rollen mierzoet roze en knalgeel ligt een schatkamer van meer geraffineerde stoffen. Ik zou uren tussen de rollen kunnen doorbrengen, alleen al door ze te bekijken en eraan te voelen krijg ik kriebels. Ik ben erfelijk belast. Moeder naaide haar eigen mantelpakjes en oma deed naaiwerk voor anderen, in haar vrije tijd breide ze niet alleen sokken en wanten, maar ook kleerhangerbeschermers. Een anachronisme dat veel mensen de mond doet openvallen van verbazing.

Kleerhangerbeschermers?

Dat woord bestaat niet meer in onze taal, hoe kan iemand tijd voor zoiets hebben?

Oma had tijd, ze zat nooit op een stoel zonder een handwerkje. Het ging er niet alleen om iets nuttigs te doen, het ging om de relatie tussen kleerhangers en Christus. Oma had niet wat de mensen een kinderlijk geloof noemen, ze had een volwassen geloof waar ze nooit over sprak, maar dat had ze en dat geloof leek haar behoeften te beteugelen. Ik heb daar vaak over nagedacht, omdat ik weet dat ik geen rust kan vinden als ik geen relatie met een man heb. Ik kan tegen mezelf zeggen dat ik van mijn kind, mijn vrienden, mijn baan hou, maar dat is niet genoeg, er moet ook een man zijn om lief te hebben.

Oma is weduwe geworden toen ze twee jaar jonger was dan ik nu ben. Voor zover ik weet heeft ze nooit meer een nieuwe liefdesrelatie gekregen, maar dat maakte haar niet verdrietig of kil. Het leek alleen alsof ze haar liefde een andere richting op stuurde. Regelmatig had ze een advertentie in *Aftenposten*, ik ken hem vanbuiten: 'Regine Dal voor al uw verstelwerk, dames- en herenkleding.' Op weg naar school mompelde ik dat wel eens als een regel, het klonk als de optimale beheersing van iets existentieels: *Voor al uw verstelwerk, dames- en herenkleding*. 's Avonds zat ze bij ons met haar breiwerk dat een kleerhangerbeschermer moest worden en de koppeling tussen dat breiwerk en haar rust heeft me voor altijd een irrationele gedachtekoppeling tussen kleerhangers en het christelijke geloof opgeleverd. Ik heb de roze, blauwe, rode en groene kleerhangers geërfd, sommige daarvan heeft ze zelfs versierd met een fluwelen strik rond het haakje, de gedachte dat mijn oma in een wereld leefde waarin je de tijd nam om kleerhangers te versieren, geeft me een gevoel van veiligheid.

Hoewel ik ben opgegroeid tussen stofrollen en patroonpapier, heb ik er nooit aan gedacht zelf mijn beroep van naaiwerk te maken. Het was bij ons thuis zo weinig dramatisch, zo rustig dat je bijna van stilstand kon spreken. De boeken rukten me uit de stilstand, het spannende en de wereld in, al vanaf het voortgezet onderwijs was ik vastbesloten dat ik met literatuur wilde werken.

Ik had een beroepsspoor voor ogen, geen zijspoor.

Andreas beperkte me niet, helemaal niet, maar na de echtscheiding is er iets losgeraakt. Nu ben ik begonnen te naaien, niet alleen voor Regine en mij, maar voor vriendinnen. De vorige jurk heb ik verkocht aan een vriendin die de snit zo mooi vond dat ik, als ik zou willen, een naaiatelier kon beginnen. Dat maakte me zo blij als ik in lange tijd niet was geweest. Ninni en ik hebben er veel over gepraat waar dat door kwam. Zij werkt als verslaggever voor de radio en neemt interviews af voor haar beroep, maar na haar scheiding is ook zij er iets naast begonnen. Ze kocht een massagebank, deed een cursus in aromatherapie en verdiepte zich in aromatische oliën. Bij haar thuis hangt een geur van ylangylang, neroli, amandel en roos. Ze heeft me een hele batterij aan proefflesjes gegeven en me geleerd dat citrusoliën verkwikkend zijn, terwijl lavendel kalmerend is en dat tussen die twee uitersten een register aan werkzame oliën bestaat. Op kritieke momenten hebben we ons afgevraagd of het maken van een verkeerde keus van levenspartner ons over onze andere belangrijke keus heeft doen twijfelen, maar we zijn beiden te optimistisch om er op die manier naar te kijken. Beiden denken we dat het om een verlossing gaat en dat we eindelijk hebben begrepen dat het leven te kort is om maar één beroep uit te oefenen.

Ik streel het gouden brokaat, maar even vaak haal ik het smsbericht weer tevoorschijn. 'De kat houdt van de nacht'. Maar zes woorden, maar het zien ervan maakt me onrustig. Heeft Dag ze misschien vanaf een ander mobieltje dan normaal gestuurd? Misschien heeft hij zijn mobieltje thuis laten liggen en dat van een collega geleend? Je leent geen mobiele telefoon om iemand een bericht te sturen, tenzij het belangrijk is. En waarom zou hij opeens een mobieltaal gaan bezigen die hij nog nooit eerder heeft gebruikt? Hij heeft een tijdlang een kat gehad toen zijn kinderen klein waren. Een boskat die Woef heette. Het was dan wel een poes, maar hij was bijna zo groot als een hond en toen de moeder van de kinderen dat vertelde, geloofde het jongste zoontje van vijf dat ze een mix van een hond en een kat zouden krijgen en dat vonden ze zo grappig dat ze de kat Woef noemden.

Eva en Dag met hun zonen Sebastian en Kristian, plus de kat Woef.

Dat klinkt als een idylle waar hij in leefde lang voordat hij mij ontmoette, daarom heb ik met gemengde gevoelens naar dat verhaal geluisterd, maar natuurlijk is het een aardig verhaal.

En natuurlijk hebben we over katten gepraat. Omdat ik er zo graag eentje had gehad, maar te allergisch ben. Omdat Regine altijd graag een kitten heeft willen hebben. Omdat er briefjes in winkels en aan lantaarnpalen hangen over zindelijke kittens die weggegeven worden, maar we hebben nooit op die manier over katten gesproken. Welke manier? De manier waarover je een sms kunt sturen. 'De kat houdt van de nacht'. Dat klinkt als iets ogenschijnlijk onschuldigs, maar gaat over iets anders. Probeert hij me te herinneren aan wat we 's nachts samen kunnen doen?

Omdat ik rekening moet houden met Regine en hij met zijn twee zoontjes die om de week bij hem wonen, gebeurt het niet zo vaak, maar tegen hem aan slapen is een zegen. Hem in huis hebben en dicht tegen hem aan liggen in het donker, zijn adem en warmte voelen, in zijn armen slapen en weer wakker worden en voelen dat het geen droom is maar een man die elke nacht, de hele week, elke maand, het hele jaar, misschien de rest van zijn leven als ons dat lukt, liever in mijn bed dan in andere bedden wil liggen?

Snel stuur ik Dag een sms'je: 'Hallo lieverd, gaat het goed met je?'

Het duurt minder dan een minuut tot de telefoon trilt: 'Gaat goed, maar heb het druk, bel later.'

Hij heeft zijn eigen mobieltje bij zich, dan heeft niet hij dat domme kattenbericht gestuurd. Natuurlijk niet. Ik vouw de stoffen op, leg ze op de naaitafel, loop naar de keuken en zet theewater op, pak een paar appels en leg ze in een schaal op de schouw, dan haal ik het manuscript tevoorschijn waaraan ik moet beginnen voordat Regine van haar dansles komt. Ik heb een regeling om twee leesdagen thuis in plaats van op de uitgeverij te zitten. Dat is een extreme luxe, maar ik begin een veteraan in de uitgeverswereld te worden. Ik neem aan dat dat een gevoel is die de meeste mensen van boven de vijfenveertig overvalt, dat je niet langer tot de nieuwe, de verse, de coole mensen behoort. Ik doe mijn best dankbaar te zijn voor de regeling en hoor te laten zien dat ik die verdien, ik moet efficiënt zijn en met een snel oordeel komen, zowel omwille van de uitgeverij als omwille van de auteur. Het enige wat ik over betrokkene weet is dat hij nog nooit eerder iets heeft gepubliceerd en dat hij een van de debutanten van komend jaar kan worden. Aanvankelijk dacht ik dat het gemakkelijker was om de nieuwelingen te beoordelen dan de reeds gevestigden, maar dat was alleen omdat ik zenuwachtig was bij de gedachte een mening over een van de bekende en bekroonde auteurs te moeten geven. Nu is dat omgekeerd, nu vind ik het een van de moeilijkste dingen om te kunnen onderscheiden of iets potentie heeft, ook al is het onzeker en houterig.

Ik ben nu nog niet aan lezen toe, in plaats daarvan haal ik het theekopje en het schetsblok en ga in de woonkamer aan tafel zitten. Als ik ontevreden kledingwinkels uit loop, komt dat vaak omdat ik een duidelijk beeld heb van hoe een jasje of een rok eruit hoort te zien. Vroeger zou ik niet op het idee zijn gekomen dat ik de kledingstukken goed genoeg zou kunnen tekenen om ze op patroonpapier over te brengen, maar het is niet zo moeilijk als ik dacht.

De kat houdt van de nacht.

Ik kan natuurlijk gewoon een sms terug sturen naar het nummer en vragen wie betrokkene is.

'Hallo, denk dat je naar verkeerde hebt gestuurd', toets ik.

Er komt geen antwoord. Het kan iemand zijn die zijn mobieltje uit heeft staan. Of iemand die niet wil antwoorden? Ik teken een gegeerd feestjasje dat zo geknoopt kan worden dat het ook als jurk kan fungeren. Ik loop naar de kast en pak de bus met alle knopen die ik van moeder heb geërfd. Oma en zij pasten goed op dingen, ze gooiden nooit een versleten kledingstuk weg zonder de knopen ervan af te knippen. Daarom heb ik knopen waarvan kledingontwerpers het water in de mond zou lopen, ik heb piepkleine parelknoopjes en grote benen knopen, ik heb glinsterende stras, ik heb geruite leren knopen en driehoekige knopen uit de jaren zestig en een paar met zijde overtrokken knopen die smeken om een baljurk. Ik laat de knopen door mijn vingers glijden en probeer er een paar te vinden die bij de rode stof met gouden strepen passen. Ik zou graag een designer zijn geweest om kleren te ontwerpen voor de vrouwen die nooit geloven dat ze mooi genoeg zijn, die zich helemaal in het zwart hullen en er altijd uitzien alsof ze naar een begrafenis moeten. Feestkleding voor wie denkt niet te kunnen stralen, dat zou mijn niche kunnen zijn. Gewoon decolletés stijlvol tekenen, niet die flodderige U-vorm of die spitse V-vorm, die vormen staan vrijwel geen enkele volwassen vrouw, hoe mooi ze ook zijn, terwijl een decolleté in de vorm van een zachte M, op de manier waarop kinderen vogels tekenen, die vorm doet wonderen, hoe je er ook uitziet.

De kat houdt van de nacht.

Ik raak die woorden maar niet kwijt. Snel, zonder na te denken, toets ik het nummer in waarvan het bericht is verzonden.

Ik hoor dat de telefoon wordt opgenomen, maar geen stem.

'Hallo, met Elisabeth Sørensen. Je hebt me zojuist een sms gestuurd.'

Geen antwoord, maar ik voel dat er iemand aan de andere kant van de lijn is.

'Hoor je mij?' vraag ik.

'Ja,' zegt een mannenstem, daarna wordt de verbinding verbroken.

HENRY

Lang stilstaan en doen alsof ik het vogelleven bestudeer heeft twee nadelen. Het ene is dat ik naar al dat stomme pluimvee moet kijken en het tweede is dat ik te veel gedachten krijg. Idioten die met een mes amok maken in de tram zeggen dat ze stemmen in hun hoofd horen, dat iemand hun beveelt te doden voordat ze zelf gedood worden. Sommigen zeggen dat de spreker Jezus of Hitler is of zelfs Lennon. De man die Lennon heeft vermoord en die nooit meer uit de gevangenis zal komen omdat hij geen spijt heeft, zegt dat hij de stem begon te horen van een schrijver en dat hij gaandeweg de hoofdpersoon in diens bekendste boek werd.

The Catcher in the Rye heet dat boek, ik heb het opgeschreven toen ik het tv-programma zag. Ik zou het graag willen lezen. Gewoon uit nieuwsgierigheid, gewoon omdat ik denk dat het knettergek is en omdat ik vaak heb gedacht dat die idioot even goed op het idee had kunnen komen dat hij McCartney moest vermoorden en dat zou ik dan heel beroerd hebben gevonden, ik zou het heel beroerd vinden als McCartney voor eeuwig en altijd verdwenen zou zijn.

Godzijdank praat er nooit iemand anders dan ikzelf in mijn hoofd, maar er verschijnen wel eens beelden die ik niet wil. Als ik lang in de stad heb gelopen, rust ik graag even uit op een bank in de vertrekhal van Oslo Centraal. Het is alsof je in de bioscoop zit, zo veel is er te zien. Maffiatypes met dikke rollen flappen, verslaafden die drugs kopen, idioten die hardop in zichzelf praten, gepensioneerden die naar eten in het afval zoeken, flikkers die iets met kleine jongens aan het doen zijn, bewakingbeambten die mensen op de grond leggen. De treintijden verschijnen op het bord en als je af en toe op de klok kijkt, lijkt het alleen maar alsof je zo meteen moet vertrekken. Zo zat ik een paar maanden geleden, geheel ontspannen, toen ik opschrok.

Ik zag moeder op weg naar spoor 10.

Moeder is in 1999 ten grave gedragen, dus ze kon de trein niet nemen, maar ik zag de achterkant van haar mantel.

Het was iemand anders, dat weet ik, het was gewoon een vrouw met dezelfde mantel, hetzelfde dunne haar, dezelfde manier om haar tas dicht tegen zich aan te houden. Ik zag moeder in een andere vrouwspersoon en ik raakte zo van streek dat ik meteen de trap op moest om een glas bier te drinken en daarna nog een paar.

Sindsdien heb ik geen voet meer in Oslo Centraal gezet, maar nadien kreeg ik veel beelden van hoe het er vroeger in ons appartement uitzag. Ik herinner me het behang met lelies aan de wanden, de groene leunstoelen, de geelbruine wandlampen en de televisiekast met daarop een geborduurde loper. Ik zie de stopmand die vol zat met bruine kousen met gaten erin. Ik herinner me de potplanten op de vensterbank met kleine harken en spaden en een piepklein tuinmannetje waar ik graag mee speelde. Ik herinner me de rubberplant met de dikke bladeren waarin ik graag knijpafdrukken maakte als niemand me zag. Ik zie details die anderen vergeten zouden zijn. Dat er water uit de radiator was gestroomd zodat er een vlek op het tapijt was ontstaan die op een spook leek. Dat de naad van een bordeauxrood kussen had losgelaten zodat je de witte voering kon zien. Dat er een lange splinter van de ene stoelpoot van een eetkamerstoel af was gegaan. Ik zie de glazen tafel met een kleine zilveren vlaggenstok met de Noorse vlag voor het portret van koning Olav, dat naast de familiefoto van oma en opa en hun drie kinderen stond, zodat het leek alsof koning Olav onze oom was.

Als ik lang aan moeder denk, beland ik vroeg of laat bij haar zus en ik herinner me hoe het was wanneer de deur van de provisiekast eindelijk weer openging. Eerst hoorde ik dat ze ervoor ging staan, waarschijnlijk luisterde ze of ik huilde. Daarna draaide ze de sleutel om, het licht kwam zo onverwacht dat ik verblind werd en met mijn ogen moest knipperen. Ik had zo gehuild dat mijn ogen opgezwollen waren, mijn gezicht zat vol tranen en snot, mijn lichaam was stijf, ik wilde weg, maar ik werd opgetild.

'Oei, jij bent me toch een grote jongen,' kreunde ze en ze tilde me op terwijl ik tegenstribbelde, en tegelijkertijd was ik doodsbang dat ik weer het donker in werd geduwd. Ze droeg me naar de leunstoel en ging met me op schoot zitten. Op de armleuning had ze een doek gelegd waarmee ze mijn gezicht afveegde terwijl ze zei dat ik niet meer stout mocht zijn.

'Geen stoute jongen, een lieve jongen moet je zijn,' zei ze op een zalvende toon terwijl ze me afveegde met de doek die nat was en rook naar de karnemelkzeep die ik sindsdien nooit meer heb kunnen verdragen. De ezel streelde mijn haar, warmde mijn voeten en drukte me tegen zich aan, terwijl ze 'nou nou nou, Henry' zei. Meer dan dat deed ze niet, maar voor mij was dat voldoende om te weten dat ze dat leuk vond. Ze vond het leuk om me in het donker op te sluiten, me te horen huilen, me er weer uit te laten, me naar de stoel te dragen en mijn lichaam tegen zich aan te drukken, en ik moest me er gewoon aan overgeven, ophouden met tegenstribbelen en steeds dichter tegen haar aan komen. Ten slotte gaf het ook mij een warm en fijn gevoel.

Ik krab tussen mijn vingers en pak de xylocaine uit het zijvak van mijn rugzak. De geleiachtige zalf is koud, ik smeer beide handen in, het duurt een paar seconden voordat de verdoving werkt. Ik hou van dat dove gevoel, het enige nadeel is dat het lastiger wordt om iets met je vingers te doen. Dat speelt geen rol. Ik pak zo meteen de boel bij elkaar. Over tien minuten, als ik me niet vergis. Mocht er iemand langslopen en me rechtovereind zien staan, dan denken ze alleen dat ik even pauzeer. Ook vogelaars moeten af en toe hun rug strekken. De scholen hebben hier buiten biologieles, ze komen met schepnetten en plastic emmers en joelen en lachen en springen in het water om larven en visjes te vangen waarmee ze naar hun leraren hollen en de leraren noteren de vondsten met zo'n serieus gezicht dat het om sensaties van wereldformaat lijkt te gaan.

Wij gingen tijdens de biologielessen ook hierheen, we konden gewoon de weg oversteken, dan waren we aan het eind van het meer. Vlakbij lag het kleine kasteel met de tuin met rozen, een fontein en een waterlelievijver met een brug erover. Het kasteel was eigendom van Harry Fat. Voordat ik naar school ging, dacht ik dat dat een stripfiguur was, net als Elmer Fudd, maar een van de leraren vertelde dat de eigenaar van het kasteel achter de vijver een van de rijkste mannen van de stad was, een fabriekseigenaar met een gigantische kunstcollectie. De jongens in de klas noemden me geen Henry maar HF, en opeens zag iemand de overeenkomst tussen de initialen. Vanaf dat moment heette ik gewoon Henry Fat. Tegenover de meisjes vond ik dat vervelend. Voor die tijd hadden ze niet naar me gekeken, toen was ik lucht voor hen, maar nu staken ze de hoofden bij elkaar als ik langsliep.

'Daar komt Henry Fat,' gniffelden ze.

Zó dik was ik nu ook weer niet, maar die naam kregen ze niet meer uit hun hoofd.

'Henry Fat,' zeiden ze lachend en ze bliezen hun wangen op zodat ze lelijk werden. Ze duwden hun buik naar voren en maakten waggelbewegingen zodat ze nog lelijker werden. Ik wilde niet naar hen kijken. Ik bleef uit de buurt, maar ging steeds meer aan Harry Fat denken. Een van de rijkste mannen van de stad die in een klein kasteel woonde? Hier, vlak bij onze school, recht tegenover het gebedshuis van Bryn? Een man die algemeen directeur van historische monumenten was geweest. Ik wist niet wat dat inhield, maar begreep wel dat dat niet zomaar een baan was en dat je misschien een uniform moest dragen en zelfs een geweer. De eerste maanden dacht ik er nog niet over na wie hij in mijn beleving zou moeten zijn, toen maakte ik 's avonds alleen rondjes om het kasteel. Onze leraar had een fout gemaakt, hij zei niet hoe oud Harry Fat was. Als ik had geweten dat Harry Fat veel te oud was, zou ik hem misschien zijn vergeten, maar ik wist het niet, dus dacht ik steeds vaker aan hem. Ik wilde dat hij naar buiten kwam, maar hij kwam niet. Ik wilde door de ramen kijken, maar durfde niet.

Op een donkere avond raapte ik mijn moed bijeen.

Ik klom op de rand van een muur, keek naar binnen en kon mijn ogen niet geloven. Ik zag kroonluchters en schilderijen. Ik zag velours gordijnen en zijden kussens. Ik zag zilveren en bronzen spullen. In een van de kamers zag ik zelfs in de wanden ingemetselde topless vrouwelijke engelen. Allemaal van die dingen die vader volgens hem uit de grond moest halen, maar wat hem nooit lukte. Hier lag het allemaal uitgestald, blinkende, glinsterende spullen. Op dat moment besloot ik dat de man die daarbinnen woonde, mijn eigenlijke vader was, in dit prachthuis van Harry Fat hoorde ik thuis. Wanneer hij Fat kon heten en tegelijkertijd een van de rijkste en machtigste mannen kon worden, kon ik best verdragen dat die domme meiden me met zijn achternaam plaagden. Harry Fat had van zoiets geen last. Op een dag zou Harry Fat naar buiten komen, me herkennen en me uitnodigen binnen te komen en hij zou me over mijn hoofd aaien en zeggen dat het afgelopen was met al dat domme gedoe, zijn huishoudelijke hulp zou chocolademelk met slagroom serveren en een van de beste bedden voor me opmaken en niemand anders zou bij ons komen.

Nu ik het pand op internet heb bekeken, weet ik dat het geen kasteel is. Alleen ik had het op die manier geïnterpreteerd. Het kasteel is niets anders dan een bakstenen huis met vakwerk. De waterlelievijver is slechts een kleine vijver vol algen, de witte brug is ingestort en de fontein is afgesloten. Ik kijk niet graag naar die beelden, het gebouw is verkocht en Harry Fat ligt allang op het kerkhof. Hij was veel te oud en is nooit te weten gekomen dat ik mezelf als zijn zoon zag.

Er zijn andere dingen dan kastelen die ik nu op internet opzoek. Ik heb wat porno bekeken, dat moet ik toegeven, maar van ziekelijke zaken hou ik me verre.

Er is iets wat ezelseks heet, dat is met ezels en vrouwen uit Mexico, op een speciale ranch waar ze ezels aan houten klazen verhuren. Er zijn daar cactussen met stekels en modderbaden. Dat is akelig. Ik vind alleen leuk wat mooi en schoon is, wat op parels en porselein lijkt.

Regine komt zo meteen.

Regine komt zo meteen met haar lange haar.

Ik hoef nog maar even te wachten.

Zes minuten, ik ken hun tijden nu. Als haar vriendin ziek is, komt ze alleen. Even wens ik dat zo sterk, dat ik mijn ogen sluit en prevel 'laat die domme gans van een vriendin ziek zijn, laat haar alleen, helemaal alleen komen'.

Het is bijna alsof ik bid, maar ik open mijn ogen en zie dat mijn gebed niet is verhoord. Ze komt samen met haar vriendin, ik zie hen op grote afstand bij het voetbaldoel. Ik stel de verrekijker in en kijk uit over het water. Het is een goede verrekijker, hoewel hij niet meer dan vierhonderd kronen bij het postorderbedrijf kostte. Een fuut glijdt heen en weer met zijn spitse snavel en slangenhals. Futen hebben een nog duidelijker slangenhals dan zwanen, ook omdat ze een slangenbeweging met hun kop maken als ze zwemmen. Vroeger waren futen zo schuw dat je ze amper tussen de rietstengels kon ontwaren, nu zijn ze gewend geraakt aan mensen en komen bijna aan land, zelfs als ze jongen hebben waarmee ze op hun rug zwemmen. Dat heeft een van de echte vogelaars me verteld. Soms komt hij langs en praat dan alsof we elkaar al ons hele leven kennen en dat provoceert me. Sommige vogelaars ontmoeten elkaar bij de banken en tafels onder de treurwilg aan de overkant van het meer. Ze hebben vaste tijden en dan zitten ze daar koffie uit hun thermoskan te drinken terwijl ze lenzen en motieven vergelijken met zulke belangrijke gezichtsuitdrukkingen alsof ze in een vergadering van de VN zitten.

Daarginds zie ik de twee op wie ik wacht.

Mijn handen beven, ook al zit er xylocaine op. Ik moet mijn thermosfles pakken en een slok nemen, het bier prikt op mijn tong. Een vlucht ganzen vliegt in V-formatie, dat biedt mij de kans. Ik draai mijn verrekijker alsof ik de vogelformatie volg, dan lijkt het niet gek dat ik met mijn rug naar het water toe sta. Ik laat de verrekijker zakken en krijg hen in beeld, eerst een stukje van wat struikgewas, dan het bleke haar van de vriendin, ze heeft kauwgom in haar mond. 'Het Straatparlement' staat er op haar borst. Dat is stom, maar het kan me niets schelen. Haar wil ik niet zien, maar Regine. Zij is het mooie meisje, zij is de mijne. Ik krijg haar in beeld, ze heeft vandaag geen oorbellen met parels in, maar een paar glinsterende hangertjes. Dat ergert me een beetje. Ik mag me niet aan haar ergeren.

Ze heeft het witte topje aan dat altijd met andere topjes in haar la ligt. Het zou netjes opgevouwen moeten liggen, maar in dat huis vouwen ze niet op. Ze proppen het er gewoon in zodat de laden niet fatsoenlijk dicht kunnen. Voor haar moeder is het te laat, maar ik vind dat Regine moet leren hoe ze haar kleren netjes kan opvouwen. Ik had maar een paar minuten de tijd toen ik daar binnen was, daarom heb ik te weinig van hun kamers gezien. Ik moest snel kiezen. Ik pakte een klein zilveren dingetje met knobbels erop, dat was anders dan alle andere dingen die ik heb gezien. Het ligt niet in mijn kistje, ik heb het bij me in mijn rugzak en dat geeft een fijn gevoel.

Ze heeft haar zwarte jas met capuchon en rits open. Ik laat de verrekijker zakken en kijk naar haar riem, ze draagt niet haar gebruikelijke riem, die zwarte met glinsterende gesp. Vandaag draagt ze een bruine die eruitziet als een jongensriem met een ronde gesp. Meer kan ik niet zien en ik wend de verrekijker naar het water, naar een eend die op een andere eend jaagt zodat het water opspuit.

Kan ze de riem van een jongen hebben geleend?

Ze heeft geen broer, ze is alleen met haar moeder. Elisabeth Sørensen. Zij lijkt op haar dochter, het lukt me niet het omgekeerd te zien. Ook haar moeder heeft lang haar en loopt in strakke broeken en topjes. Ze is vast al bijna vijftig, ze zou geen tienerbroeken meer moeten dragen. Een paar maanden geleden zag ik haar een keer bij de bushalte met een veel te korte rok en leren koordjes om haar enkel, alsof ze een hippie nadeed. Ze was bruin en had een tas met een badhanddoek en leek nergens bang voor te zijn. Dat is ze ook niet als ze wandelingen maakt. Dan draagt ze een zwarte trainingsbroek en een zwart trainingsjack met witte strepen en ze stapt stevig door alsof ze ervoor betaald wordt. Vaak loopt ze samen met een vriendin, allebei praten ze even snel als ze lopen. Ze kwekken aan één stuk door en het lijkt alsof ze de wereld in hun macht hebben, maar dat is niet zo.

Elisabeth Sørensen maakt een potje van hun veiligheid. Ze laat de sleutel onder de bloempot uit steken en dat zou ze niet moeten doen zolang er een juweel bestaat waarop ze moet passen.

Dát is Regine, een juweel.

Ik tril. Ik moet niet trillen. Ik begin mijn spullen bijeen te pakken. Ik stop de camera in de cameratas en klap het statief in. Dat is het voordeel van ruimteonderzoek, dat ze metaal hebben kunnen maken dat bijna niets weegt. Toen ik het statief kocht, zei die vent in de fotowinkel dat we veel aan de astronauten te danken hadden. 'Kijken naar vogels is vast een leuke hobby,' voegde hij eraan toe en ik gaf met een knikje aan dat ik het daarmee eens was. Vandaag heb ik een wilde eend, een zwaan, een Canadese gans, een fuut, een waterhoen en een meerkoet gezien. Meerkoeten hebben de onaangenaamste poten van allemaal, lange, zwarte klauwen, waardoor ze wapperen als ze lopen. Het is niet moeilijk ze als dinosauriërs te zien. Vandaag heb ik vogelfoto's gemaakt die ik nooit zal bekijken, want daar komt degene die ik wil zien. Nu moet ik ongeïnteresseerd overkomen. Ik moet doen alsof ik nooit genoeg krijg van het landschap om me heen. Ik heb haar vriendin, die met de krullen en het Straatparlement op haar borst, een keer horen zeggen, terwijl ze luid lachte: 'Verdomme, volwassenen die geen leven opbouwen, dat is zo allemachtig armzalig!'

Ze had het ongetwijfeld over haar vader of moeder, of misschien over een leraar. Maakt ook niet uit, nadien vond ik haar niet meer leuk, hoewel ze mij belangrijke informatie heeft gegeven zonder het te weten. Dat gebeurde een paar weken geleden, toen ik wat dichter bij de sluiproute naar het sportveld stond. Toen draaide ze zich om en riep iets naar iemand die ik niet kon zien omdat er bomen in de weg stonden.

'Dit tijdstip schikt nooit, we gaan elke donderdag om vier uur dansen,' riep ze.

'Waar?' riep een jongensstem.

'Manglerud,' riep ze terug.

'Ik kom jullie halen,' werd er vanuit de bomen geroepen.

'Droom maar lekker!' riep Regine.

Ik ben blij dat zij dat riep, ze zette die domme jongen op zijn plaats. Haar vriendin en zij gaan samen dansen. Ze dansen vlak bij waar ik woon en natuurlijk heeft dat iets te betekenen. Ik heb geen idee welk soort dansen, maar vast en zeker iets moderns, iets wat gemakkelijk lijkt, maar moeilijk voor elkaar te krijgen is. Ik heb nu geen verrekijker nodig om hen te zien. Daar komen ze. Het lijkt bijna alsof ze nu ook dansen. Ze praten luid en stoten elkaar aan en een paar keer lachen ze zo dat ze stil moeten staan en zich vooroverbuigen of even opspringen of hun armen spreiden. Ze hadden rustiger, netter kunnen lopen, niet zo dollend. Wanneer Regine alleen is, ziet ze er serieus en in gedachten verzonken uit, dan is ze het mooist. Maar ze is nu ook mooi, ze heeft nieuwe schoenen, dat zie ik meteen. Zwarte gympen met een witte streep. Haar broek is niet nieuw, die heb ik al veel vaker gezien, er zitten rafels aan de onderkant. Elisabeth Sørensen maakt niet alleen een potje van hun veiligheid, ze maakt een potje van alles wat met haar dochter te maken heeft. De man die met haar getrouwd is geweest, zou dat moeten weten. Hij heet Andreas Holmsen en werkt op een advocatenkantoor. Ik heb zijn privénummer en het nummer van zijn werk en ik weet in wat voor auto hij rijdt, een zilverkleurige Volvo, maar ik ga hem niet informeren. Ik wil zelfs niet aan hem denken, hij maakt een rommeltje van mijn gedachten.

Elisabeth Sørensen zou een nieuwe broek voor Regine moeten kopen of de rafels moeten afknippen en hem moeten omzomen. Ze zou haar enige dochter niet zo flodderig gekleed moeten laten gaan. Het lijkt alsof ze weinig geld hebben, maar dat is niet zo, ik heb op internet de belastinggegevens onder haar naam bekeken. Ze heeft een vermogen van 430 000 en ze verdient 470 000 per jaar. Dat is veel geld, veel meer dan ik ooit zal krijgen. Het is niet moeilijk uit te zoeken wat mensen bezitten en verdienen, je moet alleen weten waar op internet je moet zoeken. Het moeilijkste is dichtbij te komen, fysiek dichtbij. Meisjes van die leeftijd kunnen schrikachtig zijn als hazen. Als ik geluk heb, gaan ze het pad tussen de esdoorns en de steile hellingen op, waar het zo dichtbegroeid is dat het op een oerbos met stenen, stronken en omgevallen stammen lijkt.

Ik heb geluk, ze draaien het pad op.

ELISABETH

Ik leg mijn mobiele telefoon op tafel en ben eerder bang dan boos. Ik heb geen reden om bang te zijn. Er zijn zat stomkoppen die een verkeerd nummer bellen, die niet het fatsoen hebben sorry te zeggen, die gewoon neerleggen zonder iets te zeggen. Ik doe het zelf af en toe ook, misschien heb ik iemand daarmee angst aangejaagd, een oudje dat dacht dat er iemand met kwade bedoelingen aan de andere kant van de lijn hing en dan was ik het maar die een vriendin wilde bellen en voelde ik me te gestrest om uit te leggen dat ik het verkeerde nummer had ingetoetst. Vanaf nu zal ik altijd de tijd nemen me te verontschuldigen en te zeggen wie ik ben.

Ik zou aan de slag moeten gaan met het manuscript dat ligt te wachten, de schrijver ervan verdient het dat hij behoorlijk en grondig wordt behandeld, maar op dit moment heb ik onvoldoende rust. Ik rol de trainingsmat uit, leg het apparaat om mijn spieren te versterken op zijn plek, loop naar boven, trek mijn gewone kleren uit en doe mijn trainingsbroek en een T-shirt aan, bind een elastiekje om mijn haar, loop de trap af, pak de cd van de Stones waarop ik het best kan trainen, track 3, 'Harlem Shuffle'. Ik heb allerlei soorten muziek en allerlei tracks uitgeprobeerd; 'Harlem Shuffle' overtreft alles, dat nodigt niet uit tot springen en spreiden, maar tot zware oefeningen, niet te zwaar, maar zwaar genoeg voor boosheid en sensualiteit. Ninni, nogmaals Ninni, mijn belangrijkste inspirator, gaf een definitie van drive met die uitdrukking: boosheid en sensualiteit, dat heb je ervoor nodig. Onze tweede fles chablis was bijna op en ze was al zo aangeschoten dat ze over de medeklinkers struikelde en het woord 'sensualiteit' zo uitsprak dat het klonk als 'seksualiteit', maar zoals ze zei, het eerste leidt vaak tot het tweede.

Toen ik veertien was, wilde ik de stem van Mick Jagger hebben, en dat wil ik nog steeds. Zelfs toen ik doorkreeg dat het een teken van betere smaak was om te zeggen dat je Dylan leuk vond, wilde ik Jagger hebben. De eerste keer dat de Stones naar Noorwegen kwamen en de brandweer waterkanonnen moest inzetten om de fans die op het vliegveld stonden te joelen te kalmeren, was ik nog maar zeven jaar. Het was schandelijk; niet op dat moment, maar naderhand, toen het al historisch was geworden, dat niemand voor de waterstraal op de loop ging, maar kletsnat verder stond te schreeuwen. Toen de Stones in het begin van de jaren tachtig in het Nya Ullevi-stadion zouden spelen, zou ik met een hele groep vriendinnen daarheen gaan. We zouden naar Göteborg liften; ik had een nieuw leren jack en daarnaast een verrekijker gekocht om het beter te kunnen zien voor het geval we slechte plaatsen kregen, en ik verheugde me als een kind.

Toen kwam moeder tussenbeide met haar verjaardag.

Haar vijfenveertigste verjaardag, moesten vader en zij alleen met oma zitten op zo'n belangrijke dag?

Moeder, die anders best oké was, presteerde het me zo'n schuldgevoel aan te praten dat ik thuisbleef, en dat heb ik haar nooit kunnen vergeven. Vooral omdat ik begreep dat niet haar verjaardag belangrijk was, maar dat ze haar dochter wilde weghouden van exhibitionistisch gedrag. De dochter van mevrouw Sørensen mocht niet aan openlijke seksuele uitingen worden blootgesteld, zelfs niet als ze al in de twintig was. Dat was niet aan burgerlijkheid te wijten, zelfs niet aan overdreven kuisheid, moeder was overgevoelig noch religieus, maar ze zat vol ideeën over liefde waarin seks louter als een gezellig samenzijn werd voorgesteld. Handjes vasthouden en arm in arm lopen, omhelzen en desnoods achter een boom kussen, je verloven en trouwen, kinderen krijgen en samen de kinderwagen duwen. Meneer en mevrouw zijn, alle verleidingen buiten de deur uit de weg gaan en je op je zilveren bruiloft richten. Alles wat bij oudere mensen een goedkeurend glimlachje kon oproepen. Destijds dachten we dat volwassenen onze muziek niet snapten, maar het tegenovergestelde was het geval. Moeder moet de Stones goed hebben begrepen, te goed, ze moet heel goed hebben beseft waar de uitingen van de Stones over gingen en waartoe die konden leiden. Die konden ertoe leiden dat het veilige, overzichtelijke leven thuis voor altijd zijn aantrekkelijkheid kwijtraakte en als zinloze verveling overkwam. Daar wilde moeder niets van weten, ze had haar hele leven immers besteed aan het verzamelen van zilvergoed met een bepaald patroon, koffiekopjes met een bepaald patroon, serviesgoed met een bepaald patroon. Moeder die het beddengoed streek zodat het zou lijken dat het nergens anders om ging dan om lekker en netjes slapen. En dan zou een mager mannetje met lang haar en gulzige lippen haar dochter laten inzien dat het allemaal maar onzin was, alles waarop het leven thuis gebaseerd was.

Dat mocht niet gebeuren. Moeder gebruikte haar verjaardag om me onder druk te zetten en ik was boos en teleurgesteld als nooit tevoren. Mijn vriendinnen kregen Mick Jagger en ik kreeg marsepeingebak. Mijn vriendinnen kregen de Stones en ik kreeg sherry. Samen waren vader, moeder en oma ouder dan honderdvijftig jaar en hun leeftijd wurgde me bijna. Ze praatten over Hardanger borduurkunst, haken, gebakvulling, koffiemelk, ze praatten over voedselprijzen, broodsoorten en soorten broodbeleg, ze praatten over bloemzaden en grasmaaien. Het was zo pietluttig, zo pietluttig, en ik zat me maar te verbijten en te bedenken dat ik het hun nooit zou vergeven.

Ik herinner het me alsof het de dag van gisteren was. Ik ga op mijn rug liggen en druk mijn knieën tegen mijn borst, ik strek en druk, kruis mijn benen en strek, draai me op beide zijden, steek mijn benen uit en weer terug, uit en terug, zo ver ik kan en zo vaak ik opbreng voordat ik ontspan en uitadem om aan het ergste te beginnen. Sit-ups. Ik haat sit-ups, sit-ups komen uit de hel. Sit-ups zouden verboden moeten zijn, die kunnen niet gezond zijn, ik word misselijk, maar weet hoe belangrijk ze zijn. Ik dwing me omhoog, niet op de verkeerde manier die de rug en de nek belast, maar op de juiste manier, die de buikspieren aanpakt. Ik kan niet verder, maar ik moet. Goddomme, het helpt om dat te denken, godverdomme.

Ik werd verlaten voor een zevenendertigjarige.

Zevenendertig, het lijkt een eeuwigheid geleden dat ik zo oud was. Toen was Regine vier jaar en werd ze naar de basisschool gestuurd met wantenhouders, waterdichte laarzen, een kaboutermuts, een Lucia-kiel, een Mickey Mouse-lunchtrommeltje en een sprookjesboek over alles wat de kerstman voor elkaar kan krijgen. Toen had ik een mooi, strak lichaam, het maakte niet uit dat ik niet trainde, ik was net zo mooi en strak als de vrouw die Andreas nu ligt te neuken. Dat is niet mijn taal. De dochter van mevrouw Sørensen bezigt dat soort woorden niet. Het komt alleen doordat ik zo woedend van die sit-ups word.

We hebben één kind gekregen.

Ik had er nog een, nog twee kunnen krijgen, waarom hebben we dat niet gedaan?

Waarom zijn we geen gezin met drie kinderen geworden?

Omdat we werkelijk voldoende aan Regine hadden, alleen al van de eerste twee jaar hebben we vijf albums. We maakten foto's en films, nog meer foto's en films, we hebben een hele la vol films. Regine krijgt haar eerste tandje. Regine zet haar eerste stapjes. Regine loopt met kerst langs de deuren om snoep te halen. Regine krijgt een poppenwagen. Regine eet een ijsje met haar hele gezichtje. Regine verkleedt zich met een clownshoed. Regine met staartjes en een zuidwester omgekeerd op haar hoofd. Er was geen moment waarop er niets gebeurde, geen motief dat te prozaïsch was om niet vereeuwigd te worden. Andreas klikte wat af. We gingen nergens heen zonder camera, soms zou ik wensen dat hij het een beetje kalm aan deed en gewoon aanwezig was zonder camera, maar Regine was zijn levende mirakel, ze was de prinses der prinsessen en moest vereeuwigd worden. Hij verafgoodde haar op de manier die mensen zonder kinderen belachelijk vinden. Regine van top tot teen onder de modder, een heerlijk gezicht! Regine durft een schaap te aaien, een sensationele belevenis!

Vlak na de breuk luisterde ik naar haar als ze met vriendinnen aan de telefoon zat: 'Mama is gedumpt en ik ben woest op papa, hij huurt een nieuw liefje dat helemaal niet knap is ook al is ze nog zo jong en fit.'

Ik kan nooit meer jong worden genoemd, maar fit worden kan ik wel. Fit zijn gaat over het tegenovergestelde van een zitkont. Voor mij geen zitkont. Ik kom overeind en doe de ene oefening na de andere. Ik ga op mijn knieën zitten en steek het ene been na het andere zo hoog mogelijk omhoog. Ik zie mezelf van buiten, hoe belachelijk en onwaardig het lijkt dat een ruim volwassen vrouw zich met zoiets bezighoudt. Zweten in een fitnesscentrum is één ding, maar in je eigen huis liggen te spartelen... Moeder zou zich nooit tot zoiets hebben verwaardigd en oma ook niet, in al hun uiterlijk fatsoen stonden ze heel anders tegenover hun eigenwaarde en die waarde ging niet over de vraag hoe het lichaamsvet was verdeeld. Moeder zou eerder naar de keuken zijn gegaan om te bakken en daarna zou ze het zich gezellig hebben gemaakt met gebak en een weekblad zonder ook maar een gedachte aan calorieën te wijden.

Zo'n soort moeder ben ik niet.

Wie antwoordt daar, om vervolgens de telefoonverbinding te verbreken?

Het is een demonstratie van macht: bevestigend antwoorden op een vraag om vervolgens op te hangen. Het hoeft geen demonstratie van wat dan ook te zijn, er zijn veel mensen die met hun mobieltje spelen en willekeurige nummers intoetsen van mensen met wie ze toch niet willen praten. *De kat houdt van de nacht.* Misschien iemand die onze nummers heeft verwisseld en niet mij wilde bereiken, maar Regine. Ze heeft geen vriendje. Hoe kan ik dat weten? Over een paar weken wordt ze zestien, geen enkele zestienjarige vertelt haar moeder alles, zelfs niet als je zo'n goede relatie hebt als wij. Het lijdt geen twijfel dat onze relatie goed is, maar af en toe zie ik iets in haar blik dat me doet denken aan mijn eigen woede richting moeder en oma wanneer ze probeerden me naar hun wensen te kneden. Ik heb zelfs minachting gezien. Toen ik op een keer in mijn eentje aan het dansen was en ze onverhoeds bij me binnenviel, lachte ze om mijn bewegingen en keek ze me aan met iets wat overduidelijk minachting was, misschien vermengd met medelijden. Ik heb niet alleen minachting gezien, ik heb angst gezien, de angst die ik voelde dat ik vast kwam te zitten, eerst aan conventies en daarna aan leeftijd. Dat ziet Regine niet in me, het is immers nog niet gebeurd, ik ben niet conventioneel en ik ben nog niet oud aan het worden!

Onze relatie is veel hechter geworden nadat Andreas vertrok. Aanvankelijk wilde ze hem niet zien, vooral omdat hij regelrecht bij zijn vriendin introk. Het verdriet, de boosheid, de schok of dat allemaal bij elkaar, maakte dat het meisje dat anders zo netjes sprak, lelijke woorden begon te zeggen.

'Ik wil verdomme niet op haar hoerenstoelen zitten!' riep ze de eerste maanden toen ik, tegen mijn zin en alleen om onze situatie te normaliseren, haar aanraadde hen te bezoeken. Ik meende het niet. Ik wilde niet dat Regine daarheen zou gaan. Ik wilde alleen bewijzen dat ik niet zo iemand was die een kind tegen haar vader opstookte. Daarom vroeg ik haar de vrouw te bezoeken voor wie Andreas mij had gedumpt. Regine ging, vol tegenzin, maar ongetwijfeld ook nieuwsgierig. Ze kwam thuis en vertelde triomfantelijk dat die nieuwe een visschotel met ketchup had opgediend. Een visschotel met ketchup! O, wat hadden we een lol. Het leedvermaak over de ketchupschotel duurde de hele scampisalade. En er was niet alleen iets mis met haar maaltijden, ze had een heleboel cd's, maar geen boeken. Kun je werkelijk een waardevol leven leiden zonder boeken? Nee, dat gaat niet, pochten we en we keken naar onze bibliofiele wanden.

We gedroegen ons erbarmelijk.

Nee, niet Regine, zij was heroïsch, ze probeerde alleen om me met het ene detail na het andere uit de put te halen. De nieuwe vriendin had strakke kleren, klonterige oogmake-up en te geblondeerd haar. Fitnessinstructrice Eva met te weinig boeken, te veel mascara en te blond haar. Wat had ik met haar te maken? Niets, absoluut niets. Maar Regine zal met haar te maken krijgen, steeds meer naarmate de maanden verstrijken, en als er een nieuw kind bij komt zal dat Regines zusje of broertje zijn, niet halfzusje of halfbroertje, dat kun je tegenwoordig niet meer zeggen, hun kinderen zullen haar broertjes en zusjes worden en broertjes en zusjes waren mijn grootste wens en toch heb ik, alsof ik een onbewuste familiewet naleef, hetzelfde gedaan als mijn eigen moeder. Ik heb maar één kind gekregen. Ik heb Regine geen broertjes en zusjes gegeven, hoewel broertjes en zusjes toch altijd een geschenk moeten zijn. Als Regine bij Andreas en zijn vriendin op bezoek gaat en ze hebben een kind, zullen zij met zijn vieren zijn en ik in mijn eentje.

Vier tegen een.

Ik lig languit op de vloer en laat de gedachte tot me doordringen. Ik moet niet op die manier denken, zo is de werkelijkheid niet. Toch, om kinderen te krijgen ben ik over de datum, terwijl Andreas en zij nog jaren te gaan hebben. Het kan vier tegen een worden en als ze nóg een kind krijgt, wordt het vijf tegen een. Even onverwacht als onvrijwillig komt er een vraag in me op. Was het misschien Andreas die belde en de verbinding verbrak? Die gedachte is zo onredelijk dat ik in alle haast overeind kom. Ik ken de stem van Andreas van haver tot gort, in alle registers en stemmingen, ik zou me toch nooit in de stem van mijn eigen man vergissen.

Hij is mijn eigen man niet meer.

Mijn eigen ex-man, natuurlijk ken ik zijn stem van haver tot gort. Ook als hij praat met iets tussen hemzelf en zijn mobiele telefoon? Wat zou dat moeten zijn? Een zakdoek, als in een slechte film? Alleen al de gedachte is idioot, vooral omdat Andreas van beroep jurist en van nature een legalist is, is hij zo iemand die wil dat de dingen volgens regels en voorschriften gaan. Bovendien heeft Andreas altijd over het vermogen beschikt zijn hoofd koel te houden, zelfs toen hij verliefd maar wanhopig was, en ik hem vroeg te vertrekken, zelfs toen wist hij zijn zelfbeheersing in stand te houden, alsof hij dacht: oké, ik heb hoog spel gespeeld en verloren, nu moet ik de gevolgen dragen.

Ik moet verder trainen voordat Regine komt. Dan gaan we samen koken en de rest van de avond ga ik lezen. Ik ben zo bevoorrecht. Ik word betaald om een van de leukste dingen te doen die ik ken, de haard aansteken en in een manuscript wegzakken. Een paar rondjes lopen en nadenken over wat ik heb gelezen, aantekeningen maken, een glas wijn inschenken en verder lezen, de beweegredenen van de schrijver proberen te begrijpen, of juist het tegenovergestelde, proberen de beweegredenen te vergeten en een tijdje onderdeel van het bewustzijn van een ander uitmaken. Ik spoel terug naar 'Harlem Shuffle' en hou me vast aan Mick Jaggers stem. Mick Jagger is over de zestig en wordt geriatrisch genoemd, maar hij springt en spartelt en gaat maar door. Ik til de halters op die ik voor kerst van Regine heb gekregen. Duidelijker had ze het niet kunnen zeggen, dat ze een sterke mama wil. Tegelijkertijd interpreteerde ik een compliment in dat cadeau, een compliment dat zei dat ze me niet zag als iemand die maar op de bank bleef hangen, maar als een work-outmama, zoals ze dat in de nieuwe tijdschriften voor vrouwen boven de veertig noemen. Daarom zet ik door, zo goed ik kan, ik hef de zware halters zijwaarts, boven mijn hoofd, naar beneden achter mijn nek, acht keer, dan een pauze, opnieuw acht keer, gedurende drie Stones-tracks, tot aan 'You're not the only one with mixed emotions', dan trillen mijn bovenarmen zo dat het niet meer gaat.

Bezweet en verhit berg ik de halters op in de doos, ik schuif die tegen de wand naast de boekenkast, ga naar de keuken, gooi koud water in mijn gezicht en moet mijn hoofd schudden om mezelf, dat ik überhaupt op de gedachte kan komen dat Andreas zou proberen me angst aan te jagen. De nette, aan de wet gehoorzame Andreas die in staat is terug te gaan naar de winkel als hij per ongeluk een krant heeft meegenomen zonder te betalen. Andreas die transpireert van onbehagen als hij een leugentje om bestwil tegen een collega moet vertellen. Maar die wel in het geniep een ander wist te ontmoeten om daarna thuis te zitten alsof alles pico bello in orde was. We zaten adventscadeautjes voor Regine in te pakken en ik was slordiger omdat ik bang was, het was iets wat ik herkende; mijn eigen opwinding na de keren dat ik ontrouw was geweest. Het gebeurde niet vaak, het was niet gepland, het overkwam me gewoon een paar keer als ik uitging en het was nooit serieus. Op dat punt was ik veel wijzer dan Andreas, onbewust maar instinctief, om het gezin intact te houden zorgde ik ervoor niet op mannen te vallen met wie het serieus kon worden. Het waren slechts een paar leuke avonden die te ver gingen en waar ik me op tijd aan kon onttrekken. Er zijn overal zo veel leuke mannen, dat was de enige reden en ik heb altijd graag naar leuke mannen mogen kijken. Een bijna afgestudeerde psycholoog had een hele avond nodig om te zeggen dat we voor zijn gevoel zielsverwanten waren. Een timmerman trakteerde op champagne terwijl hij zei dat mijn smalle schouders erom vroegen omarmd te worden. Plus een derde die ik heb uitgewist omdat ik na afloop moest overgeven.

Ik weet nog precies hoe oud Regine in alle gevallen was. Ze was twee toen ik het met de psycholoog aanlegde, vijf toen ik het met de timmerman aanlegde en acht op die keer die ik liever uit mijn geheugen ban. Wanneer de beelden van Regine de achtergrond van drie vreemde mannen vormden, heb ik dat ten voordele van mezelf gebruikt en dat is volgens mij niet verkeerd. Dat vind ik nog steeds niet. Moeder zijn is belangrijker dan echtgenote zijn, dat heb ik altijd gevonden. Daarom lukte het me ontrouw te zijn en daarom lukte het me er na afloop mee te leven. Dat ging uitstekend, ik besloot gewoon het nooit aan iemand te vertellen, zelfs niet aan mijn beste vriendinnen, en wat je beste vriendinnen niet weten, bestaat niet.

Zo is het.

Ik heb het verhaal over mijn echtscheiding opgebouwd rond het feit dat ik ben verlaten en dat klopt, maar niemand weet dat ik dat misschien wel verdiend had. Allerminst Andreas, die samen met mij adventscadeautjes zat in te pakken toen ik hem vroeg of hij van zijn vrouw hield en hij me recht in de ogen keek en zei: 'Ja, Elisabeth, je weet dat dat zo is'.

Later heb ik berekend dat hij een paar dagen later met zijn charmante fitnessinstructrice moet hebben gevreeën. Hij zei dat hij naar een juridisch congres in Kongsberg zou gaan; doordat ik alle hotels en alle cursusaccommodaties heb gebeld, kwam ik erachter dat dat congres niet bestond. Ik heb hem er stevig over aan de tand gevoeld. Juridisch congres in Kongsberg? Welk Kongsberg? Een ander Kongsberg dan de rest van ons kent? Een speciaal Kezen-Kongsberg?

Mijn stem daalde, die van Andreas doet dat nooit.

Natuurlijk stuurt Andreas me geen berichten vanaf een onbekend nummer. De chaos rond onze breuk is allang voorbij, als we elkaar nu tegenkomen praten we rustig en komen we niet verder dan wederzijdse verbazing uitstralen dat we het zo goed zonder elkaar redden.

Ik snij een limoen in tweeën, laat de helft in een waterkan vallen en zet die in de koelkast. Ik pak ingrediënten voor de sla: tomaten, uien, pompoen, zwarte olijven en rode paprika. Regine vindt het heerlijk om alles te snijden en door elkaar te mengen, ze denkt altijd in kleuren als ze eten maakt. Ik loop de tuin in. Hoewel het herfst is, hangt de zomerwarmte er nog, zelfs vlak bij de muur, daar groeit nog bieslook, peterselie en tijm. Ik knip de kruiden in een kopje. Dat wordt lekker met olijfolie en knoflook eroverheen. De bottelroos staat voor de tweede keer in bloei, die heet eigenlijk rimpelroos, maar die naam is niet mooi, bottelroos past veel beter. Er zitten rozen en rozenbottels aan een en dezelfde struik. Ik moet hem snoeien zodat hij komend jaar extra mooi bloeit, nu bedekt hij vrijwel de hele muur van het houthok. Ik haal een paar houtblokken, ga naar binnen en leg ze in de haard, aanmaakhoutjes liggen in de mand. Ik kijk om me heen naar alle dingen, de foto's, de boeken, de reisherinneringen – stenen en schelpen, godenmaskers en geborduurde mascottes, Arabische dolken en Turkse tapijten. Minimalisme is niet mijn stijl, niet alleen omdat ik niets weg kan gooien. Het leven is niet minimalistisch geweest, het leven zat vol van veel en de lijnen zijn lang, ik wil dat dat zichtbaar is.

Ons huis heeft kleine maar intieme kamers. Dat zeggen mijn vriendinnen altijd als ze binnenkomen, niet alleen dat het huis vanbinnen groter lijkt dan vanaf de buitenkant, maar dat het hier ook zo'n intieme indruk maakt. Ik steek de haard aan, recht mijn rug en zie hoe mooi de rode wilde wingerd tegen de blauwe schuurmuur afsteekt. Mijn mobieltje piept en zelden heb ik sneller een bericht tevoorschijn gehaald.

'Psss, psss, psss', staat er.

HENRY

Het pad kronkelt omhoog tussen de espen. De espenbladeren ritselen op een manier dat het bijna als gerinkel klinkt. Als die twee meisjes voor me hun mond hadden gehouden, zouden ze hebben gehoord hoe mooi het is als bladeren ritselen voordat ze vallen. Er vallen voortdurend bladeren om ons heen, sommige dwarrelen langzaam en andere vallen vliegensvlug op de grond, maar die twee merken niets van wat er om hen heen gebeurt. Het is fijn voor me dat geen van beiden zich omdraait, maar hun gekwebbel irriteert me.

Moeder borduurde, ze deed iets met wat stramien heette, over een houten ring was stof getrokken zodat die extra strak zou komen te zitten en in dat rondje borduurde ze kerken met torenspitsen. Stramien, ik begreep dat woord niet, voor mij klonk het als 'stram zien' en ik werd bang bij de gedachte wat dat kon betekenen als zoiets zou gebeuren. Ik moest de draad in de naald doen omdat ze te slecht zag en mij vroeg haar te helpen. Vaak prikte ik me en de bloeddruppel die naar buiten sijpelde leek op een rood pareltje. Dat smaakte naar ijzer en ik vond het lekker. Ik zat op de vloer en deed alsof ik druk in de weer was met mijn speelgoed, indianenfiguren en cowboys op paarden. Ik had een grizzlybeer die op zijn achterpoten stond, hij liet zijn tanden zien en zag er gevaarlijk levendig uit, veel kinderen zouden er heel wat voor over hebben gehad om hem ergens tegen te ruilen, maar ik ruilde hem nooit omdat ik hem in ware grootte voor me zag en me inbeeldde dat hij mijn beschermer had kunnen zijn. Moeder wist niet dat ik op school gepest werd. Ze wist ook niet dat haar eigen zus me graag in de provisiekast opsloot. Als ik dat gezegd had, zou ze het ongetwijfeld niet hebben geloofd. Moeder wilde dat alles zou zijn zoals in de tijdschriften die ze graag las, die met mooie mensen in mooie kleren en twee glimlachende kinderen.

Ik breng het niet op daaraan te denken, ik heb nu iets nodig wat in mijn keel brandt. Een klein slokje maar, dat is voldoende om een lekkere warmte door mijn lichaam te verspreiden.

De twee meisjes zien er van achteren mooi uit. De een draagt een spijkerbroek met glitterletters op beide achterzakken. DIESEL staat er. De ander heeft zakken waarop niets staat. Ik moet haar niet 'de ander' noemen, dan raakt ze op afstand. Ze heet Regine en is slechts een paar meter van me verwijderd. Ik vind het fijn dat er niets op haar broek staat, dan valt ze minder op. Ik draag nooit een spijkerbroek, bij een volwassene staat dat slordig of dom, maar die twee staat het goed. Regines vriendin is een beetje te dik, ze bezigt ook te grove taal, zij praat het meest en het hardst.

'Je kunt beter je arm breken, vind je ook niet?' zegt ze.

'Je arm en je been, dat is logisch,' hoor ik Regine antwoorden.

Wat moeten ze doen dat ze liever een arm en een been breken?

Ik loop maar tien meter achter hen, maar ze zijn zo met hun eigen zaken bezig dat ze niet hebben gezien dat ik hetzelfde pad ben opgelopen als zij. Het pad bestaat uit klei en op klei kun je lopen zonder geluid te maken. Die twee lopen om de klei heen, op de droge bladeren die knerpen. Ze willen hun schoenen niet bevuilen, misschien gaan ze daarop dansen? Vast niet, ze dragen tassen over hun schouders, ze zullen zich wel omkleden als ze er zijn. Ik weet waar de ingang van het dansinstituut is en ik weet hoe lang ze daar al naartoe gaan. Er zijn afdelingen voor klassiek, hiphop, jazz, streetjazz en iets wat funk heet. Ik heb niet kunnen uitvogelen waar zij precies naartoe gaan, maar dat is niet belangrijk. Toch hoop ik niet dat het funk is, dat klinkt alsof het om onenigheid gaat. Ze lachen en stoten elkaar aan en het ergert me dat ik niet weet waar ze om lachen. In elk geval niet om mij, dan hebben ze het mis, grondig mis, er valt helemaal niet om mij te lachen.

We gaan het oerbos binnen, waar sparren, espen en esdoorns groeien. Als we met de metaaldetector in de weer waren, zei vader niets, ongetwijfeld omdat hij nergens anders aan kon denken dan aan de zwaarden, de sieraden en de munten die hij hoopte te vinden. Als hij ermee ophield, begon hij me soms de namen van al dat groen te vertellen. Siergras, grote lisdodden, kattenstaarten en fluitenkruid, dat soort dingen wist hij. Toen hij me op een keer een heleboel plantennamen vertelde, greep ik mijn kans.

'Toen ik klein was, werd ik in de provisiekast van tante Else opgesloten en dan moest ik daar een hele tijd in het donker blijven staan,' zei ik.

'Hou op met die onzin, dat heb je maar gedroomd,' zei vader.

Bomen zijn beter dan mensen, daarom leven ze langer. Een eik leeft extra lang, een eik knakt bijna nooit. De oudste eiken ter wereld verstenen, ergens op internet staan afbeeldingen van steenbossen. Daar vind je stronken, mos, stenen en scheuren, ik zie graag dat het wild en onverzorgd is. In parken moet het er netjes uitzien, mensen die colaflessen en papier in parken weggooien, zouden bestraft moeten worden. Hier in het bos komen bijna nooit mensen, er ligt hier geen afval. Maar er is iets anders, iets waar bijna niemand van weet. Een fitnessruimte diep tussen de bomen. Dat heb ik heel toevallig ontdekt, toen ik een keer veel jeuk had en in de koude buitenlucht wilde zijn omdat kou de jeuk vermindert. Ik kwam vanaf een ander pad binnen, diep tussen de bomen, en opeens zag ik een ruimte met een roeitrainer en een dwarsbalk tussen twee bomen, aan de balk hing een touw met ringen, er stond een bullworker tegen een stam en het ongelooflijkst van alles was dat er een bruine leren fauteuil stond. In een flits zag ik hoe de man die mijn vader had kunnen zijn, die rijke rijksconservator, de man die achter de velours gordijnen in het kasteel woonde, deze plek als verrassing voor mij had kunnen maken toen ik elf, twaalf jaar oud was. Dan had hij in de fauteuil kunnen zitten om me te bewonderen terwijl ik in de ringen hing en me omhoog hees, omhoog, omhoog omdat ik heel veel had getraind zodat mijn klasgenoten geschokt zouden zijn als ik plotseling tijdens de gymles zou toeslaan.

Ik zag het duidelijk voor me, hoe Harry Fat me naar mijn eigen fitnessruimte diep in het bos bracht en mij daar aanmoedigde zodat ik slank en sterk werd, zo slank en sterk dat niemand me meer durfde te pesten.

De leren stoel had witte vochtplekken, alle ijzer was verroest en er groeide hoog gras tegen de zijkanten omhoog. Het leek op een plek waar jarenlang niemand meer was geweest, tot ik een krant van de vorige dag op de grond zag liggen. Mijn nek begon te kriebelen, ik kreeg het gevoel dat iemand zich verschool en keek wat ik deed, ik maakte dat ik wegkwam.

Naderhand vroeg ik me af of ik dit gedroomd had, mijn dromen zijn soms zo levensecht dat het lastig is om het zeker te weten, maar ik ging terug en zag dat alles echt was. De zitting van de roeitrainer had een oranje streep in het zwarte leer en op een van de veren, of de riemen, lag een dode hommel. Er zat vogelpoep op de bullworker, witte vlekken die waren uitgelopen, er had vast een ekster of een lijster op gezeten. Ik herinnerde me de bullworkermoord waarover jaren geleden in de krant werd geschreven. Ik werkte destijds in het tuincentrum en iedereen had het in de lunchpauze over de moord. Iemand had de schedel van zijn samenwonende partner met een bullworker ingeslagen. Iedereen had het over de reden, of ze ontrouw was geweest of dat ze hem op een andere manier had geprovoceerd.

Sommigen meenden dat ze allebei behoorlijk dronken moesten zijn geweest en urenlang moesten hebben geruzied en hun relatie moest al lange tijd slecht zijn geweest. Ik praatte daar niet graag over, ik had cervelaatworst op mijn kadetje en die zweterige cervelaatworst eten was walgelijk terwijl ze over de details speculeerden. Ik probeerde hun gepraat buiten te sluiten, maar herinner me dat ik ook probeerde het appartement voor ogen te halen waarin het was gebeurd en ik wist zeker dat daar een zitzak was, de wanden bruin-oranje behang hadden, het kamerbrede tapijt muf rook, er peuken in de asbak lagen en de gootsteen vol vuile borden en glazen stond.

Zo is het bij mij nooit, ik ben altijd heel precies met de hygiene, zowel die van mijzelf als die in mijn appartement. Ik douch me elke dag en zeep alle plekken in. Ik laat mijn afwas nooit tot de volgende dag staan, ik wrijf het aanrecht tot het glimt en heb altijd ontstopper voor het geval het putje in de badkamer verstopt raakt. Regine staat vast lang onder de douche, haar haar is zo mooi, het glanst in verschillende tinten, goudachtig en lichtblond. Ik heb er niets op tegen dat meisjes hun haar verven, als het er maar niet simpel uitziet. Meisjes moeten er niet uitzien als Russische hoeren, met zwarte scheidingen in het haar. Als ik dat zie, word ik misselijk, zulk haar zou ik het liefst afknippen. Daar heb ik vaak aan gedacht, hoe gemakkelijk het zou zijn om in het spitsuur in de metro te staan met een scherpe schaar in mijn zak en vlak voor het volgende station een lange vlecht of een paardenstaart af te knippen, zodat je alleen maar hoeft uit te stappen voordat je gepakt wordt.

Een van de mooiste dingen aan Regine is dat ze zo smal en tenger is, dat betekent dat ze nee kan zeggen tegen verleidingen. Het ergst is wanneer vrouwen softijs eten. Softe ijs, zei moeder. Ze at het nooit, ze kon zich goed beheersen en dan maakte het niet uit waar ze zin in had, maar ik weet nog dat ze zich druk maakte om wat ze softe ijs noemde. Telkens als we langs een café met een ijsmachine kwamen, moesten we stoppen en kijken hoe dat zachte spul uit de machine kwam draaien, in het koekje werd gepropt en werd gegeven aan iemand die geen weerstand kon bieden, maar het oplikte en witte uitslag op de lippen kreeg, en dat was walgelijk.

Het pad versmalt nu, het slingert zich tussen rotsen en wortels en zo meteen komt de helling waar varens dicht opeen groeien. Vader en ik liepen het meest met elkaar, moeder ging bijna nooit mee op een boswandeling omdat ze bang was voor slangen. Ze zei dat de slang haar nest onder de varens had en dat die eerst tegen de boomstammen omhoog kronkelde en om een tak heen uitrustte om jongen te baren. Die vielen op de grond, dan kronkelde de slangenmoeder weer naar beneden en verzamelde haar jongen onder de varens, waar ze in een cirkel lagen. Zo zag ik dat voor me. Vader leek niet bang te zijn voor slangen, maar hij was bang om arm te worden. Hij was de enige vader die ik kende met drie banen. De andere vaders bestuurden de metro, zaten op kantoor of stonden in een winkel. Mijn vader was winkelbediende, uitvinder en genezer. Hij werkte in een muntenwinkel achter het Koninklijk Paleis waar ze zulke zeldzame munten hadden dat de winkel alleen op dinsdag en woensdag geopend was. Dat zei hij tegen moeder en mij en dat zei ik tegen anderen. Dat zijn winkel zulk zeldzaam geld had dat hij om die reden de halve week thuis was. Die dagen werkte hij aan een uitvinding die hij niet voor elkaar kon krijgen, maar die nu misschien wel bestaat, een metaaldetector die zo geavanceerd was dat die schroot van zeldzaamheden kon onderscheiden. Dat hij zo graag een nieuw type detector wilde uitvinden kwam doordat hij bezig was gek te worden omdat hij alleen maar spijkers en schroeven en schroot vond, terwijl hij wist dat er veel waardevols onder het schroot lag.

Hij werd extra enthousiast nadat er iets in Hellerud was gebeurd toen ik twaalf jaar was. Een man vond een munt in de tuin en gaf die aan een expert. De munt was uit het jaar 200 na Christus. Eerst wilde niemand het geloven, maar de munt werd door verschillende experts onderzocht en was geen vervalsing, hij was echt. Iedereen vroeg zich af hoe een munt van vlak na de jaren waarin Jezus op aarde rondliep onder een aalbessenstruik in de tuin van een rijtjeshuis ten oosten van Oslo terecht kon zijn gekomen. Er werd in de kranten over geschreven, niet alleen in Noorwegen, maar in heel Europa, zonder dat iemand het antwoord wist.

Vader raakte bezeten van die munt, wekenlang had hij het nergens anders over. We aten viskoekjes in witte saus, hij strooide er kerriepoeder overheen en praatte over de munt. We aten rijstebrij, hij strooide er kaneel over en praatte over de munt. We aten gehaktbrood, hij goot er bruine saus over en praatte over de munt. Toen kwam de dag waarop de munt werd tentoongesteld zodat iedereen hem in het Historisch Museum kon zien. De reden dat ik me juist die dag herinner is dat ik een tien voor een aardrijkskundeproefwerk had gekregen. Ik had nog nooit een tien voor een proefwerk gekregen, maar deze keer had ik alle rivieren en steden correct aangegeven. De Rijn en de Donau, Boedapest en Berlijn. Ik had met groen aangegeven waar landbouwgrond lag, met geel waar vlakten waren en met grijs waar zich bergketens bevonden. Ik vond het leuk om landen in te kleuren, het geluid van de punt van het kleurpotlood op papier kalmeerde me. Ik vond het leuk grenzen met zwart te trekken en rode strepen onder de plaatsnamen te zetten.

Ik liet vader het kaartenproefwerk met het mooie cijfer zien.

'Goed gedaan, Henry. Jij zult het ver schoppen,' zei hij zonder op te kijken van het krantenartikel en ik begreep dat vader me, als hij dat had gekund, voor een Romeinse munt had ingeruild, dat had hij gedaan zonder met zijn ogen te knipperen.

De dag daarop gingen we naar het Historisch Museum en ik stelde me een gouden munt voor, of op zijn minst een zilveren munt, maar het was slechts een roestbruin muntstuk met een gat erin. Toen ik dat zag, werd ik verdrietig en wilde niet terug, maar vader trok me keer op keer weer mee naar het museum.

'Denk eens aan al die handen die die munt hebben vastgehouden, Henry. Denk eens aan de jaren 300, 400, 500 tot aan de zestiende eeuw en dan duurt het nog vijfhonderd jaar tot we bij onze eigen tijd zijn aanbeland. En niemand, niemand kan vertellen wie die munt ten slotte hierheen heeft gebracht, Henry.'

Ik begreep niet waarom ik daaraan zou moeten denken.

Ik wil daar nu ook niet aan denken, ik wil alleen geluidloos achter de twee meisjes lopen.

In de kast boven de koelkast had moeder een weckfles vol munten van vijf øre, van tien øre, van vijfentwintig øre, van vijftig øre en van één kroon. Die noemde ze haar bank en ze pakte er geld uit als ze theaterkaartjes voor zichzelf en het naaikransje ging kopen. Vader wilde niet mee, hij hield er niet van volwassen mensen replieken te horen uiten terwijl het speeksel hun uit de mond vloog, zoals hij zei. En juist dat begrijp ik heel goed. De keren dat ik naar het schooltheater ging, vond ik het ook niet leuk om het speeksel uit de mond van de acteurs te zien vliegen, sommigen van hen riepen en schreeuwden zodat ze schuim in hun mondhoeken kregen en dat was weerzinwekkend. Soms opende ik de bank van moeder, ik moest voorzichtig zijn, de metalen deksel van de weckfles draaide snel scheef en dan kon je hem onmogelijk weer op zijn plaats krijgen. Ik pakte nooit veel, maar een paar kronen tegelijk, maar de munten roken koud en slecht en het gaf me geen goed gevoel, ook al kocht ik negerzoenen met een vulling die tegen je gehemelte smolt.

Vader onderhield wat hij een correspondentie noemde met een firma in Bingen. Dat lelijke woord was de naam van een plaats in Duitsland en daar was een firma die Hopstock und

Hopstock heette. Ik zag Hopstock und Hopstock voor me als een kleine en een grote man met een hoed op, beiden met een even ernstig gezicht. Aan hen stuurde vader zijn tekeningen, hij kreeg pakketten terug met metalen onderdelen en elektronische elementen die hij plechtig uitpakte terwijl hij de principes van aantrekkingskracht en afstoting uitlegde. Als hij er maar in slaagde het evenwichtspunt tussen die principes te vinden, zou het hem lukken een metaalzoeker te maken die schroeven en limonadedoppen van zich af stootte maar waardevolle spullen aantrok. Hij praatte over al die prominenten die op de herenboerderijen rond deze stad hun riante onderkomens hadden. Ik voelde me opgelaten als hij dat woord uitsprak, prominent, dat klonk als iets waar mensen met spijsverteringsproblemen zich mee bezighielden, maar vader was in de ban van de prominenten.

Moeder lag thuis uit te rusten omdat ze bang was voor adders en omdat ze dat extra kind wilde dat ze niet kreeg, vader en ik gingen op pad met de detector. Tegenwoordig zien metaaldetectoren er slimmer uit, maar die van vader leek op een mengeling van een kruk en een reuzenvork. We gingen ver de bossen van Østmarka in, tot wat het pad van de Prins van Portugal heette. Vader meende dat daarlangs waardevolle voorwerpen onder de grond moesten liggen. Of in Grevinnefaret, daar hadden de edelen al vanaf de achttiende eeuw hun burchten.

'Stel je eens voor dat we een ring uit de vorige eeuw vinden,' zei vader.

Ik moet mijn gedachten nu niet laten afdwalen, ik moet de afstand in de gaten houden zodat ik niet te dichtbij kom. Als de twee meisjes langzamer gaan lopen, moet ik dat ook doen, zodat ik niet riskeer dat ik hen moet passeren en hen uit het zicht verlies. Ik kan heel goed langzaam lopen en naar beneden kijken, ik heb immers heel veel langs de randen van sloten achter vader gelopen. De keren dat hij begon te vermoeden dat hij nooit iets van dat waardevolle waarvan hij droomde zou vinden, kreeg hij rugpijn en dan experimenteerde hij met een kruidenmengsel dat hij het Zuilmedicijn noemde omdat de rug de zuil van het lichaam moest zijn. Het Zuilmedicijn was een brouwsel van brandnetels, verkoolde takken en edelspar dat aan de kook werd gebracht en er zaten ook wat andere planten bij met lange, Latijnse namen. Dat alles werd gekookt in een grote soeppan die een hele zondag van 's ochtends tot 's avonds op het fornuis stond, en als hij er eindelijk van af werd gepakt, moest de inhoud worden gezeefd en in donkere flessen worden gegoten. Onze ogen traanden en het bocht maakte dat het dagenlang stonk in het appartement en het trapportaal; op een keer zag ik twee buurmannen tegen hun slaap tikken nadat vader langs was gelopen.

Regine is gracieus. Ze lijkt nergens last van te hebben. Ze mag nergens last van hebben, ze moet voorzichtig gestreeld worden. Alleen idioten gaan overhaast te werk. Van die kerels die zich van achteren op joggende meisjes storten en hen de bosjes in trekken. Ik ben niet zo iemand als over wie in de kranten wordt geschreven. Ik neem de tijd, tot het moment waarop zij en ik ergens kunnen zijn waar niemand ons stoort. Daar moeten kussens en dekens liggen. De deuren moeten op slot zitten en de gordijnen dicht. Er moeten mentholpastilles zijn zodat we fris ruiken als we onze adem in elkaars gezicht blazen. Ik vind het fijn dat ze zo lichtvoetig is. Ze lacht om iets wat haar vriendin zegt. Ze spreidt haar ene hand en lacht nog meer. Ik loop met het statief onder mijn arm en de fototas over mijn schouder en voel me zo ontspannen alsof ik de vogelaar ben die ik voordoe te zijn, en dan, zonder dat ik erop ben voorbereid, draait ze zich om en kijkt me recht aan.

ELISABETH

Ik sta naar het bericht op mijn mobieltje te kijken, dat komt van hetzelfde nummer als de vorige sms. 'Psss, psss, psss', het geluid waarmee je katten lokt, maar ook het geluid dat mannen op straathoeken, buiten bars, in het donker naar vrouwen maken. Het geluid dat vleiend had kunnen zijn, maar dat angstaanjagend wordt omdat het aan dieren doet denken. Niemand mag me angst inboezemen, ik voel dat ik flink geïrriteerd raak. Wie daarginds ook aan het spelen is, het mag mijn zielsrust niet verstoren. Ik wil het bericht wissen, maar bedenk me en leg de mobiele telefoon in de la onder de vaste telefoon.

Hoewel ik heb getraind, voel ik dat het in huis herfstig koud wordt, die oude tuindeur moet vervangen worden. Verleden jaar heb ik nieuwe tochtstrippen aangebracht, maar dat is vast niet goed genoeg gebeurd, het tocht zowel aan de boven- als aan de onderkant. Ik steek de haard aan en voel dezelfde tevredenheid als altijd wanneer hij gaat branden. Op de uitgeverij beweren enkele oudere vrouwen dat ze met de haard moeten wachten tot hun man thuiskomt, ze proppen krantenpapier tussen dikke houtblokken, maar meer dan roet en rook wordt het niet voordat de haard weer uitgaat. Het nut van aanmaakhoutjes hebben ze niet begrepen. Ik ben daar goed in. Vroeger was ik bang om met een bijl in de weer te zijn, ik zag uitglijders en afgehakte vingertoppen voor me, maar je moet gewoon oefenen. Niet aanklooien, niet te hard slaan, niet zomaar wat raken, maar precies op de plek waar je blik bepaalt dat er spaanders moeten komen. Het zou mooi zijn als er nog sinaasappelkisten zouden bestaan van het soort waarop je alleen maar je voet hoefde te zetten, dan brak het hout in mooie spaanders. Die ik nu heb zijn ook mooi, dun en droog, maar niet zo dun dat ze binnen een paar minuten opbranden. Ze knetteren en knallen en de grote blokken beginnen te gonzen en te piepen.

Ik ga in de oorfauteuil zitten, het beste erfstuk dat ik van vader en moeder heb. De stof was versleten en lelijk, maar ik heb hem opnieuw laten stofferen en dat was de prijs wel waard. De stoel werd als nieuw, terwijl ik me ook herinner dat ik erin zat toen ik zo klein was dat ik mijn benen over de zitting uit kon strekken. Ik bezit nog steeds de poëzieplaatjes waar ik toen mee speelde. Bloemenplaatjes, dierenplaatjes, vogelplaatjes en engelenplaatjes, plus iets wat we Bijbelplaatjes noemden, met motieven van het Oude en het Nieuwe Testament. Ik herinner me een plaatje met Mozes, drijvend in zijn mandje tussen het riet, en eentje met Adam en Eva onder de appelboom waarin de slang met gespleten tong lag te loeren. Ik kan me herinneren dat Adam zwart haar had en bruin was, terwijl Eva blond haar had en blank was. De op een na mooiste plaatjes hadden glitter, maar de allermooiste hadden dat niet, die hadden bultjes in het papier. Er waren een paar grote boerderijmotieven met realistische details, hooivorken, karren en boerenmeisjes met rode wangen. Ik heb zin om naar de zolder te gaan en de albums op te halen, ze geven zo veel associaties. Niet alleen associaties, maar een vleugje van de veiligheid die ik tussen vader en moeder ervoer. Van buitenaf gezien leefden ze volgens de vijftigerjarendroom en daarin slaagden ze. Moeder was huisvrouw en vader werkte in een fruitbedrijf waarvan hij na verloop van tijd mede-eigenaar werd, hij was er trots op dat zijn vrouw niet buitenshuis hoefde te werken en zij maakte geen ontevreden indruk. Trots was een belangrijk bestanddeel van wat ze samen wilden opbouwen; ik weet nog hoe trots ze waren toen we onze eerste tv kregen. Vader legde uit dat je er minstens drie meter van af moest zitten en dat de kamer in duisternis moest zijn gehuld, met uitzondering van een lampje dat op het apparaat zelf mocht branden en onder die lamp moest een wit kleedje liggen. Dat laatste had moeder uitgevonden. Voor vader was het feest als de gebroeders Cartwright op de vaste openingsmelodie kwamen aanrijden, terwijl moeder gek was op quizzen, en daarvoor bakte ze een taart die we de Kwijt-of-Rijk-taart noemden, een chocoladetaart met donkere en lichte slagroom, en ik weet nog dat ik de lichte slagroom als Kwijt en de donkere als Rijk beschouwde. Vader en moeder zaten samen op de bank en ik lag op mijn buik op de vloer. In de kleine denkbox in de studio zat een postmeester uit Moss, of wat hij ook maar was, een man die de ene vraag na de andere over Romeinse keizers correct kon beantwoorden, en de manier waarop hij kon vertellen over de soldaten die langs de Via Appia marcheerden, maakte indruk op ons. Ik herinner me hoe hij een serieus gezicht opzette en dacht zodat het kraakte en in de studio hing een gespannen stilte. Bij ons thuis was de sfeer net zo gespannen. Zou het de postmeester lukken of moest hij weer op huis aan en uitleggen waarom hij de naam van juist die ene keizer niet meer wist?

Het lukte de postmeester. Hij werd tienduizend kronen rijker. De postmeester boog en dankte en boog en dankte en wij gunden ons nog een stukje taart, vader opende misschien de fles sherry die voor een speciale gelegenheid was bewaard en moeder en hij zeiden dat het ongelooflijk was dat je zoveel kon weten, je je zoveel kon herinneren en dan ook nog je kalmte kon bewaren voor het oog van diverse tv-camera's. Diverse tv-camera's! Ze praatten aandachtig over de mogelijkheden van het menselijk brein en waren gelukkig namens de winnaar. Volstrekt zonder ironie en met groot optimisme aten we een taart die naar een tv-programma was vernoemd, dat leek absoluut niet belachelijk, het was geen geconstrueerde situatie uit de jaren zestig maar maakte deel uit van ons gezinsleven, en ik herinner me dat wanneer ik op mijn buik op de vloerbedekking lag, ik me soms omdraaide en vader en moeder zag die elkaars armen streelden terwijl ze half afwezig volgden wat er op het tv-scherm te zien was. Meer seks dan afwezig elkaars armen strelen met taartresten op het bordje en de presentatorstem op de achtergrond heb ik bij hen nooit gezien.

Het was een en al rust en mooi tot de Stones opdoken, de Stones zijn mijn kapstok om me te herinneren wanneer ik die diepe verveling achter het leven dat ze leidden begon te voelen. Ze keken niet alleen naar amusementsprogramma's, ze volgden het nieuws, ze stemden op de Arbeiderspartij, ze wonden zich op over wreedheden, vooral over dierenmishandeling, maar ik herinner me ook dat ze over de apartheid spraken. Ze hielden niet van apartheid, dat druiste in tegen alles waar ze voor stonden, tegen al hun gezonde principes. Toch was het niet alleen alsof de wereld buiten ons huis niet bestond, maar dat het optimale geluk eruit bestond het zo vreedzaam of saai te krijgen dat het leek alsof er verder niets in de wereld gebeurde dan wat er in een Noors driekamerappartement plaatsvond.

Nadat ik het huis uit was gegaan en alleen nog op bezoek kwam, ging ik hun situatie zien als meer dan verveling, het maakte de indruk van uitgeputheid. Hadden ze maar af en toe luid geruzied, zich bezopen of iets gezegd wat de façade doorbrak, maar er was geen façade, het was realiteit, het was hun levenswijze, zoals ze gekozen hadden te leven. Pas toen ik las wat Pamuk schreef over westerse, seculiere families durfde ik in te zien hoe leeg dat soort veiligheid kon zijn. Pamuk beschreef het zwijgen dat heel gewone gezinnen kon overvallen als men van het praten over pietluttigheden overging op onderwerpen die de zin van het leven beroerden en hoe alle aanwezigen slechts hun schouders ophaalden en geen idee hadden wat ze moesten zeggen, maar elkaar hulpeloos en bijna ontmoedigd aankeken en pas opgelucht ademhaalden als er een opgewekt melodietje op de radio te horen was dat de ernst op een zijspoor zette.

Met dat soort zelfingenomen levensmoeheid groeide ik op, ook al zouden vader en moeder allebei nadrukkelijk tegen een dergelijke beschrijving hebben geprotesteerd.

Ze leken nooit over iets anders en groters te dromen. De wereld rondreizen lag buiten hun bereik, maar ze droomden zelfs niet van een reis door Europa, ze namen genoegen met een trip naar Strømstad en hun tevredenheid werd voor mij een gevangenis. Ik moest daaruit weggaan, ver weg, naar Zuid-Amerika en Zuid-Afrika, zelfs nadat Regine was geboren wist ik het voor elkaar te krijgen dat we twee maanden naar Tunesië gingen, hoewel Andreas absoluut geen zin had daar met een klein kind heen te gaan.

Nu is het al jaren geleden dat ik op een ander continent ben geweest.

Ik trek mijn geitenwollen sokken aan die in het Ikea-mandje liggen, een goede lezer mag geen koude voeten hebben. Schrijfblok en potlood liggen klaar, ik noteer nooit dingen rechtstreeks in het manuscript en ik gebruik nooit een pen, alleen een potlood. Het gaat om de woorden van de schrijver, die van mij moeten uit te gummen zijn.

Op de titelpagina staat *Please, heb me lief, please*, met als ondertitel *Billy Jean is nu moe*. Please, heb me lief, please? Dat is een mooie titel, die doet denken aan Carvers *Will You Please Be Quiet, Please*. Terwijl de ondertitel het beeld oproept van Michael Jackson en alle tragiek die met hem is verbonden. 'Al in de titel een storende, onnodige associatie?' noteer ik en ik blader naar het eerste hoofdstuk, maar haal niet meer dan een paar woorden voordat mijn mobieltje in de la rinkelt.

Ik moet opnemen voor het geval het Regine is.

Of misschien is het die man die die akelige berichten stuurt? Ik open de la en kijk op de display. Het is geen vreemd nummer, het is maar al te bekend. Het is Andreas.

Even overweeg ik de la gewoon weer dicht te schuiven en de telefoon te laten overgaan, dan antwoord ik en hoor ik zelf dat mijn ja vol voorbehoud zit.

'Moet je horen, ik ben vlak bij je met de auto, dus ik vroeg me af of ik even langs kan komen om wat spullen op te halen die strikt genomen van mij zijn.'

Er overvalt me een onverwacht en tegelijk sterk gevoel van onbehagen. Vooral omdat hij 'strikt genomen' zegt. Dat betekent niets bijzonders, dat zegt hij gewoon vaak. Net als 'eerlijk gezegd' of 'puur feitelijk' en 'als het erop aankomt', een van zijn vele vaste uitdrukkingen waar ik me kapot aan erger.

'Ik dacht dat we het erover eens waren dat we verdeeld hadden wat er te verdelen viel?'

'Elisabeth, wees nou alsjeblieft niet zo dwars. Het gaat maar om een paar cd's, enkele prullaria en wat gereedschap dat ik nodig heb.'

'Oké, ik ben nog een halfuur thuis.'

Dat zeg ik zodat hij vaart maakt, het past me niet hem nu te zien. Niet nu en niet hier. Onze spullen verdelen in het rijtjeshuis waar we samen hadden geleefd was naar, maar toen waren we beiden op bekend terrein. Nu komt hij gewoon mijn huis binnen, terwijl ik nooit heb gezien hoe hij woont. Niet dat ik daarheen wil, maar die onevenwichtigheid staat me niet aan. Ik wil mijn spullen niet door zijn ogen zien, dit is mijn terrein en alleen het mijne. Hij denkt niet op die manier, hij denkt dat dit het huis van Regine is en daarmee heeft hij niet alleen het recht even langs te komen, hij denkt dat hij dat moet doen om te laten zien dat hij een vader is die de vinger aan de pols houdt. Als ik daar iets over zeg, zal hij dat alleen maar opvatten als een extra manier om het contact met Regine te beperken. Hij beschouwt het als mijn schuld dat hij haar zo zelden ziet. Hij heeft het nooit gezegd, maar dat valt op te maken uit zijn toon, dat hij vindt dat ik me moreel de overhand heb toegeëigend en dat ik daar misbruik van maak; hij zou eens moeten weten.

Ik zou willen dat Dag nu langs kon komen, hoe heerlijk zou het niet zijn als Dag in de muur stond te boren op het moment dat Andreas kwam aanzetten, nietsvermoedend en ontspannen met die dominante lichaamstaal die hij nooit laat varen. Die scène is zo heerlijk dat ik er even bij moet stilstaan. Dag die leraar Noors is en die alles heeft gelezen waar Andreas nooit interesse in heeft gehad. Dag die eruitziet als zo'n kwiek buitenmens. Dag die in mijn huis staat en dingen aan de wand schroeft alsof hij hier hoort, alsof hij bezig is hier in te trekken, alsof hij en ik op het punt staan te...

De bel gaat en ik kan het niet laten in de spiegel te kijken voordat ik opendoe. Ik zie er beter uit dan vroeger, al mijn vriendinnen zeggen dat ik opgewekter en vitaler lijk, maar tegen een zevenendertigjarige kan ik niet op. Ik ben niet zo kalm dat ik geen rilling voel als ik opendoe.

'Hallo,' zeg ik.

'Hallo,' zegt hij en hij stapt over alle zomerschoenen heen die nog niet opgeruimd zijn en waarvan ik weet dat hij er het zijne van denkt. Nieuw huis, maar alle rommel is als vanouds, denkt hij. Ik loop voor hem uit en ben blij dat de haard brandt, blij dat het naar appels ruikt, blij dat er exotische stoffen op tafel liggen, blij dat er goudsbloemen in de blauwe vaas op de vensterbank staan en vooral blij dat er twee glazen bij de Sandeman-fles staan die Dag van zijn lerarentrip naar Portugal heeft meegenomen. Ik voel hoe de blik van Andreas over alle nieuwe dingen glijdt, over alles wat hij niet kent. Ik voel hoe vreemd het voor hem moet zijn dat dit nu mijn leven is, een leven waarvan hij geen deel uitmaakt. Hoewel we beiden een nieuwe geliefde hebben, heeft het iets vreemds dat we zo veel jaren dicht tegen elkaar aan in hetzelfde bed hebben gelegen en plotseling tegenover elkaar staan als twee vreemden die op geen enkele manier meer met elkaar te maken hebben.

Ik voel me week worden, alsof ik iets wil zeggen wat de afstand kleiner maakt, iets wat met ons en ons understatement te maken heeft, maar hij begint over een acrylspuit te praten.

'Wat?'

'Zo'n ding gebruik je als je barsten in de badkamer moet voegen. Ik herinner me dat we die hebben gekocht vlak voordat we…'

'Ben je een badkamer aan het opknappen?'

'Nog niet, maar we hebben een zomerhuisje gekocht en daar moet het een en ander aan worden gedaan, om het zacht uit te drukken.'

'En dan heb je een acrylspuit nodig die ik volgens jou mee hierheen heb genomen?'

'Ja.'

'Dan ligt hij vast in de schuur. Ga maar kijken.'

'Oké.'

Hij aarzelt even, alsof hij iets wil zeggen, dan loopt hij door de tuin en opent de schuur. Die is niet langer geordend volgens zijn systeem, hij weet vast niet waar hij moet zoeken. Als hij zo kleinzielig is dat hij een acrylspuit wil meenemen die ongetwijfeld niet meer dan honderd kronen kost, dan moet hij hem zelf maar zoeken. Ik hoop dat hij ziet dat ik een nieuwe elektrische heggenschaar heb aangeschaft en dat hij begrijpt dat niet ik, maar Dag die gaat gebruiken om mijn tuin op orde te brengen. Terwijl die twee 'een zomerhuisje hebben gekocht' waar een badkamer moet worden gevoegd. Een zomerhuisje waar Eva en hij met Regine naartoe zullen gaan en waar ze foto's van zichzelf en hun nieuwe leven aan de wand gaan hangen. Foto's van Regine die naar de camera glimlacht samen met een vrouw die ik nooit heb ontmoet. Even word ik duizelig en moet ik steun zoeken tegen de zijkant van de boekenkast. Ik zie zwarte strepen en puntjes, het duurt maar even, dan herpak ik me weer.

Andreas komt terug uit de schuur, hij heeft een witte plastic spuit onder zijn ene arm en een gereedschapskist in de hand.

'Deze kist heb jij strikt genomen toch niet nodig?'

'Waarom zou ik die niet nodig hebben?'

'Jij staat toch niet bepaald bekend als de koningin van de bouwmarkt?'

Dat hij zo ontspannen praat alsof het hem geen moeite kost, dat hij probeert grappig te zijn met de gedachte aan mijn vroegere klungeligheid, dat hij probeert me vast te houden in het oude beeld dat hij van me heeft, dat hij zelfs niet voldoende fantasie heeft om te denken dat mijn geliefde het gereedschap gaat gebruiken, dat alles provoceert me, zodat ik me moet vermannen om niet te scherp te klinken als ik hem eraan herinner dat het door mij gekochte huis uit 1947 stamt en in de toekomst veel herstelwerk zal vergen.

Hij zucht en zet de kist neer, terwijl hij om zich heen kijkt.

'Ook een naaimachine gekocht?'

'Dat is de Mercedes onder de naaimachines.'

'Ik wist niet dat je naaien leuk vond.'

'Dat vind ik hartstikke leuk. Ik naai voor Regine en voor mezelf. En ik verkoop feestjurken.'

Hij staart me aan alsof hij uitleg nodig heeft waarom ik vroeger niet heb genaaid. Hij lijkt geïrriteerd en verbaasd. Misschien denkt hij door het woord 'feestjurken' aan de feesten waar we naartoe gingen en waarvan we al vroeg weer huiswaarts keerden omdat we nu een kind hadden, in de taxi verheugden we ons erop thuis te komen, de anderen mochten drinken en dansen zoveel ze wilden, wij hadden meer dan genoeg aan dat kleine wezen dat straalde als ze wakker werd en ons zag.

'Ik wil iets met je bespreken.'

'Wat dan?'

'Ik vraag me af of je wat slonzig bent met de tijdstippen waarop Regine thuis moet zijn.'

'Wat bedoel je daarmee?'

'Verleden week vrijdag was ze om kwart over twaalf nog buiten.'

'Hoe weet jij dat?'

'Het maakt niet uit hoe ik dat weet. Ze stond vrijdag na middernacht bij de kiosk.'

'Passeerde je haar in de auto zonder te stoppen en haar een lift naar huis te geven?'

'Aangezien je het absoluut wilt weten, Eva heeft haar gezien met een Afrikaans uitziende jongen, en ze stonden heel dicht bij elkaar, om het zo maar te zeggen.'

Iets raakt een heel verkeerde snaar zodat ik me aan de rand van de boekenkast moet vasthouden om de controle te bewaren. Zijn geliefde, die nooit de moed heeft getoond me te ontmoeten, ook al is ze al anderhalf jaar in beeld, moet zij, met wie hij me heeft bedrogen, zich met mijn beslissingen over weekendtijden bemoeien? En moet Andreas zo'n jaknikker zijn dat hij daar haar zaak staat te bepleiten? 'Een Afrikaans uitziende jongen'. Wat is dat voor een uitdrukking? Regine heeft altijd vrienden met een verschillende achtergrond gehad, we hebben Rabina uit haar klas nooit een Pakistaans uitziend meisje genoemd of Ali een Somalisch uitziende jongen. Zo'n taalgebruik hebben we nooit gebezigd. Waarom kan hij niet gewoon zeggen dat ze daar met een jongen stond?

Ik voel een heerlijke vlaag van triomf bij de gedachte dat de nieuwe geliefde van Andreas, die ik in mijn superieure ogenblikken de visschoteldame noem, misschien een beetje een racist is. Ook al is het maar een heel klein beetje, als ze ook maar iets van racisme in zich heeft, maakt ze geen kans bij Regine, die wat zij onder-de-gordel-houdingen noemt verafschuwt en die in de klas berucht is om het winnen van alle discussies over islamofobie.

'Weet jij wie dat is?'

'Wat wil je weten?'

'Weet jij wie die jongen is?'

'Ik weet dat Regine verschillende jongens kent die bij die beschrijving kunnen passen, maar ik heb afgelopen vrijdag niet lopen spioneren, nee.'

'Verdomme, Elisabeth, er is toch geen sprake van spioneren! We hebben een dochter voor wie we beiden verantwoordelijk zijn en die nog maar vijftien jaar is.'

'Over een paar weken wordt ze zestien.'

'Dan is ze toch steeds nog maar vijftien, nietwaar?'

'Ik weet natuurlijk wel hoe oud onze dochter is en ik pas even goed op haar als jij zou hebben gedaan als je bij ons had gewoond!'

Ik hoor hoe verwijtend en bikkelhard ik klink en hoe onredelijk ik op Andreas moet overkomen. Even heb ik zin hem de les te lezen over hoe veeleisend het is om in een oud huis te wonen en welke verantwoordelijkheid het leven met een puber met zich meebrengt, en dat allemaal in mijn eentje, en nu is er daarnaast de een of andere gek die me op mijn mobieltje lastigvalt. Andreas zou niet hebben geaarzeld dat laatste te bekijken om uit te zoeken om wie het gaat. Andreas gaat altijd mee op veiligheidspatrouille, hij patrouilleert graag door de straten samen met andere verantwoordelijken, vier aan vier naast elkaar gekleed in fluorescerende reflectievesten, zonder zich ook maar een seconde af te vragen hoe komisch dat patrouilleren is. Andreas is een radicaal, maar ook een steunpilaar van de maatschappij en dat zal nooit anders worden. Andreas heeft geen zweem van anarchistische opgewektheid en juist dat, de afwezigheid van wat ik anarchistische opgewektheid noem, is wellicht wat ons uit elkaar heeft gedreven. Alleen al de gedachte dat het patrouilleren op straat in fluorescerende vesten, opdat kinderen en volwassenen veilig kunnen gaan en staan waar ze willen, komisch is, laat Andreas snuiven. Verkeersongevallen en verkrachtingsgevaar, daarover kan hij het dan gaan hebben. Alsof er een tegenstelling bestaat in bang zijn voor ongelukken en verkrachtingen en tegelijkertijd lachen om wijdbeens lopende vaders met fluorescerende vesten. We hebben zo vaak in situaties verkeerd waarin ik lachte om iets wat hij niet grappig vond, waarbij hij dan streng werd en wilde weten waar ik om lachte, en als ik dan nog harder lachte werd hij chagrijnig en het eind van het liedje was dat we, hoe is het mogelijk, ruzieden over de vraag of er reden tot lachen was of niet.

Als ik nu hard lijk, komt dat alleen doordat zijn liefje het gezicht heeft gezien van de jongen die misschien Regines nieuwe vriendje is, terwijl ik hem nog nooit heb gezien. Ik heb zelfs niet over hem gehoord. Regine kan een groot geheim met zich meedragen dat ze niet met mij wil delen en dat steekt. Dat ik überhaupt die gedachte heb, dat ik wil dat ze me zal inwijden in wie er achter haar aan zit, haar het hof maakt, op haar wacht, met haar flirt en misschien hoteldebotel van haar is – dat ik verwacht dat ze me zal inwijden – HAAR MOEDER! – in zoiets intiems, dat is zielig en kinderachtig, maar toch steekt het.

'Zei je dat je een paar cd's miste?'

'Dat is niet zo belangrijk. Die zoek ik een andere keer wel. Maar dat karavaankompas dat ik heb gekocht toen we in Istanbul waren, herinner je je dat?'

'Natuurlijk herinner ik me dat.'

'Daar moest ik onlangs aan denken. Volgens mij heb ik het niet meegenomen toen we...'

'Je hebt het niet meegenomen,' zeg ik en ik loop regelrecht naar het deel van de kastwand waar Pamuks *Istanbul. Herinneringen en de stad* staat. Als er íéts is wat Andreas weet, dan is het dat ik ondanks al mijn rommel een geheugen voor boeken heb dat dat van de meeste mensen te boven gaat. Zonder archief en zonder alfabetisch systeem herinner ik me waar welke titel in mijn kasten staat, omdat ik een systeem heb waarbij het om geografie, chronologie en mentale verwantschap gaat. Ik zet auteurs bij elkaar volgens nationaliteit en eeuw van leven, maar ik let er ook op bij wie ze volgens mij het liefst in de buurt staan, onafhankelijk van de vraag in welke eeuw ze hebben mogen leven. Ik zet nooit twee literaire vijanden of concurrenten naast elkaar. Ik heb een keer Ibsen boven op Strindberg gelegd en toen werd ik wakker doordat ik droomde dat Strindberg zich verongelijkt voelde en ik moest midden in de nacht opstaan en Ibsen onder Strindberg leggen, maar ook dat was niet goed. Het eind van het liedje was dat Ibsen een hele tijd in zijn eentje op de rand van de schoorsteenmantel moest liggen. Andreas begrijpt niet dat zulke dingen voor mij belangrijk zijn, hoewel ik snap dat het nerd-achtig kan overkomen. Andreas begrijpt het mentale gehalte er niet van, hij denkt dat het om irrationele nonsens gaat, dat het een soort quasi-intellectuele vrouwenkoketterie is, hij begrijpt niet dat zulke dingen een rol in iemands gedachtewereld kunnen spelen, maar als er íéts is wat hij wel begrijpt en waar hij respect voor heeft, dan is dat het deel van mijn geheugen dat maakt dat ik me gewoon om kan draaien en zeggen waar een willekeurig boek staat. Hij weet ook dat ik een extra hulpmiddel heb: aangezien ik geen belang aan prullaria en snuisterijen hecht, maar altijd reisherinneringen heb verzameld, weet hij dat ik altijd munten uit Italië voor de Italiaanse boeken leg, sieraden uit Afrika voor de Afrikaanse boeken en schelpen van de Spaanse kust voor de Spaanse boeken.

Het kompas uit Istanbul ligt natuurlijk voor Pamuks boek over Istanbul.

'Daar,' zeg ik, maar het ligt er niet.

Ik ga op mijn hurken zitten en voel op en achter de boeken, hoewel ik weet dat ik het kompas niet verlegd heb. Juist omdat het zo bijzonder is heb ik het in het zicht gelegd, ik werp er altijd een blik op als ik erlangs loop. Ik denk er zo graag aan dat dat voorwerp dat anderen met verre reizen heeft geholpen, ook naar een plek ver weg is verplaatst. Ooit is het gebruikt in door sterren verlichte nachten langs de Zijderoute en nu is het in mijn huis buiten Oslo beland. Nóg leuker vind ik het hoe de gedachten afdwalen als ik maar een blik op het ronde ding werp. Binnen enkele tellen herinner ik me de man die het in de bazaar verkocht. Zijn snor, de borstelige wenkbrauwen, de glimp in zijn ogen toen hij ons probeerde wijs te maken dat we een middeleeuwse slag sloegen. 'Okay, okay, not from the middle-age, but old, old, real silver and very nice', remde hij zichzelf af. Het kompas is mooi, in mat zilver, zonder naald, slechts met opgehoogde punten die de grootste sterren aan de hemel symboliseren. Hoewel je misschien niet weet dat het een sterrenkompas is, is het zo bijzonder dat je het als een magisch sieraad kunt beschouwen.

'Ik begrijp er werkelijk niets van. Een paar dagen geleden lag het hier nog.'

'Je hebt het toch niet weggegeven?'

'Ben je betoeterd! Ik weet toch dat het van jou is. Ik heb het voor het laatst gezien... Eergisteren. Toen ging ik hier schoonmaken en ik weet nog dat ik ernaar keek en dacht aan de man van wie we... De man van wie je het hebt gekocht.'

'Het is toch niet in de stofzuiger terechtgekomen?'

'Hou op! Het is veel te groot voor de stofzuiger. Je moet ophouden met die insinuaties van je!'

'Maar waar is het dan?'

Ik geef geen antwoord, maar blijf achter de boeken voelen. Ze staan zo dicht opeen dat er niets achter of tussen heeft kunnen vallen. Ik kom overeind en kijk de planken na terwijl ik voel hoe het misnoegen van Andreas me raakt. Dat is niets nieuws, hij heeft zich altijd geërgerd aan wat hij mijn rommel noemt omdat het niet bij zijn systemen past. Ik heb nu geen rommel gemaakt, ik weet voor honderd procent zeker dat het kompas er eergisteren nog lag. Wat me irriteert is dat hij kan denken dat ik het heb weggestopt omdat het affectieve en financiële waarde heeft. Hij mag van me denken wat hij wil, alleen niet dat ik zo hebberig ben dat ik zijn spullen steel. Wat me nog meer irriteert is de gedachte die hij van mij niet mag hebben en die ik mezelf ook niet toesta: dat Regine hier iemand gehad kan hebben die zijn kans schoon zag het kompas mee te nemen, juist omdat het zeldzaam is en er exotisch uitziet. In de garderobe op school en op hun feestjes gebeurt het soms dat iemand zakken en laden doorzoekt, dat er contant geld, creditkaarthoesjes en mobiele telefoons verdwijnen. Stelen is zo gebruikelijk geworden dat het geen diefstal meer heet, het heet nu alleen nog wegnemen. Op ouderavonden worden we gewaarschuwd geen waardevolle spullen in het zicht te laten liggen als ze een aantal vrienden mee naar huis nemen, we zijn zelfs verzocht voorzichtig te zijn met de badkamerkast, aangezien sommigen makeup en slaappillen stelen. Ik stond altijd sceptisch tegenover die waarschuwingen. Zowel voor als na onze echtscheiding wist ik één ding zeker: als je mensen uitnodigt, moet dat met vertrouwen gebeuren. Je stopt geen spullen achter slot en grendel voordat de gasten komen, je vertrouwt je gasten. Dat ben ik Regine ook altijd blijven inprenten en daar was Regine het voor honderd procent mee eens.

Afgelopen vrijdag was ik op een vergadering op de uitgeverij, daarna heb ik getraind, gekookt, de details voor een jurk getekend, patroonvellen uitgeknipt, bladzijden uit het manuscript gelezen en met een gedeprimeerde vriendin gepraat die bang was voor een scheiding. Om elf uur was ik zo moe dat ik niet meer op mijn benen kon staan. Ik sliep toen Regine thuiskwam. Ik weet niet of ze alleen was. Ik weet alleen dat ze om twee uur in haar eigen bed lag te slapen, toen ik wakker werd en moest plassen. Ik weet niet of iemand haar naar huis heeft gebracht of dat ze alleen naar binnen is gegaan, daarmee weet ik ook niet of ze de jongen bij zich had die Andreas of zijn partner 'een Afrikaans uitziende jongen' noemt. Andreas mag denken of vermoeden wat hij wil, ik weiger me erdoor te laten beïnvloeden, ik verzeker hem dat het karavaankompas ergens in huis is en beloof dat ik het morgen zal vinden, maar ik kijk op de klok en benadruk dat ik te weinig tijd heb om nu te zoeken omdat ik zo meteen weg moet.

Gelukkig lijkt het alsof ook hij weinig tijd heeft, hij vraagt me Regine de groeten te doen en verdwijnt met zijn acrylspuit.

HENRY

Regine kijkt me recht aan en haar ogen zijn niet alleen blauw, maar zo fel blauw dat het bijna lijkt alsof ze gekleurde lenzen in heeft, net zoals de caissière bij de supermarkt, alleen heeft die groene ogen. Die van Regine zijn blauw, ze heeft rode wangen en haar haar hangt in golven over de hangers in haar oren. Als ze een vent achter zich had zien lopen in van die camouflage-kleren die ze bij Pentagon verkopen, een kerel in een militaire jas en met een geschoren schedel, zou ze bang zijn geworden. Het is belangrijk om mensen geen angst aan te jagen, daar zou iedereen meer aan moeten denken, dat is de reden dat ik lang voor de spiegel sta voordat ik naar buiten ga, om te zien wat anderen zien als ze me ontmoeten. Een gewone man in een ano-rak en grijze broek, een man met een fotostatief, cameratas en rugzak, een man die veel tijd heeft en in zijn eigen gedachten is verzonken.

Wat Regine niet ziet is hoe mijn hart bonkt en hoe het zweet me onder mijn trui uitbreekt.

Ze keek me aan toen ze die keer mijn brief oppakte, ze keek me recht aan, maar deze keer kijkt ze op een andere manier naar me. Dat kan niet iets zijn wat ik me verbeeld, het moet kloppen. Ze kijkt naar me alsof ze er niets op tegen heeft dat ik haar heb uitverkoren. Zo hoort het te zijn en het is van het al-lerhoogste belang. Donderdag, 18 september 2007. Dat is de dag waarop Regine Sørensen me daadwerkelijk ontdekt, precies vijf maanden nadat we elkaar voor het eerst zagen. Ze glimlacht een beetje, zoals een wandelaar naar een ander glimlacht, dan draait ze zich om en zegt iets tegen haar vriendin. Als ze nu gaan gniffelen en lachen, gaat het mis. Ik concentreer me om rustig te ademen en er onverschillig uit te zien.

18-09-2007, de datum waarop ik misschien mijn hele leven heb gewacht.

'Op een dag krijg je een vriendin en dan moet je niet vergeten schone kleren te dragen en je haar gewassen te hebben, je moet elke dag douchen,' zei moeder. Ze kon heel goed diplomaatpudding maken, met vanillesuiker, room en advocaat, plus gelatineblaadjes die in water werden opgelost. Ik mocht de blaadjes in het water leggen, ze hadden kleine ruitjes, ik dacht eraan als aan ramen in ouderwetse huizen en na verloop van tijd losten ze op en ik vond het zo fijn als moeder en ik samen de pudding opklopten die in de koelkast moest staan om op te stijven, en als we aten smolt hij in je mond en moeder zei tegen vader dat ik het grootste deel van het werk had gedaan.

Als haar vriendin zich ook omdraait en naar me kijkt, kan ik het tempo verlagen en mijn mobieltje tevoorschijn halen en doen alsof ik iemand moet bellen, zodat die twee kunnen denken dat ik helemaal niet aan hen denk. Als je niemand hebt om te bellen, kun je het nummer van het weerbericht intoetsen. Dan kun je gewoon luisteren zonder iets te zeggen, dat heb ik al eerder gedaan. Het is een opgewekte vrouw die niet klinkt alsof ze jong is, maar toch vriendelijk, ze zegt dat je vier keuzes hebt en dat het veertien kronen per minuut kost. Als je oplegt voordat ze over het weer begint te praten kun je mooie beelden in je hoofd krijgen, veel mooier dan door de stemmen die achtendertig kronen per minuut kosten, de stemmen van vrouwen die zich aanstellen en doen alsof ze met zichzelf bezig zijn en fluisteren dat ze graag door een fors geschapen iemand gepakt willen worden.

Ze denken alleen maar aan geld, dat kun je gemakkelijk horen, en daarom werkt het niet.

Ik heb nu geen beelden nodig, Regine loopt vlak voor me. Haar achterwerk is perfect, dat zou alle wedstrijden hebben gewonnen. Haar dijen ook, die zijn slank en niet te lang. Dijen waar nooit een eind aan lijkt te komen, vind ik niet mooi.

Geen van beiden gniffelt en geen van beiden draait zich om, ze lopen dicht tegen elkaar aan en praten ergens over wat ik niet kan horen. Misschien had Regine zich het liefst nog een keer omgedraaid, maar haar vriendin loopt te snel. Er liggen gele bladeren op de grond, maar de brandnetels zijn nog net zo groen als midden in de zomer. *Urtica urens* heten brandnetels in het Latijn. Hoewel vader brandnetels mengde door zijn Zuilmedicijn dat hem noch anderen gezond maakte, kende ik de Latijnse naam niet voordat ik naar een homeopaat aan de Markveien ging. Hij praatte een uur met me en dat hele uur hield hij zijn hoofd schuin en knikte alsof alles wat ik zei even belangrijk was. Hij vroeg wat ik meestal at en dronk, of ik zuur, zout, zoet of bitter het lekkerst vond. Hij wilde beslist weten hoe laat ik 's ochtends opstond en wanneer ik 's avonds naar bed ging en dat vond ik prima, maar toen hij mijn dromen wilde weten kwam hij te dichtbij. Hij vroeg niet alleen of ik in kleuren droomde, maar of ik droomde over mijn jeugd en of er gevechten in voorkwamen.

'Heb je bijvoorbeeld gedroomd dat je met een zweep voor een mensenmenigte staat te zwaaien?' vroeg hij en toen begreep ik dat hij meer behoefte aan medicijnen had dan ik. Voor een mensenmenigte met een zweep staan zwaaien, als een circusdirecteur. Geen enkel normaal mens droomt toch op die manier?

Een van de laatste dingen die hij vroeg was of ik had overwogen een instrument te leren bespelen.

'Zo ja, dan denk ik dat dwarsfluit in jouw geval geschikt kan zijn,' zei hij.

In mijn geval, wat bedoelde hij daarmee? Alleen omdat ik jeuk had moest ik maar met het spelen van dwarsfluit begin-

nen? Ik denk dat hij aan mijn blik zag dat hij daarmee geen succes had, hij gaf me al snel een pillenkoker met piepkleine, witte
kogeltjes onder een dot watten. Ik moest drie keer per dag drie
pillen onder mijn tong laten smelten omdat dat wat warmte en
jeuk veroorzaakt ook warmte en jeuk kan dempen. Ik snapte de
logica daarvan, die logica begreep ik heel goed, maar de pillen
hielpen niet, wat de homeopaat ook zei.

Onder op de helling zit een specht in een boom. Vier snelle
houwen, pauze, weer vier snelle houwen. Ik herinner me die
Woody Woodpecker-film die we in de bioscoop van Godlia zagen toen ik klein was en hoe onrustig ik werd van dat geluid.
Terwijl de anderen rondholden met hun lawaaierige spelletjes,
ging ik altijd naar de kraam om een worstje te kopen. Als ik
geen geld voor worst had, kocht ik wat 'de specialiteit' heette,
een worstbroodje met gehakte uitjes, ketchup en mosterd. Als
de financiën écht slecht waren, werd het alleen een 'kleine specialiteit', een zakje met alleen ui, mosterd en ketchup. Nu roept
de specht en vliegt hij boven ons. Beide meisjes kijken omhoog,
maar de vogel verschuilt zich achter de boomkruinen. In dit
dichte deel van het bos is het heerlijk toeven, niet alleen omdat
we verscholen zijn, maar omdat het lijkt alsof we in een eigen
wereld verkeren waarin je al het andere kunt uitzetten.

Regine strijkt in het voorbijgaan langs het topje van een
rietstengel. Dat kan een teken zijn dat ze me leuk vindt.

Dat hoeft niet zo te zijn, maar het kan.

Haar nagels hebben een natuurlijke kleur, maar haar lippen
waren zo helder dat ze gelakt leken, dat zag ik toen ze zich omdraaide. Niet lippenstift maakt ze zo helder, maar lipgloss. Ik
heb op de parfumerieafdeling in grote winkelcentra rondgelopen, daar is het schoon en delicaat en veel verkoopsters zijn
aardig. In parfumerieën kijkt niemand je vreemd aan als je
ruim de tijd neemt. Integendeel, de verkoopsters benadrukken
dat het belangrijk is om lang te zoeken om je persoonlijke geur

te vinden. Ik knik dan ernstig, ook al kan mannenparfum me geen sikkepit schelen, het gaat me er vooral om zo dicht mogelijk bij de make-upspullen te komen.

Ik heb geluisterd naar meisjes als ze het spul dat lipgloss heet uitproberen. Ik stond heel stil en deed of ik aan deodorants en flesjes aftershave rook, terwijl ik hun gepraat volgde. Meisjes praten bijna nooit zo veel en zo snel als wanneer ze make-up uitproberen. Ze zeggen woorden als *shiny, trashy* en *bitchy* en dan zeggen ze lelijke dingen over vriendinnen die er niet bij zijn.

Meisjes zijn zelden aardig.

Ze kunnen glimlachen en er aardig uitzien, maar ze zeggen akelige dingen over elkaar. Hoe knapper ze zijn, hoe akeliger, het is belangrijk om dat niet te vergeten.

'Dat wordt supergaaf. Zwart en zilver, verder niets,' hoor ik de vriendin met haar hoge stem zeggen.

Regine knikt. Ze hebben het ongetwijfeld over kleren waarin ze kunnen dansen. Misschien een jurk met een decolleté, strak, maar niet te strak, en kort, maar niet te kort. Regine in zwart en zilver die tegen een danspartner wordt aangeklemd? Nee, daar hoef ik niet aan te denken, ze danst vast modern en dan dansen ze niet tegen elkaar aan. Ik kan niet dansen, dat zou niet in mijn hoofd opkomen, Regine moet alleen dansen. Ik wil dat haar vriendin verdwijnt en dat Regine zich omdraait en naar me toe komt lopen, niet snel, maar langzaam zodat ik de tijd krijg om me voor te bereiden op wat ik moet zeggen en hoe ik me moet voorstellen. Alleen al moeten beslissen of ik me HF, Henry, Finnsen, Henry Finnsen of iets heel anders moet noemen is moeilijk, aangezien ik me nooit met een van die namen heb geïdentificeerd. Hoe ik me ook noem, ik wil dat ze knikt en laat zien dat ze me vertrouwt. Ik wil dat ze op een steen gaat zitten en haar haar optilt zodat ik haar nek kan zien. Dat wil ik al zo lang, haar nek van dichtbij zien. Mijn ademhaling versnelt.

Ik moet blijven stilstaan, ik wil diep in de bast van een boom kerven, maar ik heb geen mes en ik kan niet blijven stilstaan, die twee lopen nu sneller, ze gaan de kant op waar de paarden staan.

Opeens is er een heel nieuw landschap.

We zijn niet langer omgeven door bomen, stenen en mos, we bevinden ons in open terrein. De bewoners van de grote boerderij vlakbij zijn de eigenaren van de akkers, de paardenbezitters huren grasland van hen. Dat weet ik omdat ik een bebaarde snuiter heb gesproken die hier een paar weken lang in een tent bivakkeerde, hij beweerde dat wat hij zijn energiebalans noemde afhing van de nabijheid van paarden. Paardenworst is heel lekker, dat noemen we zwarte worst, maar het is paardenworst. Het zijn er nu vier, twee zijn vaalkleurig, een is zwart en een bruin. Ik denk dat de zwarte en de bruine IJslandse paarden zijn en de twee vaalkleurige fjordenpaarden, maar ik weet het niet. Paarden stinken heel erg, alleen varkens stinken erger. Op een keer waren vader, moeder en ik in Duitsland omdat vader het bedrijf wilde bezoeken waarmee hij over zijn metaaldetectoruitvinding correspondeerde. Onderweg naar Hopstock und Hopstock reden we langs varkensboerderijen die zo erg stonken dat ik moest uitstappen om aan de kant van de weg over te geven. Paardengeur is niet zó erg, maar erg genoeg, die ligt als dikke damp in de lucht, ik begrijp niet dat mooie meisjes niet zo snel mogelijk van die stinkende lijven vandaan willen.

Die twee willen niet weg.

Ze blijven staan en plukken gras. De afrastering staat onder stroom, dat staat op een bordje iets verderop. Als ze tegen de rode draad leunen, krijgen ze een flinke schok. Dat doen ze niet, ze steken het gras naar voren, hoog boven de afrastering. Slechts twee paarden tonen belangstelling, de twee vaalkleurige. Misschien zijn fjordenpaarden socialer dan IJslandse paarden? Het ene paard eet van het gras dat Regine aanreikt en ik zie haar pols onder de donkere paardenmuil.

Moet ik hen nu voorbijlopen?

Dan kom ik voor hen terecht en dat moet niet. Ik kan ook blijven staan en naar de paarden kijken. Ik kan foto's maken. De foto's die ik al van Regine heb zijn van zo'n grote afstand genomen dat ze slechts op een detail in het landschap lijkt, maar nu kan ik een close-up van haar en het zwarte paard maken, een foto die in de metalen doos bij mijn andere familieschatten kan liggen en die ik zo vaak als ik wil kan bekijken, alleen al die gedachte bezorgt me de kriebels.

Haar vriendin bederft alles, zij kijkt op haar horloge en laat een kreet horen. Regine laat het gras los en dan beginnen ze het pad over te hollen, langs de grote transformator waarvan de mensen denken dat die kanker veroorzaakt, en het trottoir op. Dat is irritant, maar het geeft niet, ze verdwijnen niet uit het zicht. Ik weet waar ze heen gaan, ik weet hoe lang ze daar zullen zijn en ik weet waar ik hen moet opwachten. Ze gaan anderhalf uur in de theaterzaal van school dansen. Anderhalf uur is lang als je moet wachten, Regine moet zich omdraaien en me aankijken voordat ze verdwijnt, ze moet me een teken geven dat me in een beter humeur kan brengen, maar dat doet ze niet. Dat kan zich wreken, we zullen zien. Ze holt zodat haar haren wapperen en onder het hollen trekt ze haar capuchontrui uit, propt die in haar schoudertas en holt verder in het witte topje dat aan de achterkant omhoog schuift zodat ik de bruine riem en een stukje van haar onderrug kan zien.

Mijn voetzolen doen nu pijn, ik moet nodig mijn laarzen uittrekken. Zo snel ik kan steek ik schuin de straat over naar de videotheek waar ze zonnebanken in de benedenverdieping hebben. De man achter de toonbank die de films verhuurt heeft niets met de zonnebanken te maken, maar ik heb diverse keren met hem gepraat. Ik ben niet dom, ik moest wel. In de eerste plaats kon hij zich afvragen waarom ik niet bruiner werd als ik daarbinnen zo veel tijd doorbreng, in de tweede plaats zou hij bang kunnen worden dat ik was flauwgevallen. Dat laatste is niet zo waarschijnlijk, aangezien hij nooit naar de beneden-verdieping komt, maar toch vond ik het het veiligst iets tegen hem te zeggen. De eerste keren kocht ik een cola en vroeg welke films hij leuk vond. Hij zei dat hij de voorkeur gaf aan Chinese vechtfilms en beval er een aan die *The Flying Daggers* heette.

'Die is supergaaf,' zei hij.

Sinds wanneer is het supergaaf om te zien hoe Chinezen el-kaar de grond in trappen?

Ik heb die film niet gehuurd, in plaats daarvan verzon ik dat ik een type reuma had dat beter werd van droge warmte en dat een arts me had geadviseerd telkens een uur lang onder een zonnebank te gaan liggen.

'Fijn dat we u van dienst kunnen zijn,' zei die vent toen.

Alsof hij me kan helpen. Hij is een snotneus uit een ander deel van de stad en ik had zin hem te vertellen dat ik hier al rondliep lang voordat hij was geboren en lang voordat de videotheek en hij waren gepland. Ik had zin om te vertellen over de keer nog niet zo lang geleden, toen ik samen was met de Kop, in wat mijn bloeitijd moet worden genoemd. Toen leenden we de auto van het tuincentrum en verwisselden de straatnaamborden zodat de Plogveien de Rugveien werd en omgekeerd. Omdat dat op den duur niet zo enorm leuk meer was, stelde de Kop een sten-cil op dat hij in honderden exemplaren kopieerde. 'Van alle za-ken waarvoor je vandaag dankbaar kunt zijn, is de belangrijkste dat je niet als Adolf Hitler bent herboren,' stond erop. Dat soort dingen verzon hij als hij zijn spul had gerookt. De stencils stop-ten we in de ene brievenbus na de andere en als het saai was op het werk, vermaakten we ons met de gedachte aan alle mensen in hun appartement in Manglerud die zich zaten af te vragen wie hen eraan wilde herinneren dat ze dankbaar moesten zijn dat ze niet Adolf Hitler waren. Zoiets wil ik soms graag vertellen aan die snotneus achter de toonbank zodat hij een beetje kan dimmen en begrijpen dat er ook anderen zijn die iets hebben meegemaakt, ook al heeft hij zijn oren vol piercings, maar ik hou mijn mond.

Hoe minder hij over mij weet, hoe beter.

Nu staat hij met twee Pakistaanse jongens te praten, beiden dragen wat een afzakbroek heet zodat de onderbroek zichtbaar is, op de ene staat 'Men's Wear' met zwarte letters. Het is lelijk, heel lelijk als jongens hun onderbroek laten zien, dat doen ze alleen om de gedachte op te roepen aan wat eronder zit, ik begrijp niet dat ze dat van hun vader mogen. De videovent ziet me niet, ik loop snel de trap af. Alle kamers geven met een lampje aan dat ze vrij zijn, ik kies die helemaal aan de zijkant. Snel gooi ik er acht muntstukken van tien in, glip naar binnen, draai het slot achter me om en zet mijn rugzak en de cameratas neer.

Nu komt het, nu begin ik te trillen, ik voel het al een hele tijd.

Het is hierbinnen niet gevaarlijk, er is geen raam en geen sleutelgat, niemand kan bij me naar binnen kijken. Er is alleen een spiegel op ware grootte, een stoel en een tafeltje waarop een spuitbus en een keukenrol staan. De zonnebank heeft een suède kussen, daarop ligt de kleine bril die je op moet zetten om je gezichtsvermogen niet te beschadigen. Eindelijk kan ik mijn schoeisel uittrekken, dat is heerlijk, ook al is de geur het tegenovergestelde. Ik doe mijn jas, sjaal en trui uit, mijn handen beven. Er klinkt getik uit de zonnebankbuizen, zoals altijd voordat het licht aangaat. Dat duurt twee minuten en dertig seconden, ik heb de tijd verschillende malen opgenomen. Ik sluit mijn ogen en voel hoe de reactie zich opbouwt. Die heb ik een aantal dagen op afstand weten te houden, maar nu komt zij.

Ik ben hun huis binnengegaan.

Ik ben het huis van Elisabeth en Regine Sørensen binnengegaan.

Ik dacht daar al een paar weken aan, maar het was slechts een soort spel geweest. Ik speelde met de gedachte dat ik een tijdstip kon kiezen waarop Regine en haar moeder niet thuis waren, dan kon ik binnenkomen met de sleutel die de moeder zo onvoorzichtig buiten onder de bloempotten heeft liggen. Ik stelde me voor dat ik een vlekkerige schilderjas kon dragen en zeggen dat ik de schilder was, mocht ik door iemand verrast worden. Als ze terugkwamen en zeiden dat ze geen schilder verwachtten, kon ik gewoon zeggen dat het een misverstand was en dat ik me in het huis moest hebben vergist. Of ik kon zeggen dat ik de meteropnemer was. Zoiets gelooft niemand, dat was alleen onzin die in me opkwam. Iedereen die een vreemde in zijn huis ontdekt, begrijpt dat er iets mis is; dieven moeten het risico nemen gepakt te worden of zich zien te redden.

Ik wilde niet stelen, ik wilde alleen het huis in om te kijken hoe het eruitzag. Dat plaagde me al enkele weken, ik had in het donker liggen denken aan hoe het er daarbinnen uitzag, waar Regine eet, slaapt en in de badkamer haar lange haar staat te kammen en lipgloss op haar lippen doet.

Ik wilde het bed zien waarin ze 's nachts ligt.

Alleen onder het dekbed.

Net als ik.

Daarom ging ik daarheen, naar hun rode huis. Onderweg zag ik het alleen nog steeds als een spel, ik zou het niet écht gaan doen, hoewel ik een hele stapel van die gratis folders had verzameld die ze bij de supermarkt uitdelen zodat het zou lijken alsof ik reclame rondbracht. Nadat ik een paar folders had bezorgd, begon ik aan mezelf te denken als de reclamebezorger en ergerde ik me aan de mensen die hun fiets in de weg hadden staan en aan hen die geen duidelijke naam op hun brievenbus hadden. Op sommige plaatsen was de naam bijna uitgewist en elders stond zelfs geen naam, niet aan de buitenkant en ook niet onder de klep. Niemand kon me verdenken, niemand kan weten wie als baan het rondbrengen van reclamefolders heeft. Ik stopte een folder in elke brievenbus, liep langzaam en keek om me heen, toen ik dicht bij hun huis kwam zweette ik verschrikkelijk. Ik merkte alles op. Dat er een grote lantaarn met een kaars op de trap stond, dat er kandelaars stonden voor wat het keukenraam moest zijn, dat er voor een ander raam een glazen engel hing en dat er shampooflesjes stonden voor wat het badkamerraam moest zijn. Voor het huis groeiden hoge zonnebloemen en achter het huis was een dennenbos dat doorliep naar een wit huis op de top van de heuvel. Op weg daarheen hoorde ik een deur slaan, en toen hoorde ik hun stemmen.

De stemmen van Regine en haar moeder.

Ze gingen geen wandeling maken, ze hadden hun nette kleren aan en de moeder droeg een boeket bloemen. Ik wachtte tot ze de heuvel helemaal af waren en de weg waren overgestoken. Ik stond onder de dennen en zag hen samen in de bus stappen en pas toen nam ik een besluit.

Ik liep naar de ingang, keerde de bloempot om, pakte de sleutel en opende de deur.

De zonnebankbuizen gaan met veel geruis aan en op hetzelfde moment beginnen de ventilatoren te suizen. Ik kan anders nooit tegen hoge geluiden, maar nu heb ik iets nodig wat mijn ademhaling kan overstemmen. Ik heb ook meer bier nodig, maar laat het erbij omdat ik toch al nodig moet plassen. Als ik gesnapt zou worden zou dat niet best zijn, dan zou mijn leven kapot zijn. Henry Finnsen in de gevangenis, opgesloten, zonder controle, dat gaat niet, dat zou zelfs geen tien minuten hebben gekund; de gevangenis heeft niets met mij te maken.

Ik werd niet gesnapt, ik moet het alleen nooit meer doen, maar het was zo eenvoudig, opeens was ik in het huis. De gang stond vol schoenen zonder enig systeem, ze stonden allemaal door elkaar. Ik stapte eroverheen en rook de geur van sinaasappel en iets zoets wat ik niet kon achterhalen. Er hing een carnavalsmasker met zwarte en blauwe veren vlak achter de gangdeur, de veren waren zo lang dat ze de halve wand in beslag namen. Daarnaast hing een roodgeel schilderij van een vrouw en een kind in een appeltuin, het was geschilderd door iemand die Kai en nog wat heette. Weer daarnaast hing een foto waarop de schilder en graficus Widerberg stond en daarna kwam een zwarte lijst met daarin meerdere foto's, verschillende van Regine toen ze zo klein was dat haar wanten waren vastgemaakt met van die bretelklemmen.

Ik wist dat ik eigenlijk om moest keren en ervandoor moest gaan, maar ik moest verder. Er lagen twee kleine woonkamers achter elkaar, in de ene stond een eettafel met een blauwe schaal vol schelpen en slakkenhuizen, in de andere stonden zo veel boeken dat het op een bibliotheek leek. Op de vloer in de ene hoek stond een Boeddhabeeld, hij was dik en lelijk, ik begrijp niet dat iemand zulke beelden in huis wil hebben. In de andere hoek stond een ouderwetse, bruinige globe en ik kreeg zin hem even in het rond te laten draaien. Er lagen stoffen over een klaptafel verspreid, de stoffen waren mooi, ik kreeg zin ook die aan te raken, maar ik had geen tijd.

Ik moest naar boven.

Zonder nadenken holde ik de trap op.

Het zonnebanklicht is te scherp en te blauwachtig, ze hadden een soort dimmer moeten bedenken, ook al is het de bedoeling om bruin te worden. Ik zit met gesloten ogen tot mijn ademhaling rustiger wordt, dan trek ik mijn broek uit en leg hem op de grond. Ik draag geen boxershort, de manier waarop die strak zit doet me aan een maillot denken. Ik draag een gewone, witte onderbroek. Ik knoop mijn overhemd open, maar trek het niet uit. Nu is het niet meer te warm, nu is het veel beter, nu begint mijn ademhaling ook rustiger te worden.

Het eerste wat ik zag toen ik bovenkwam was dat de badkamerdeur openstond. Daarbinnen heerste chaos. Er slingerden handdoeken rond, een spijkerbroek lag half binnenstebuiten gekeerd en op de rand van het bad lag een half opgegeten kiwi met daarin een theelepeltje. Daarnaast stond een rond blikje van de Body Shop met afbeeldingen van kokosnoten. De deksel zat er niet op, daar kwam de zoete geur vandaan, een van hen moest zojuist in bad zijn geweest. Ik hoopte dat het Regine was en wilde haar voor me zien, maar ik werd gestoord door al die rommel. Ik dacht dat vrouwen die graag mooi wilden zijn het thuis ook netjes hielden, maar hier lieten ze alles gewoon rondslingeren. Naast de binnenstebuiten gekeerde spijkerbroek lag een tijdschrift. 'De strijd tegen de rimpels. Chirurgie of crème?' stond er. Het tandenborstelglas was blauw met witte tandpastastrepen, er stond een lippenstift zonder huls, of hoe zo'n ding ook mag heten.

Boven waren drie kamers naast de badkamer. Ik koos willekeurig en ik had ofwel geluk ofwel werd ik ergens door geleid. Nu ik hier zit, denk ik het liefst het laatste. Ik moet wat bier en open voorzichtig de thermosfles, maar bedenk me. Bier ruikt sterk, als ik word gesnapt, komen er al snel geruchten.

'Daar komt die vent die op de zonnebank ligt te zuipen.'

Dat zou niet best zijn.

Ik vind het voldoende om in de warmte te zitten en voor ogen te hebben hoe ik de deur van Regines kamer opende. Als eerste zag ik een roze kussen met een teddybeer met een scheve kop. Vlak boven het bed hing een poster van Che Guevara. De teddybeer en de poster pasten niet bij elkaar. Die teddybeer mocht daar best liggen, maar Che Guevara zou het veld moeten ruimen, die harde strijdersblik van hem hoorde niet bij het bed van Regine. Ik raakte teleurgesteld, maar zette de teleurstelling opzij en nam de rest van de kamer in me op. De wanden en de gordijnen waren wit, in de stof van de gordijnen zaten zilveren sterretjes. Over de rand van het bed hing een roze zijden pyjama met hartjespatroon.

Regines roze zijden pyjama.

Ik liet mijn hand over de zijde gaan en voelde hoe mijn hart sneller ging slaan.

Boven het hoofdeinde van het bed zat een plank met een Harry Potter-boek en een make-uptasje. Ik wilde in dat tasje kijken, maar gunde me daarvoor geen tijd. Ik registreerde een binnenstebuiten gekeerde sok en een lichtblauwe bh die niet schoon was. Ik vond het niet leuk om de vuile bandjes te zien, haar moeder zou haar kleren op orde moeten houden. Op de ladekast stond een ding dat ik nog niet eerder heb gezien, een zilveren hand met daaraan ringen. Een soort sieradenstatief, er zaten verschillende ringen aan elke vinger. Van wie had Regine al die ringen gekregen? Ernaast stond een rood parfumflesje met een zwarte kurk, het was van Dior en heette Magic Poison. Ik had geen tijd, maar verwijderde de kurk en snoof. Het rook naar vanille. Het was bijna niet te geloven, even duizelde het me, van alle mogelijke geuren hield ze van dezelfde geur als ik.

Dat moest iets betekenen.

Dat moest betekenen dat zij en ik hetzelfde wilden.

Ik spoot iets op mijn trui, toen hoorde ik een geluid en ik verstijfde.

Het was slechts gerammel van buiten, iemand die flessen of glas in een container gooide.

Ik moest snel zijn, maar kon het niet laten haar kleerkast te openen. Alles lag schots en scheef in draadmandjes gepropt, een lichtblauw nachthemd, een gestreepte bikini, een paar piepkleine slipjes van het type met alleen een koord aan de achterkant die vreselijk moeten zijn om te dragen, een wollige trui, het witte topje waarin ze zo mooi is. Ik kreeg zin om een van de slipjes te pakken, maar deed het niet. Ik sloot de kast en keek een laatste keer om me heen, nu wist ik hoe haar kamer eruitzag, nu stonden we elkaar veel nader.

Ik moest eigenlijk snel weggaan voordat er iets misging, maar ik opende ook de deuren van de andere kamers. De ene kamer was klein en oninteressant, daar stonden alleen manden met rollen stof en naaigaren en in de hoek stond een half vrouwenlichaam. Juist dat zag er ziek uit, maar ik heb het eerder gezien, zoiets gebruiken kleermakers en naaisters om hun kledingstukken op te hangen. De tweede was de slaapkamer van de moeder en ik had niet verraster kunnen zijn. Ik had gedacht dat ze een onopgemaakt bed had met overal rondslingerende lakens en kleren, maar daarbinnen heerste niet alleen orde, het leek wel een luxehotel. Midden in de kamer stond een royaal tweepersoonsbed met zo veel kussens met parels en glitters dat het niet alleen overdreven leek, maar ook verkeerd. Waarom moest Regine genoegen nemen met een rommelige kamer terwijl haar moeder er als een koningin bij lag? Op haar nachtkastje lagen stapels boeken en op een tafeltje met spiegelglasplaat stonden minstens tien kandelaars. Aan de ene wand hing een onafgemaakte jurk met spelden aan de onderkant. Aan de andere wand hing een hele rij ingelijste foto's, verschillende van Regine. Ik wilde ze bestuderen, maar mijn blik viel op een foto van de moeder. Elisabeth Sørensen. Ze droeg een jurk met een veel te diep decolleté voor een moeder, ze boog vooraver en glimlachte terwijl ze een glas hief, alsof ze proostte. Op een witte ruimte onder de foto stond: 'Beleefde meisjes komen in de hemel. Brutale meisjes komen zo ver als ze willen. Kus voor Elisabeth van eeuwig de jouwe, Ninni.'

Dat was niet mooi, ik wilde er niet naar kijken en haastte me naar de begane grond. Jouw Ninni, alsof ze lesbiennes waren. Brutale meisjes. Ik wilde die woorden niet in mijn hoofd, ik moest maken dat ik wegkwam. Het was te gevaarlijk om te blijven, ze konden terugkomen of een buurman uit een van de andere huizen kon hebben gezien dat ik naar binnen ging. Er zijn genoeg buren die zich met zaken bemoeien waar ze niets mee te maken hebben.

In de keuken rook het niet alleen naar sinaasappel, maar ook naar koffie. Op het aanrecht stond een blauw koffiezetapparaat, een van die dure die ik in het warenhuis heb gezien, ze kosten bijna tienduizend kronen. Boven het apparaat hingen zwarte bekers met rode harten. Ernaast stond een fles olijfolie, een fles afwasmiddel, een fles rode wijn met de naam Amarone, een doos met iets wat Udos Choice heette en een halfvolle fles cola light. Alleen al die vele namen waren voldoende om chaos in mijn gedachten te scheppen, ik wilde naar buiten, maar moest meer zien van wat Regine om zich heen had als ze 's avonds thuis was. Ik ging de kamer binnen die vol boeken stond. Er lag een stapel papieren in een leunstoel, op de vloer lag een notitieblok met aantekeningen. Ik wilde lezen wat er stond, maar voelde me opgejaagd, alsof er elk moment iemand kon komen. Als er plotseling een buurman zou opduiken, zo iemand die alles in de gaten houdt en zich overal mee bemoeit, wat moest ik dan doen? Mijn blik vloog in het rond en registreerde dingen zo snel dat het vreemd is dat zoiets kan. Een rood kistje, een naaimachine, een tekening van een kat die zijn rug opzette, een hele meter met wereldliteratuurgeschiedenis. Langs elke boekenplank lagen prullaria, een zilveren hagedis met glinsterende ogen, een ouderwets horloge, een paar blauwe stukjes glas, een ganzenpen en een inktpot, een zilveren ding met knobbels erop.

Er was iets met dat zilveren ding.

Ik tilde het op om te kijken of het een soort broche was, maar er zat geen speldje achterop, dus het kon geen sieraad zijn. Het was iets anders, iets wat eruitzag alsof het een bedoeling had, zonder dat ik wist welke en dat maakte me nieuwsgierig.

Ik kreeg hetzelfde gevoel als die keer dat ik de jadekikker pakte.

Ik voelde dat ik het recht had dat zilveren ding te pakken omdat het er zo bijzonder uitzag.

Dat zal bij mijn familieschatten mogen liggen, maar voorlopig draag ik het bij me in het zijvak van mijn rugzak. Dat is nu ook koud en lekker, het is goed voor mijn huid om koele dingen vast te houden, vooral als je in een warme kamer bent. Ik trek mijn overhemd en onderbroek uit en ga op mijn rug op de zonnebank liggen. De eerste keren dat ik hier lag, moest ik voortdurend opstaan om te controleren of de deur wel op slot zat, ik was bang dat iemand die zou openen en me daar naakt zou zien liggen en iets zou roepen wat ik niet wilde horen. Nu weet ik dat de sleutel omgedraaid is. Als je aan beide kanten bruin wilt worden, moet je de bovenkant van de bank zo ver naar beneden trekken dat je als een hamburger in een broodje ligt. Dat lukt me niet en het maakt me ook niet uit of ik bruin word. Ik wil hier alleen maar liggen met mijn ogen dicht en Regine voor me zien terwijl de tijd verstrijkt tot de dansles voorbij is.

Het is bijna ongelooflijk te bedenken dat ik het huis kon verlaten zonder dat iemand me zag. Ik stapte over de bult schoenen, deed de deur op slot, legde de sleutel weer op zijn plaats en niemand hield me tegen. Het is bijna nog ongelooflijker dat mijn oog op de andere sleutelbos viel, die bos die uit een schoen stak.

Wie is er zo slordig dat ze twee sleutelbossen laat slingeren zonder die goed genoeg te verstoppen?

De moeder van Regine, Elisabeth Sørensen, is zo slordig. Ze weet niet en komt nooit te weten wat ik met die ene sleutelbos deed. Precies zoals ze nooit te weten komt dat ik hun kamers heb doorzocht en dat ik het zilveren ding heb meegenomen dat zo hard en koud aanvoelt.

ELISABETH

Het huis voelt te benauwd en te krap, ik moet de tuin in. De mispelhaag hangt vol bessen, binnenkort komen de groenlingen om zich er te goed aan te doen. Ik kijk in de blauwe schuur. Al sinds ik hierheen ben verhuisd schept het me een apart genoegen als ik zie wat ik hierbinnen allemaal heb. Een grasmaaier, een sneeuwruimer, een spade, een schop, een breekijzer, een ijzeren hark, een gieter, een paardenbloemsteker, een elektrische heggenschaar, een waterslang, een verlengsnoer, nylontouw, een bijl, verfkwasten, een verfemmer, zaklantaarns, potten en iets wat volgens mij een slijptol is en van voor mijn tijd moet zijn. Zelfs de spullen waarvan ik niet weet waarvoor ik ze moet gebruiken, zie ik graag. Het is alsof ik een opsomming van de dingen maak, dit heb ik, en dat, en dat; dat elk voorwerp van mij is, heeft me een gevoel van zekerheid verschaft.

Nu heeft Andreas een acrylspuit opgehaald waarvan ik niet wist dat ik die had en ik zit vol onrust.

Wat gebeurt er?

Niets anders dan dat een idioot me cryptische kattenberichten stuurt, dat Andreas oude dingen terug wil hebben die ik niet ogenblikkelijk kan vinden en dat Regine misschien iets met een jongen heeft, wat ze niet vertelt. Ik moet die zaken gescheiden houden. Ze hebben niets met elkaar te maken. Het enig belangrijke is dat het goed gaat met Regine, en als ze verliefd is heb ik alle reden om aan te nemen dat ze het naar haar zin heeft. Ze wordt binnenkort zestien. Wat vertelde ik moeder toen ik die leeftijd had? Bijna niets, ik borg dagboeken achter slot en grendel en hield elk geheim zorgvuldig verborgen, ik vertelde in elk geval niets als het om jongens en verliefdheid ging. Dat soort dingen moet Regine in alle rust kunnen meemaken, natuurlijk, het is alleen zo dat...

Dat alles zo kwetsbaar lijkt.

Dat gevoel krijg ik vaak als Andreas hier is geweest, omdat hij me herinnert aan de extremen in ons leven. Als in dat oude kinderversje: zoveel had ik, zoveel gaf ik weg, zo weinig kreeg ik terug. Het komt gewoon doordat zijn aanwezigheid de gedachten aan de echtscheiding, de breuk en de boedelverdeling oproept, waardoor het lijkt alsof er nooit een eind aan komt. Nu wilde hij bovendien de gereedschapskist hebben omdat hij denkt dat ik niet kan leren klussen. Vol verontwaardiging pak ik de kist en zet hem op de plaats waar hij hoort. Ik doe hem open en bekijk de inhoud: platte schroevendraaiers, kruiskopschroevendraaiers, een priem, een hamer en een metalen ding waar Andreas een miljoen om zou durven verwedden dat ik daarvan de naam niet weet, maar die weet ik. Het is een ratelboor. Een echte ratelboor. Niets anders dan een ratelboor. Zo eentje die loodgieters of timmerlieden gebruiken, dat maakt niet uit, het punt is dat het een ratelboor, een RATELBOOR is. Ik heb zin dat woord als sms naar zijn mobieltje te sturen.

Ratelboor, Andreas!

Zijn efficiënte, betweterige karakter en zijn drang naar orde en systematiek hebben me altijd geïrriteerd. Achter de drang naar orde ligt een drang naar controle verscholen en achter de drang naar controle ligt onzekerheid. Dat weet ik zeker. Zoals nu, dat hij er een probleem van probeert te maken dat Regine tot een kwartier na middernacht uit was en ze samen is geweest met wat ze een Afrikaans uitziende jongen noemen. Wie maakt zich druk om een lichte of een donkere huid? Alleen mensen die nerveuzer worden naarmate anderen donkerder zijn. Ik herinner me dat Regine en ik nog niet zo lang geleden met de bus gingen, die was zo vol dat we moesten staan. Achter ons stonden twee gepensioneerde dames die kwaadspraken over buitenlanders. We konden het niet helpen dat we hen hoorden, ze haalden alle stereotypen uit de kast, dat het binnenkort niet meer mogelijk zou zijn vooruit te komen door al die Pakistanen en Somaliërs en dat je die niet kon vertrouwen, dat ze alleen op ons geld uit waren en dat ze allemaal drugs gebruikten. Voordat ik het in de gaten had, draaide Regine zich om en las hun de les, ze zei dat alle mensen respect verdienden, maar dat het lastig was om mensen als zij te respecteren. 'Het is toch zeker geen natuurwet om een laffe roddeltante en een racist te worden als je zeventig bent!' riep ze. Terwijl ik me rot schaamde, niet vanwege mijn dochter, ik was trots op haar, maar beschaamd dat ikzelf mijn mond had gehouden en het aan mijn vijftienjarige dochter had overgelaten om van leer te trekken.

Dat Andreas nerveus wordt, is niet iets waarover ik me hoef op te winden. Ik moet rechtvaardig zijn. Hij is een vader en vaders maken zich altijd zorgen over hun dochters, ze zien jonge aanbidders als concurrenten.

Naast de insectenverdelgers staat een doos met nieuwe muizenvallen. De benedenverdieping heeft geen ingang van buitenaf, maar in het plafond zitten kieren, de muizen klimmen langs de wilde wingerd omhoog en persen zich naar binnen. De eerste winter dat ik hier was vond ik muizenkeutels in kartonnen dozen en zakken, een groot deel van de kerstversiering was aan stukken geknaagd, dat wil ik dit jaar niet meemaken. Ik zou salami of iets anders geurigs in de vallen moeten leggen en die moeten opzetten, maar de gedachte ze ook weer leeg te moeten halen is zo akelig. Ik breng het niet op me nu al op de winter voor te bereiden. Ik doe de schuur dicht, maar heb geen zin de tuin te verlaten, de laatste restjes zomer houden me tegen. De zonnebloemen zijn hoger dan ik ze ooit heb gehad. Over het algemeen ontstaan er kleine bloemen als de stelen zo hoog worden, maar deze hebben al reuzenbloemen. Ik heb de stengelscheuten verstevigd met isolatietape en heb ze daarnaast aan de muur vastgemaakt, dan breken ze niet, hoe hard het ook gaat waaien. Zonnebloemen verbouwen is het meest optimistische wat er bestaat. De droge zaden die zo snel uitlopen en meerdere centimeters per dag groeien om uiteindelijk de grote bloemschijf te ontwikkelen die zich als een gezicht naar het licht richt.

Vader heeft me geleerd de stelen te verstevigen.

Vader heeft me geleerd de verwelkte bloem af te knippen en op de grond te leggen, zodat de mezen zich aan de zaden te goed kunnen doen.

Vader die in een fruitbedrijf werkte, maar die evengoed tuinman had kunnen zijn omdat hij een man van de gewassen was. Vader die thuiskwam met kiwi's en mango's, lang voordat de meeste Noren iets anders dan appels en peren hadden gezien. Vader die zo trots thuiskwam met kisten vol stervruchten en andere zeldzaamheden dat het leek alsof hij in het paradijs was geweest en ze zelf had geplukt.

Vader is nu een jaar en elf maanden dood.

Moeder is een jaar en twee weken dood.

Even word ik overvallen door zo'n fysiek gemis dat mijn knieen knikken en ik zweverig word. Hoe kon ik denken dat ze een leven van verveling en smakeloosheid leidden, alleen omdat ze nooit op reis gingen, nooit heftig reageerden en zich nooit aan wilde dingen te buiten gingen, maar taart aten, naar het wensconcert luisterden en de gezelligheid in hun kleine vertrekken boven alles stelden? Ben ik ergens anders mee bezig? Moeten buitenstaanders het recht hebben om te zeggen dat ik om die reden een leven van smakeloosheid leid? Hoe kon ik op die manier naar mijn ouders kijken? Enkel en alleen omdat ze precies zo onschuldig en zo weinig blasé waren als vroeger veel mensen leken.

Hoezo, vroeger?

Vroeger, voordat iets hards en hectisch ons leven binnen-kwam, voordat we over van alles en nog wat ironisch gingen glimlachen, voordat we op een bepaalde manier bang werden voor de buitenwereld. Ik ben niet bang, ik verlang niet terug naar iets ouds, ik kan het me alleen zo goed herinneren. Ik her-inner me moeder in skitrui en anorak als ze achterover op de hei met de bosbessen ging liggen en zei dat de mensen zoveel ze wilden de wereld rond konden vliegen, als zij maar in alle rust de mooiste natuur van de wereld mocht bezitten, de Noor-se natuur in de herfst. Ik herinner me vader die zo rustig bezig was en brandhout verzamelde om een vuurtje te stoken zodat moeder koffie in de oude pot kon zetten. Ik herinner me hoe hij sparrentakken kapte waarop ze zaten terwijl ze hun lunch-pakketten en chocoladerepen 'voor onderweg' openmaakten. Het maalt door mijn hoofd als in een tijdcarrousel, ik hoor hun stemmen en zie hun kleren en handen, ik herinner me de replieken en de manier waarop ze zich uitdrukten, ik ruik de geur van sparrentakken, koffie en sigarettenrook die boven hen kringelt.

Ik verman me en ga naar binnen.

Tegen gemis bestaat geen andere remedie dan blijven bijvul-len. Het is belangrijk om volle schuren, volle vazen, volle pan-nen, volle flessen, volle kasten en volle laden te hebben. Ik heb een dochter, ik heb een vriend, ik heb vriendinnen. Ik heb stof-fen en een naaimachine, ik heb manuscripten en boeken. Ik staar naar Pamuks boek over Istanbul. Het sterrenkompas van Andreas lag daar eergisteren, dat is honderd procent zeker, ik weet dat ik het niet verlegd heb en ik kan niet begrijpen waar-om Regine dat zou hebben gedaan. Ze heeft geen belangstelling voor onze oude reisherinneringen, ze heeft meer dan voldoen-de aan haar eigen zaken, haar huiswerk, haar muziek, haar mo-bieltje, de berichten die continu met een pling binnenkomen, ook nadat ze 's avonds naar bed is gegaan. Soms, als ik haar welterusten wil kussen, ligt ze in het donker onder het dekbed op het kleine, oplichtende scherm te toetsen. Stuurt die jongen die de partner van Andreas 'Afrikaans uitziend' noemt, zulke late berichten?

Ik kan het niet laten me af te vragen wie hij is en hoe hij eruitziet.

Heeft hij zijn armen om haar heen geslagen? Heeft hij haar gekust? Heeft hij verder nog iets gedaan? Dat is geen bedreigende gedachte, er bestaat een groot onderscheid tussen moeder en vader zijn; een jongen in Regines leven zal me aan mijn eigen verliefdheden doen herinneren. Zoiets wil ik met tederheid tegemoet treden. Alleen al de gedachte laat het ene gezicht na het andere verschijnen, jongens die ik nooit meer heb gezien maar die ooit zo'n grote rol speelden. Eentje die Tom heette, maar Tommy werd genoemd, hij was mager en slungelig, met een blond matje, groene ogen en een hyperactieve charme. Hij kon rauw op zijn luchtgitaar spelen. Ik herinner me de manier waarop hij om zichzelf lachte terwijl hij zich op zijn luchtgitaar stortte en The Who beter vertolkte dan The Who zelf. Lachend richtte hij zijn blik op mij en hij bleef me aankijken, zodat ik geen nee kon zeggen. Hij was de eerste. De eerste echte. Op een feest lagen we achter een gesloten deur; hij wilde en ik riep hem geen halt toe, ik was bang en veel te jong, jonger dan Regine nu is, maar ik voelde me volwassen en dacht dat ik voor hem altijd de ware zou blijven.

Nu weet ik niet eens of hij nog leeft of al dood is, misschien zou ik hem niet herkennen als ik hem op straat zou tegenkomen.

Ik kijk om me heen. Soms kun je verstrooid spullen op een andere plek leggen, maar het sterrenkompas heb ik niet aangeraakt. Dat ik dat zo zeker weet, komt doordat het zo bijzonder is. De zevenhoekige vorm, het ronde bolletje dat de aarde moet voorstellen, de binnenste rij zilveren parels die zeven plaatsen langs de Zijderoute vertegenwoordigen, de buitenste rij zilveren parels die sterren moeten zijn die je vanaf de plaatsen als richtpunten kunt nemen. Als je dat kompas eenmaal in handen hebt gehad, vergeet je het niet, hoewel ik de namen van de sterren en de landen ben vergeten, maar Andreas weet ze nog wel. Hij heeft ze in een van zijn aantekenboekjes geschreven. Kan Regine dat oude kompas hebben meegenomen om het aan iemand te laten zien en daarna vergeten zijn het terug te leggen? Dat lijkt zo onwaarschijnlijk, zoiets heeft ze nog nooit gedaan, dat is haar stijl niet. Natuurlijk weet ik niet alles van Regines stijl, maar ik vertrouw haar. Voordat ze op vrijdagavonden naar feestjes ging, ontdekte ik dat ze breezers en de chique doosjes snus, pruimtabak in poedervorm, in de schuur had verstopt, maar dat verontrust me niet, het is niet meer dan onschuldig uitproberen, onschuldiger dan wat wij uitspookten, het hoort bij de leeftijd, het is onderdeel van de puberteit.

Andreas zou geprotesteerd hebben, hij zou op waarschuwende gesprekken hebben aangedrongen, maar zo ga ik niet te werk. In gewichtige zaken vertrouw ik Regine voor de volle honderd procent, ze zou hier nooit iets hebben ontvreemd en het hebben verkocht of weggegeven, en als ze zo'n speciaal voorwerp had verloren, zou ze naar me toe zijn gekomen om het te vertellen, dat weet ik.

Hoe kan ik daar zo zeker van zijn?

Vaak als je iets zeker weet, zit er een addertje onder het gras.

Het zijn maar woorden die in mijn hoofd rondmalen, niet meer dan gedachten die vanzelf bovenkomen, en toch lopen me de rillingen over de rug. Ik ben degene die hier alles heeft opgehangen en de plaats van alle dingen heeft bepaald, en toch lijkt alles anders of vreemd. Ik kijk om me heen, alles ligt zoals het hoort, niets is verplaatst, alles is normaal en toch is er iets mis.

Het is vast het gevoel dat alle oude huizen kunnen oproepen.

Voor mij, die altijd in rijtjeshuizen of flatgebouwen heeft gewoond, met buren vlak naast me, is het ongewoon om in een huis te wonen dat helemaal vrij staat. De eerste herfstmaanden moest ik de gordijnen dichtdoen, omdat ik het gevoel had dat er buiten iemand vanuit de duisternis tussen de dennenbomen naar binnen stond te kijken. Toen wist ik nog niet hoe oude huizen piepen en kraken, vooral wanneer we de deur open laten staan als we het bad vol water laten lopen en het houtwerk op de warmte reageert. In het begin schrok ik op als er een geluid vanaf de zolder kwam en ik vond het niet fijn om 's avonds naar de benedenverdieping te gaan.

Dat is nu allemaal verdwenen.

Ik ontspan me hier.

Ik weet dat de muren herinneringen bevatten, de herinneringen van andere mensen, maar nu maken Regine en ik in deze kamers de dienst uit. En toch krijg ik kippenvel. Er klopt iets niet, ik voel het in mijn hele lijf, ik weet alleen niet wat, maar ik moet met iemand praten. Het liefst bel ik Dag, maar hij is getrouwd geweest met een vrouw die bang was om in het donker alleen thuis te zijn, ook al zat er een alarmsysteem in haar slaapkamer. Wanneer hij 's avonds buiten de deur was, moest hij haar bellen om haar gerust te stellen. Dag heeft meer dan genoeg verantwoordelijkheid gedragen, ik merk hoe fijn hij mijn sterke kanten vindt. Hij hoort graag al die dingen die ik in mijn eentje voor elkaar krijg, omdat hij graag een zelfstandige vrouw wil, ik wil niet zenuwachtig op hem overkomen en daarom bel ik Ninni maar.

HENRY

Het moet hierbinnen nu wel net zo warm zijn als in een verdomde woestijn. We hadden ooit een leraar Duits die Winger heette, ik herinner me een zin die hij vaak op het bord schreef. 'Hitler trat im Wasser und würde Nasser'. Dat was na de oorlog die de Zevendaagse Oorlog werd genoemd en ging erover dat Hitler een flater had geslagen, zodat hij in de Egyptische president veranderde, die Nasser heette. 'Arabieren zijn nooit te vertrouwen, denk daaraan. Arabieren zijn woestijnnegers, ze zijn net zo erg als nazi's. Schrijf me na: Hitler trat im Wasser und würde Nasser!' riep Winter zo hard dat hij er een rode kleur van kreeg.

Toen ik dat aan de Kop vertelde, moest hij huilen van het lachen en even zitten om weer op adem te komen, ik heb nooit begrepen wat er zo grappig aan dat verhaal is.

Ik heb nog wat zonnebanktijd over, maar er staat zo veel zweet op mijn rug dat ik eruit moet. Omdat de randen van de zonnebank zo hoog zijn gaat dat moeilijk, je moet je eruit laten rollen. Ik zorg ervoor bij de spiegel vandaan te blijven, dat deed ik in het begin niet en wat ik zag was lelijk. Niet omdat ik dik ben, het is lang geleden dat er met reden 'Henry Fat' naar me werd geroepen. Deelnemers aan tv-programma's die klagen dat het hun niet lukt om af te vallen, hebben geen wilskracht. Afvallen is geen kunst. Ik heb een tijdlang alleen maar knäckebröd en clementines gegeten en ik liep de hele dag door de stad, van Stortorget naar Majorstua, van Youngstorget naar Birkelunden en van Birkelunden naar het Frognerpark. Als ik een stappenteller had gehad, zou die per week vele tientallen kilometers hebben aangegeven. De kilo's vlogen eraf en ik werd blij, maar ook verdrietig, omdat het voelde alsof ik in het team was beland dat altijd het hardst om me lachte; ik weet nog hoe het was om de andere jongens over de bok te zien suizen, terwijl ik niets anders kon dan erbovenop te blijven steken.

Nu kan ik zelfs niet meer mollig worden genoemd, nu ben ik alleen nog een beetje gezet.

Lelijk is wel dat het blauwige zonnebanklicht de aders als witte strepen onder de huid laat slingeren, terwijl littekens en eczeem paars worden en de nagels geel lijken.

Niemand wil er zo uitzien.

Ik ga op de stoel zitten en trek mijn kleren aan. Als je buiten heb gezonnebaad, ruikt de huid naar zomer, maar na de zonnebank ruikt hij verbrand, alsof je gegrild bent. Ik doe mijn laarzen aan, maar stop de anorak in mijn rugzak. Ik heb nu geen extra warmte nodig, mijn nek is nat.

Op de muur staat dat je de zonnebank moet sprayen als je klaar bent en daarna met papier moet afdrogen, maar ik vind het een leuke gedachte dat anderen op iets gaan liggen wat van mij afkomstig is, en bovendien breng ik het niet op hier nog een seconde langer te blijven. Warm en bezweet sleep ik mijn rugzak, het statief en de fototas de trap op, de videotheek staat vol jongelui.

Ik maak dat ik buitenkom, loop snel het trottoir op en zorg ervoor dat ik niet op de putdeksels stap waar 40 op staat. Ik vind het nooit leuk om op deksels met nummer 40 te stappen, dat is begonnen met een moordzaak toen we nog op school zaten, de enige moordzaak die bij ons in de buurt had plaatsgevonden. Een man had in koelen bloede een meisje gewurgd en haar onder een putdeksel verstopt. Ik herinner me de naam en het gezicht van de moordenaar, hij had een hoog voorhoofd en een grote bril, en voor de rechtbank hadden ze er een punt van gemaakt dat hij graag vlinders ving en ze achter glas en binnen een omlijsting op naalden zette.

Regine en haar vriendin hoeven nog minder dan een kwartier te dansen, dan gaan ze zich omkleden en naar huis. Dan zal ik hen daar staan opwachten. Ik ga staan op de plek waar ik het trottoir kan zien, voor het geval ze zouden besluiten de straat in plaats van het pad te nemen. Tot nu toe hebben ze dat nooit gedaan, ze kiezen liever voor het bos als ze met zijn tweeën zijn. Dan lachen ze en praten zo luid dat je elk woord dat ze zeggen kunt horen, op een keer zei Regine dat ze zin had om meteen na haar schoolopleiding naar Rome te gaan en daar minstens een jaar te blijven. Haar vriendin lachte en zei dat ze dan zo'n lekkere Italiaan zou tegenkomen. Zo zei ze het. Een lekkere Italiaan. Ik werd boos toen ik dat hoorde. Zo hoort het niet te gaan. Regine heeft niets in Rome te zoeken, Regine moet hier zijn en ik moet me haasten. Eigenlijk heb ik geen tijd voor wat ik moet doen, maar het lukt me wel omdat ik in mijn laatste baan iets heb geleerd. Dat was een stomme ervaring aangezien ik daardoor werkloos werd, terwijl het tegelijkertijd een ervaring was die ik voor zo veel dingen kan gebruiken dat ik die niet had willen missen.

Toen De Plantage De Oase heette en nog een veel kleiner tuincentrum was dan het nu is, hadden ze een advertentie gezet voor een medewerker met speciale snij-ervaring, een esthetisch gevoel en hoe ze dat ook allemaal maar noemen. Wij noemden dat nooit iets anders dan werken met planten en bloemen. Eigenlijk begon het hele bedrijf gewoon met een aantal rijen tuinbouwproducten. Ze verbouwden Chinese kool omdat dat in de jaren zeventig populair was in salades. Reepjes Chinese kool met daarop Thousand Islands-dressing. Maar toen begonnen ze met kerststerren, kerstrozen, kerstbomen en kerstversieringen en in de zomer hadden ze allerlei verandaplanten, vaste planten en zaden. Na verloop van tijd kwamen er exotische zaken, orchideeën, vijgenbomen en cactussen, ze kregen een schildpaddenvijver en vogelkooien met parkieten, papegaaien en Chinese zijdekippen. Er kwam geen eind aan. Toen er dan ook nog wafelijzers, koffiezetapparaten en twee levende pauwen werden ingekocht, schoot de verkoop omhoog en dat was de doodsteek voor de Noorse zondagse wandeling, volgens de geruchten lagen de paden in de bossen van Østmarka er verlaten bij. Wie had er nog zin om met een zielig lunchpakketje in een regenachtig sparrenbos te lopen als je versgebakken wafels kon verorberen tussen rozenstruiken en rododendrons in volle bloei?

Niemand.

Elk weekend stroomden de klanten binnen, maar door de week was het vaak rustig en dan was het op zijn best. Dan liepen we rond in de vochtige hitte en verzorgden de planten en ik werkte samen met de Kop, die altijd bezeten was van een of ander boek en die altijd hasj op zak had.

Er waren een heleboel mooie plantennamen. Hortensia, pelargonium, gardenia en magnolia, dat klonk als de namen van oude dames van het type dat nooit op het idee zou komen je in het kot op te sluiten. Het geurde zoet en lekker. Het was mooi om ons heen. Onze baas heette Olsen, maar we noemden hem gewoon Prolaps Persoonlijk omdat hij een kromme rug had en een aantal keren per week werd behandeld. Als Prolaps Persoonlijk afwezig was, konden we het rustig aan doen, en dan zag de Kop zijn kans schoon. Tussen een paar van de hoogste palmen hadden we een tafeltje en een paar stoelen gezet, dat was het onofficiële pauzevertrek. We hadden cola, koffie en Maryland Cookies, op de achtergrond hoorden we de parkieten zingen, fonteintjes kletterden, de goudvissen gleden in het rond en we vermaakten ons best. De Kop wilde het nog beter hebben, hij trakteerde op hasj. Ik had genoeg aan cola en biscuits, ik had niets met verdovende middelen. Integendeel, ik heb nooit zin gehad in welke soort drug dan ook. De gedachte om middelen in me te stoppen staat me tegen, en als ik iemand op een straathoek zie staan die zichzelf een shot geeft, moet ik bijna overgeven.

Met de Kop en zijn hasj ging het anders. De Kop was een fijne vent, hij had door een heleboel landen gereisd en wist veel te vertellen. Zoals toen hij in Egypte was en een kameel met kameelbegeleider huurde en de woestijn in trok naar een oase die Al Fayom of zoiets heette. Rond de oase groeiden rode en gele vruchten, er waren vogels die glinsterden als metaal en kevers die op sieraden leken, en je kon op tapijten tussen de zandduinen liggen. Dat deden de Egyptenaar en hij, ze lagen languit tussen de bloemen en vruchten en sloegen aan het roken, terwijl ze de wolken in engelen zagen veranderen, en soms gingen de tapijten vliegen en maakten ze een reisje langs de hemel en in de hemel zag de Kop nog meer engelen, hij zag vrouwen die niet van deze wereld waren. Zo drukte hij zich uit. De Kop had het nog nooit zo goed gehad en hij lokte me met de woorden dat het mij ook zo zou vergaan, als ik het maar probeerde. Waar ter wereld kon het eigenlijk vanzelfsprekender zijn om de stof van een plant te roken dan in een tuincentrum? vroeg hij.

'Prolaps Persoonlijk zal niets merken en jij zult je fantastisch voelen,' zei de Kop en ik liet me overhalen. Ik rookte niet veel, maar het was genoeg. Eerst gebeurde er niets en ik dacht dat de Kop me voor de gek had gehouden, maar de Kop glimlachte, leunde achterover en zei dat De Oase zo meteen een echte oase zou worden en we zouden het net zo fijn krijgen als zorgeloze Egyptenaren. Ik had nooit geweten dat met name Egyptenaren zorgeloos waren, maar toen ging een van de hoogste cactussen zich anders gedragen dan normaal. Of misschien vond de Kop dat die plant zich anders gedroeg, dat weet ik niet meer. Wat ik nog wel weet is dat we opeens druk bezig waren rode rozen van de stelen te trekken, die we op de stekels staken zodat de cactus steeds mooier werd, als een enorme rozenboom. Dat was leuk om te doen, als we onze grenzen maar hadden gekend, dan had alles goed kunnen gaan. De Kop kende die dag geen grenzen, hij kwam op het idee de bloemen van een aantal planten om te ruilen, zodat margrieten viooltjes werden en omgekeerd. Er waren er meer dan genoeg en de rijen planten zagen er steeds idioter uit. De Kop lachte en ik lachte. De Kop moest zo lachen dat hij steun moest zoeken en een ficus benjamina en hij gingen tegen de vlakte, maar we kregen de plant weer omhoog en hij zag er bijna net zo mooi uit als eerst.

De Kop zei dat we twee fraaie farao's waren en ik was het daarmee eens.

Twee fraaie farao's die niet bang waren de handen uit de mouwen te steken, dat waren we. We zouden ons hele leven bij elkaar blijven en ooit zouden we naar de piramides gaan, op de piramidetrappen met onze benen zitten bungelen en koningen zijn.

Zei de Kop.

Ik zag het voor me en hielp een handje met het versieren van de ene cactus na de andere en het verplaatsen van de ene plant na de andere.

Het was een grote dag, een van de grootste, een historische gebeurtenis eigenlijk. Het was de dag waarop de cactussen van De Oase bloeiden en twee Noren farao's werden. Henry Finnsen, genaamd Henry Fat, en Tom Svendsen, genaamd de Kop. Zelfs om onze bijnamen moesten we hartelijk lachen. Fat en de Kop, twee gelukkige Egyptische makkers waren we, voor zolang het duurde.

Dat was niet zo lang.

Opeens stond de baas daar.

Prolaps Persoonlijk stond in volle glorie voor ons, hij was een forse man en ik werd bang, maar bij de Kop was het omgekeerd. Hij lachte zich rot om die baas van ons met zijn kromme rug en die wantrouwige blik die over al onze koddige bloemenverzinsels gleed.

'Jij bent krom, niet wij, jij bent krom tot in je botten,' zei de Kop lachend en toen was het voor ons beiden afgelopen. Smeken hielp niet. We moesten onze rode overall en onze gezondheidsschoenen, die Prolaps voor alle werknemers als preventieve maatregel had ingevoerd, uittrekken, we moesten de sleutels afgeven en we kregen te horen dat we ons daar nooit meer mochten vertonen.

'Zelfs niet om een verwelkte tulp voor een bijna dode overgrootmoeder te kopen?' vroeg de Kop met een lach.

Ik lachte niet. Voor mij was het triest, en meer dan triest, en niet alleen om het geld. Ik had geen enkele andere baan zo leuk gevonden en voelde al hoe ik het lopen tussen de rijen planten zou gaan missen.

Mijn hoofd tolde nog toen ik vertrok en op dat moment deed ik de ervaring op die ik nooit zou hebben gehad als ik niet aan dat stomme verzinsel van de Kop had meegedaan. In mijn eigen kop vond een soort verschuiving plaats. De paar honderd meter naar de metro leek wel tien kilometer en tegelijkertijd liep ik sneller dan ik ooit had gedaan. Het was geen hallucinatie, het was alleen het gekke gevoel dat de weg langer was dan normaal, maar dat alles sneller ging dan normaal.

Díe ervaring gebruik ik nu. In plaats van het pad te volgen, sla ik links af, glij een steile helling naar beneden, spring over een ontwortelde boomstam, trap in nat mos, glij weg in klei, grijp me vast, hop over een kabbelend beekje en beland binnen de kortste keren tussen de hoge bomen. Nu had McCartney hier moeten zijn, we zouden onder de boomkruinen hebben gelopen en McCartney zou me herinneren aan die keer dat we bij de kikkervijver stonden en die kikkertjes op groene bladeren zagen zitten kwaken en hij zou me vertellen dat hij toen op het idee kwam van de video waarop hij rondslentert en 'bampampam, bampampam, we aaaall stand together' zingt. Daar kan ik nu niet aan denken, ik ren verder. Ongelooflijk hoe snel je je kunt bewegen als je je ledematen op de zonnebank hebt opgewarmd. De vrouwen achter de balie van wat vroeger het socialeverzekeringskantoor was, maar dat nu Nieuw Arbeids- en Welzijnstoezicht heet, denken dat mijn toerental te laag ligt. Ze vinden me dom en lui, ik zie het aan hen, aan de manier waarop ze blikken wisselen als ik arriveer, maar ik ben niet lui. In elk geval niet nu. Ik neem het laatste deel van het pad en ben net zo verrast als altijd als ik bij de oude fitnessruimte tussen de bomen aankom. Daar hangen de ringen, daar staat de verroeste bullworker, daar staat het roeiapparaat met een scheur in de leren zitting en daar staat de Stressless-fauteuil met vogelpoep op de armleuningen. Ik heb zin om te gaan zitten, achterover te leunen en alles te vergeten, maar dat is het laatste wat ik moet doen. Ik doe mijn rugzak af en zet hem samen met het statief en de cameratas achter een steen, en over alles heen leg ik de sparrentakken die ik een aantal dagen geleden heb gekapt.

Mijn spullen liggen verstopt, niemand zal ze stelen, en mocht het gaan regenen, wat niet is voorspeld, dan blijven de dingen hier wel droog. Ik neem alleen dat rare zilveren dingetje uit het huis van Regine mee, als dat in mijn jaszak zit ben ik zo dicht bij haar als ik maar kan komen en binnenkort zullen we nog veel dichter bij elkaar komen.

Ik hol terug over rotsen en denappels. Het kabbelende beekje komt uit in een vijver voordat het verder stroomt, het water ziet er helder en koud uit, het zou heerlijk zijn mijn handen te koelen, maar ik gun me geen tijd. Het ruikt naar gebladerte en aarde, aan de geur is te merken dat er binnenkort nachtvorst gaat komen, ook al staan er nog wat gele bloemen die aan paardenbloemen doen denken. Er liggen notendoppen op de grond. Eekhoorns hebben de naam lief te zijn, maar eekhoorns van dichtbij hebben een lelijke blik en schokkende bewegingen waar je het liefst een eind aan zou maken. Als ik een geweer had gehad en het geluid daarvan had kunnen verdragen, had ik graag honderden eekhoorns doodgeschoten.

Ik kijk op mijn horloge, het duurt nog meer dan tien minuten tot Regine en haar vriendin verschijnen. Als ik hen goed ken, komen ze pas over een kwartier, maar ik zal wachten. Ik zal volkomen stil tussen de bomen staan, precies op de plek waar ik het trottoir kan zien, voor het geval ze mochten besluiten over de weg naar huis te gaan, maar dat doe ik alleen om helemaal zeker te zijn, ze nemen de weg niet als het pad zo veel sneller is. Met zijn tweeën denken ze veilig te zijn, maar op een keer hoorde ik hen doen alsof ze een hond hadden.

'Zit, Bobby!' riepen ze door elkaar heen terwijl ze grinnikten en lachten.

Ik zat in het donker op een steen, ze zagen me niet en wisten niet dat ik wist dat ze naar een fantasiehond riepen. Misschien zouden ze willen dat ze een herdershond of een rottweiler hadden, ze zouden toch niet zo'n waardeloze poedel willen om hen te verdedigen. Ik blijf staan en neem een slok uit mijn heupfles. Chivas smaakt niet zo goed als bier, maar als de warmte zich verspreidt is het lekker. De woorden komen gemakkelijker als je een beetje drinkt, net alsof er in je hersens iets losraakt, maar ik mag niet naar alcohol ruiken als ik met haar ga praten. Ik weet niet hoe ik moet beginnen. Ik heb geen vastomlijnd plan, ik weet alleen dat ik iets moet zeggen waardoor ze halt houden en ze moeten niet alleen stoppen, ze moeten blijven staan. Ze moeten geïnteresseerd raken om te horen wat ik te zeggen heb.

De vriendin moet naar huis gaan, maar Regine moet blijven.

Regine moet doen wat ik wil. Ik sluit mijn hand om het zilveren dingetje en voel de scherpe randen en de gladde knobbels tegen mijn handpalm. Ik heb zin om ermee in boomschors te krassen, ik heb zin om hem in de witte bast van een berk te duwen en hard heen en weer te trekken. Zou haar moeder hebben gezien dat het verdwenen is? Zou ze zich afvragen wie het heeft weggenomen? Misschien is ze wel zo'n sloddervos dat het haar niet opvalt dat er iets weg is. Haar huis heeft een zolder en een benedenverdieping. Die vertrekken had ik graag doorzocht toen ik daar was. Op een zolder kun je je verstoppen, maar dat is niet slim, omdat het kraakt boven degenen die zich eronder bevinden. Als je je op een zolder verstopt, dan doe je dat omdat je hebt besloten naar beneden te gaan en je kenbaar te maken. Op een benedenverdieping is het gemakkelijker, maar er moet een raam zijn dat groot genoeg is om er snel door naar buiten te komen, zodat je niet in de val komt te zitten. Dit heb ik niet gepland, ik ben ook niet dom, het waren slechts gedachten die opkwamen toen ik in hun huis was.

Ik ga er nog een keer heen, dat weet ik zeker. Ik voelde het overal kriebelen toen ik in Regines kamer was, als ik de tijd had gehad, was ik in haar bed gaan liggen en had ik die roze zijden pyjama tegen me aan gedrukt. Binnenkort zal ik haar tegen me aan drukken. Niet alleen de dingen, maar haar lichaam. Ik zal haar lange haar optillen en haar smalle rug strelen. Ik word gek als ik daaraan denk. Ik raak mezelf niet aan, ik beheers mezelf en neem genoegen met de beelden in mijn gedachten. Ik zal haar haar optillen en zij zal dat fijn vinden, ze zal alles fijn vinden wat ik doe. Ze zal me vertellen wat ze denkt en ze zal mijn woorden niet verkeerd of gek vinden.

Ik kan niet langer wachten, maar als ik mijn ogen dichtdoe en hard genoeg denk, lukt het de tijd weg te denken. Dat heb ik geleerd lang voor die ene keer dat ik me liet overhalen om hasj te roken, ik heb het geleerd toen ik in het klaslokaal zat en wist dat er in de pauze kinderen zouden zijn die me heen en weer zouden duwen onder het roepen van spekkie, spekkie, spekkie, op een ritmische manier die me deed vermoeden wat me te wachten stond. Toen concentreerde ik me uit alle macht om die hele schooldag weg te denken; opeens was hij voorbij, zat ik thuis en kon ik spelen met mijn Matchbox-autootjes en dierenfiguur-tjes, en moeder vroeg dan soms of ik zin had in koude choco-mel en een boterham met smeerworst en een heleboel peper, het lekkerste wat ik kende.

Wat ik nu met de laatste minuten moet doen, is ze wegden-ken. Ik breng de sjaal voor mijn gezicht en snuif de geur van haar parfum op. Ik zal naar het warenhuis gaan om die parfum voor haar te kopen, er zijn een heleboel mannen die vrouwen-parfum kopen. Toen ik op een keer een hele tijd tussen de fles-jes heen en weer had gelopen, kwam een verkoopster naar me toe. Ze had een paardenstaart en oorbellen met parels en praat-te met een zachte, aangename stem. Ze was beleefd tegen me. Toen ik zei dat ik me een flesje van zeshonderd kronen niet kon veroorloven zonder eerst te sparen, zei ze dat iedere vrouw zich extra vereerd zou voelen dat een man geld had gespaard om iets voor haar te kopen. Ze legde me uit dat je nooit parfum recht-streeks op je hand moet testen, maar op de plek waar de huid het dunst is op de aders, bijvoorbeeld op de slagader op je pols of onder je oor op de halsslagader. Dan zouden de hartslagen de geur verspreiden, zei ze en ik wist niet waar ik moest kij-ken, omdat ik bang was dat ze kon zien wat ik dacht. Ik ga ook andere cadeautjes voor Regine kopen. Ze zal ze openen en blij worden, naar me op kijken en glimlachen, en ze zal zeggen dat het veel te veel is. Dat zeggen ze altijd als ze iets moois krijgen.

'O, hartelijk dank, het is veel te veel, dat had je niet moeten doen,' zeggen ze als ze het tegenovergestelde bedoelen.

Meisjes zeggen dat ze niet willen hebben wat ze willen heb-ben. Daar zijn ze op getraind.

Ik hoor haar stem nu, niet alleen in gedachten, maar in het echt. Eerst hoor ik de heldere stem en daarna hoor ik het ge-lach. Ik open mijn ogen, zo geluidloos mogelijk doe ik een stap naar achteren, de duisternis tussen de bomen in.

Daar komt ze, maar het klopt niet.

Haar vriendin is er niet, er loopt iemand anders bij haar.

Ze loopt samen met een jongen.

Een lange, donkere jongen.

Het is onmogelijk dat weg te denken. Regine loopt dicht tegen een Afrikaan aan. Godverdomme, dat is wel het laatste wat ik voor ogen had, een bijna zwarte jongen. Mijn keel brandt. Ze heeft zijn arm om zich heen en voordat ik ook maar iets kan doen, drukt ze zich tegen hem aan, legt haar hoofd achterover en laat zich door hem kussen.

ELISABETH

De telefoon blijft maar overgaan, even slaat de paniek toe bij de gedachte dat ik Ninni niet zal kunnen bereiken. Nadat ze van de krant naar de radio is gegaan, weet ik nooit of ze overdag of 's avonds werkt, maar opeens hoor ik haar stem en de opluchting is zo groot dat ik eerst geen woord weet uit te brengen.

'Hallo Elisabeth, wat ben je aan het doen?'

'Het stapelt zich een beetje op. Heb je tijd om te praten?'

'Tijd in overvloed. Ik ben klaar op mijn werk en heb geen plannen. Wat is er gebeurd?'

'Er is eigenlijk niets gebeurd, alleen dat Andreas hier is geweest. Hij wilde een oud zilveren kompas halen dat hij heeft gekocht toen we in Istanbul waren. Het is een heel duur ding, plus dat het gevoelswaarde heeft. Ik heb het eergisteren nog gezien, maar vandaag was het verdwenen. Je kent Andreas zijn gevoel voor orde en mijn en jouw dingen en zo. En dat niet alleen, ik zag dat hij me niet geloofde. Ik zag het in zijn blik. Dat hij zich afvroeg of ik het had verstopt om het zelf te hebben. Alleen al dat hij dat kan denken, dat het in me op zou komen iets van hem te verduisteren of te stelen, maakt dat ik me zo geprovoceerd voel. Bovendien kreeg ik twee akelige sms'jes van een vreemde. In het ene stond "De kat houdt van de nacht" en in het andere "psss, psss, psss". Toen ik terugbelde, nam een man de telefoon op en zei ja, maar hij legde op zonder te zeggen wie hij was.'

'Je begrijpt toch wel wat dat betekent?'

'Nee.'

'Dat is een lid van de SRV.'

'Wat is SRV?'

'Stille Rukkers Vereniging.'

Ninni liet haar rooklachje horen, zij is een van mensen die weigeren te stoppen uit protest tegen wat ze de gezondheidstirannie van de staat noemt. Ze lacht op zo'n manier dat ook ik in de lach schiet, we hoeven er niets meer over te zeggen, we hebben hetzelfde voor ogen, de club sukkels die in hun eentje zitten te kreunen terwijl ze vreemde vrouwen bellen aan wie ze zelfs hun naam niet durven te vertellen.

'Je hebt geen idee hoeveel zieke brieven, mails en telefoontjes we na sommige uitzendingen krijgen. We hebben een aparte la die we de negrofobilia noemen. Daar leggen we papierafval in, samen met brieven die beschrijven wat er zou moeten worden gedaan met Noorse vrouwen die hun land verraden door met buitenlanders te trouwen. Pak hun het staatsburgerschap af en stuur ze naar de apen in Afrika. Je weet wel, dat soort onzin. Zet het zo snel mogelijk uit je hoofd, het is het niet waard er tijd aan te besteden. En wat Andreas betreft...'

Ik hoor haar een trekje van haar sigaret nemen.

'Het gaat niet om zijn spullen, het gaat om iets anders, iets wat dieper zit.'

'Wat dan?'

'Waarschijnlijk hetzelfde als waardoor je gaat scheiden. Het is iets wat je wilt hebben en wat je niet krijgt. Stel je voor hoe lang Ola en ik al gescheiden zijn, en nog steeds belt hij soms om te vragen naar dingen die ik volgens hem heb en die hij nodig heeft. De laatste keer was het zijn kenost.'

'Kenost?

'Ja, dat klinkt als een dyslexievariant van knoest, nietwaar? Misschien komt het daar vandaan. Je weet wel, zo'n knoest die aan bomen groeit en waarvan wandelaars drinknappen maken. Ik geloof dat het zo'n ding is. Een nationaalromantisch iets. Wat na vijf jaar ineens nostalgie bij hem opriep omdat zijn vader hem had gemaakt. Hoe moet ik weten waar dat ding is? Hij werd zo chagrijnig, het was bijna alsof zijn hele zomervakantie naar de knoppen was.'

Ze rookt en lacht weer. Ik zie het korte, donkere haar voor me en die wat rockerige stijl van haar, alle zilveren kettingen die ze meestal draagt en de armbanden. Ninni heeft niets voor niets gekregen, ze verloor haar vader toen ze negentien was en haar moeder was zo'n hypochonder die telkens wanneer het leven enige weerstand bood, dacht dat ze een dodelijke ziekte had. Ninni heeft ten opzichte van haar ingebeeld zieke moeder de kont tegen de krib gegooid, ze pakt de rest van ons bij ons nek-vel als we ons gedragen als leden van wat ze de zeur- en zorg-centrale noemt. In plaats van blamages en angst te verzamelen, herinnert ze ons eraan dat het leven mooi maar kort is en we er daarom met volle teugen van moeten genieten. Zo veel wijn-flessen hebben zij en ik samen leeggedronken, zo veel maaltij-den hebben we gedeeld, zo veel avonden hebben we tot in de kleine uurtjes zitten praten, zo veel trektochten hebben we ge-maakt, met en zonder kinderen.

Opeens mis ik haar op een intense, fysieke manier, ik herin-ner me de eerste keer dat we ontdekten dat we dezelfde aan-duiding hadden voor iets wat we nog nooit anderen hadden horen uitdrukken. Dat gevoel dat we soms als kleine meisjes al hadden, in bepaalde situaties of tegenover bepaalde mensen, de manier waarop ze spraken of bewogen, of alleen de manier waarop het licht op hen viel. Het begon in het hoofd te kiete-len en het gekietel ging ergens anders over dan wat het had ver-oorzaakt. Het was net alsof we extreem aanwezig waren in ons lichaam en tegelijkertijd erboven verheven. Alsof de tijd stil-stond en alle kracht in het bestaan in dat ene kietelende mo-ment werd geconcentreerd. Onafhankelijk van elkaar, ieder aan onze kant van de stad, liepen Ninni en ik met staartjes en kauw-gom en werden geraakt door het leven op een manier die we allebei, bij gebrek aan beter, 'lekker in het hoofd' noemden. Toen we beseften dat we dezelfde uitdrukking hadden gebruikt voor iets waar we later over zouden lezen als transcendente ervaringen, raakten we helemaal door het dolle heen en sindsdien hebben we ons onafscheidelijk gevoeld.

'Je hebt het toch goed met Dag?'

'We zien elkaar niet zo vaak als ik zou willen.'

'Waarom niet?'

'Hij heeft nog heel wat af te handelen. Veel oude nasleep. En verder geloof ik dat hij graag alleen is. Dat hij dat leuker vindt dan ik. Maar als we bij elkaar zijn, gaat het heel erg goed.'

'Ik weet zeker dat hij een goede man voor je is. Andreas was ook goed, maar er ontbrak iets bij hem. Misschien niet in relatie tot anderen, maar in relatie tot jou. Hij wilde je altijd corrigeren. Als jij tien zei, zei hij twintig. Wees blij dat het voorbij is.'

'Vind je dat?'

'Maar Elisabeth, dat vind jij toch ook?'

'Jawel.'

'Weet je niet meer hoe hij je altijd verbeterde? Niet alleen als het om feiten ging, maar ook de manier waarop jij dingen vertelde. De manier waarop jij zaken opvatte. Hij wilde dat je een ander werd dan je bent. Vast en zeker omdat hij zelf niet goed weet waar hij staat. Andreas is als het ware zo...'

'...zo zonder hemel boven zich.'

'Dat kun je wel zeggen. En dan denk je zeker niet aan gebrek aan religie?'

'Nee. Het is alleen iets...'

'...iets zelfgenoegzaams. Maar volgens mij zit Dag best lekker in zijn vel. Plus dat hij een opgewekt karakter lijkt te hebben, terwijl hij niet dom is. Levenservaring en een opgewekt karakter, daar kunnen maar weinig mensen over opscheppen, vind je ook niet?'

'Tja.'

Ik zie de woonvertrekken van Ninni voor me, die zijn heel anders dan die van mij, minder intiem. Zoals een van onze andere vriendinnen eens zei: Ninni lijkt bij zichzelf op bezoek te zijn. Ze legt haar ziel niet in interieur en gezelligheid, het kan haar niets schelen of schilderijen scheef hangen of dat de deurposten twee jaar lang ongeverfd blijven. Die ruige stijl past bij het moederschap van twee zonen, Fredrik van negentien en Tomas van zeventien. Zij en ik hebben vaak voor de grap gezegd dat we familie van elkaar werden als Regine verliefd op een van hen zou worden, maar ze kennen elkaar zo goed dat ze elkaar bijna als broers en zus zien.

'Weet je wat ik zou willen, Elisabeth?'

'Nee.'

'Dat je tijd had om een jurk voor me te naaien.'

'Natuurlijk heb ik daar tijd voor.'

'Niet vrouwelijk. Niet klassiek. Niet romantisch. Maar een kort jurkje met lange mouwen. Een jurk die anders is dan anders, als je begrijpt wat ik bedoel.'

'Ik begrijp het. Ik zal een paar schetsen voor je maken. Weet je wat ik zou willen?'

'Nee.'

'Dat we een lang weekend of een week op stap konden gaan. Met of zonder kinderen, als we samen maar ergens heen kunnen.'

'Naar Positano.'

'Of Barcelona.'

'Ik voel me veel meer aangetrokken tot Italianen dan tot Spanjaarden.'

'Aangetrokken in de zin van luxe of seks?'

'Luxe! Een rijke Romein met een mantel van kamelenhaar en voldoende geld op zijn creditcard. Dat zou ik nu niet afslaan. Dat is precies wat ik nodig heb. Een rijke minnaar uit het Zuiden. Gun je me dat?'

'Ik gun je alles. Ik zal mijn best doen met de jurk.'

We hangen op en op het moment dat de verbinding wordt verbroken, mis ik haar stem al. We zijn ook minder vaak bij elkaar dan ik zou willen. Ninni maakt dat je nooit in de put blijft zitten, maar daar altijd uit komt. Niet door krampachtig opgewekt of oppervlakkig te zijn of het vrolijke meisje te spelen, niets van dat alles. Ninni beschikt over net voldoende ernst, maar boven en onder die ernst ligt een gulheid, of een gulle koppigheid, dat heb ik nooit kunnen ontrafelen, ik weet alleen dat wanneer Ninni er is, ik het gevoel krijg de wereld aan te kunnen. Vlug, voordat die gedachte verdwijnt, haal ik mijn schetsboek, ga aan de keukentafel staan en maak een schets van een jurk met lange, strakke mouwen die in loshangende ruches uitlopen. Geen grote, maar kleine ruches. Ik kan de jurk van een grove stof maken en aan de buitenkant kan ik een flinterdunne laag kreukchiffon aanbrengen, dat past uitstekend bij zo'n slank iemand als Ninni. Het chiffon kan ik erop vastmaken zodat het lijkt alsof het aan de onderlaag ontspringt, het wordt een wisseling tussen zwaar en licht, waardoor je stilvalt en nog een keer kijkt. Ik heb zo'n jurk gezien in een Frans modeblad met shabby-chique modellen en die was geweldig. Om hem een beetje rockerig te krijgen, wat het handelsmerk van Ninni is, kan ik een detail toevoegen. Ik kan een riem met een karabijnhaak maken die op het tere chiffon hangt. Een karabijnhaak in zo'n dunne riem dat het lijkt alsof hij nergens aan vastzit. Dat kan een contrast opleveren dat zal opvallen, of zou dat misschien te veel opvallen?

Ik leg de schetsen weg, maar blijf aan Ninni en haar gulheid denken. Ninni heeft een lichaam waar iedereen die aan de lijn doet jaloers op is, terwijl ze zelf op vormen gefixeerd is. Of nee, dat is fout, ze misgunt niemand zijn vormen, ze moedigt iedereen aan die te benadrukken.

'Wat een BUSTE heb je, daar moet je goed gebruik van maken!' kan ze zeggen, zelfs tegen vrouwen die ze niet zo goed kent. Wie alleen die kant van haar ziet, denkt dat ze altijd even sterk en grof is, maar die grofheid is een overlevingsstrategie. Ik herinner me een paar jaar geleden, toen er een mammografie van haar was gemaakt en ze het bericht kreeg dat van een onduidelijke vondst een biopt moest worden genomen. Toen haalde ze zich het ergste in het hoofd, maar ze wilde tegen elke prijs haar angst voor haar zonen verbergen. In plaats daarvan kwam ze naar mij. Zij en ik maakten wandelingen, zaten op de bank en staken de haard aan, en tijdens de dagen dat ze moest wachten kwamen we nader tot elkaar dan ooit. Ninni vertelde hoe haar moeders angst voor ziektes haar zo had gekweld dat ze zichzelf had beloofd die geschiedenis nooit te herhalen. Van jongs af aan was ze op zoek geweest naar vrouwen die voor iets anders en sterkers stonden, vrouwen die dingen voor elkaar wisten te krijgen. Dat was zo belangrijk voor haar geweest dat ze bijna bezeten raakte van wat ze de kunst van de bewondering noemde.

Om de wachttijd te laten verstrijken, stelden we een lijst op van vrouwen die het verdienden bewonderd te worden. Ik weet de helft van de namen niet meer, maar ik herinner me dat we in een gesprek verzeild raakten over hoe weinig van de bewonderenswaardige vrouwen puur positief waren, dat wil zeggen dat ze niet iets tragisch, kwetsbaars of droevigs hadden. Jeanne d'Arc werd vermoord, George Sand moest in mannenkleding lopen, Karen Blixen kon niet eten. We wilden al die vrouwelijke slachtoffers achter ons laten en kwamen bij Madonna uit: niemand die van de slachtoffergedachtegang af wil kan om Madonna heen, maar haar commerciële en controlerende kanten werden te overweldigend. Na Madonna gingen we over tot de onbekende vrouwen die nooit in de positie kwamen dat ze werden bewonderd, omdat niemand wist wat ze uitspookten. Dat bracht Ninni op het idee van de serie radioprogramma's waar ze de meeste reacties op kreeg, een reeks interviews met onbekende vrouwen in een veeleisend beroep. Een districtsvroed-vrouw, een achterbuurtverpleegkundige, een geitenhoedster, een piepjonge novelliste. Over die laatstgenoemde had ik haar getipt, aangezien ze zo goed schrijft dat iedereen in mijn branche denkt dat ze een ster aan het schrijversfirmament zal worden.

Ik zou aan het manuscript moeten beginnen dat ligt te wachten, maar het denken aan de details van de jurk is zo ontspannen. Het maken ervan vergt veel, het is vreselijk als het knippen of naaien misgaat en je de stof weg kunt gooien, maar de eerste fase, waar ik niet ver genoeg mee ben gekomen om het al over design te hebben, is zo vrij. Als ik een grijze wollen stof onder het chiffon gebruik, kan ik de ruches dunne zilveren draden geven die bij de karabijnhaak van de riem passen. Regine heeft veel inzicht in wat bij elkaar past en ze geeft altijd haar mening, ook als ze het niet mooi vindt wat ik maak. Ik loop de keuken in om de kaarsen op de vensterbank aan te steken, ze vindt het zo gezellig dat de ramen verlicht zijn als ze de heuvel op komt. Mijn mobieltje rinkelt, ik toets het bericht tevoorschijn en ben er zo zeker van dat het Regines gebruikelijke 'hallo mama, bijna thuis', gevolgd door een smiley is, dat ik de akelige woorden die ik lees eerst niet kan geloven.

HENRY

Het ruikt naar brandnetel, de duisternis valt en de takken schuren over mijn huid. Hoewel ik de geur herken, brand ik me toch aan die planten, ze zijn zeker een meter hoog. Mijn ene hand schrijnt, ik doe een stap opzij zodat mijn anorak in het struikgewas vast komt te zitten. Ik ruk me los en hoor een naad scheuren. Ik glij de helling vol kleigrond af en moet me schrap zetten, de bodem is nat en koud. Mijn pols klopt in mijn oren, die vult verdomme mijn hele cilinderkop. Denappels kraken, een tak knakt, ver weg hoor ik sirenes.

Ze zitten niet achter me aan, niemand zit achter me aan, niemand weet waar ik ben.

De beek verderop bruist. Ik moet iets drinken, maar het riool loopt in de beek uit. Even meen ik zeker te weten dat ik te ver ben gelopen, dan zie ik metaal schitteren en daar staat de bullworker tegen de steen aan.

Ik heb zin om hem te pakken en uit alle macht te slaan. Ik heb zin om te blijven slaan tot het metaal meegeeft. Maar in plaats van dat te doen, leun ik tegen de dichtstbijzijnde dennenboom en knijp mijn ogen dicht. Dat stomme zilveren ding zit in mijn zak, ik heb zin het weg te gooien, maar dat doe ik niet, ik laat het liggen. Ik moet me vermannen. Ik leg de sparrentakken opzij en pak mijn spullen. Ik ruik harst en kerst, ik wil niet aan kerst denken, vooral niet aan die kerstavond waarop moeder riep dat vader een keus moest maken.

Je moet kiezen tussen mij en haar! riep ze.

Dat kan ik niet, zei vader.

Ze dachten dat ik sliep, maar ik sloop uit bed en glipte geluidloos langs de wand naar beneden en keek de woonkamer in. Moeder lag niet onder de kerstboom, maar dat scheelde niet veel, ze lag op de vloerbedekking met haar armen om zich heen geslagen. Vader keek niet naar haar, hij keek ook niet naar mij, hij keek uit het raam. Ik snapte niet tussen wie er gekozen moest worden, wie 'haar' was, maar ik wist wat er ging komen. Het gezeur over de nertsjas die vader haar had beloofd toen hij dacht dat zijn uitvinding een succes zou worden. Die ellendige nertsjas waarover moeder zo kon jammeren, omdat mevrouw zo en zo er een had, terwijl zij in konijnenbont moest rondlopen.

De sirenes zijn nu dichterbij, het geluid komt van rechts, van de weg langs het water. Het is vast geen politie, het klinkt als een ambulance. Ik loop over het pad dat vlak achter de flatgebouwen uitkomt. Hier ken ik alles, nu heb ik er profijt van dat ik 's nachts zo veel heb rondgelopen, ik kan goed in het donker zien. Rechts van de grafheuvels zijn wat we de doodsgrotten noemden en daarin liggen de overblijfselen van dronkaards. Zo stelden we ons dat voor en waarschijnlijk klopt dat. We mochten daar niet alleen naar binnen, de volwassenen zeiden dat dat te riskant was, omdat niemand kon zien of horen of we ons bezeerden en er met een gebroken been bleven liggen.

Ik ben niet van plan me te bezeren. Ik ben niet van plan te stoppen. Ik ben niet van plan langzamer te gaan lopen. Ik stap over stronken en stenen, ik buig takken opzij en trek me niets aan van waar ik op stap. Een kraai vliegt schreeuwend op. Ik ben er nu bijna uit, zo meteen ben ik op de parkeerplaats, dan hoef ik alleen de doorsteek over het grasveld over te gaan langs de droogmolens en dan ben ik bij mijn portiek. Ik moet maken dat ik binnenkom. Ik ren niet, dat zou raar lijken, maar ik loop zo snel dat de cameratas tegen mijn lijf slaat. Ik heb zin het statief weg te gooien, maar dat zou ook gek lijken. Ik zeul het met me mee, heb het statief onder mijn arm, de rugzak op mijn rug en de fototas over mijn schouder. Ik ga die stomme uitrusting nooit meer gebruiken, ik heb de spullen niet nodig, nu zijn andere dingen belangrijk. Mijn laarzen zijn zwaar en mijn voeten jeuken. Ik kan geen stap meer verzetten, maar dwing me de straat over, onder de straatlantaarns, langs de oude droogmolen en dan naar nummer 30.

Het ruikt naar koud metselwerk en naar warm eten, iemand heeft karbonades gebraden. Ik druk op de knop van de spaarlamp en bereik de eerste verdieping, WELKOM staat er op de deurmat van de buren, ze komen uit Bosnië, ik ben nooit bij hen binnen geweest. Mijn handen beven als ik de sleutel pak, ik tril helemaal.

Op mijn laarzen zitten kleiklodders, ik zet ze buiten de deur.

Eindelijk ben ik binnen. In mijn ouderlijk huis. Hier heb ik altijd gewoond en ik zal nooit ergens anders wonen. Ik zet het fotostatief in de hoek, samen met de cameratas en de rugzak.

Voordat ik iets anders doe, loop ik regelrecht naar het deel waar de goudvissenkom staat. De twee vissen zwemmen rondjes in hun kom, ze hebben planten, schelpen en torentjes met een spits erop om naar te kijken. Het zijn twee sluierstaarten, de ene heet Dylan en de andere Donovan. De man van wie ik ze heb gekocht zei dat zulke kleine vissen maar een kortetermijngeheugen van drie seconden hebben, daarom maakt het niet uit dat ze opgesloten zitten; ze denken altijd dat ze op een nieuwe plek zijn. Toch kan het wel leuk voor ze zijn dat ze naar iets moois kunnen kijken. De toren met de spits heeft openingen waar ze doorheen kunnen zwemmen en 's avonds wordt hij vanzelf verlicht. Naast de hoofdkom heb ik een kleinere kom, waar ik ze elke paasavond in stop, die noem ik het paashuisje. Dat heb ik niet zelf verzonnen, dat heeft de Kop gedaan. Hij had ook twee vissen met die namen. Elk voorjaar liet hij Dylan en Donovan een paar weken in het huisje doorbrengen voordat hij ze weer in de grote kom zette, die hij het Landgoed noemde.

Telkens als ik naar mijn vissen kijk, mis ik de Kop.

Ik meen zijn blonde, dunne haar en zijn smalle ogen te zien.

Ik meen zijn lach te horen.

De Kop had de eigenschap dat hij nooit bezorgd of boos werd, hij lachte alleen om de dingen waarover anderen zich opwonden. Hij gebruikt nu alleen zijn achternaam, Svendsen. Tom Svendsen die met vrouw en kinderen in Drammen woont en een reclamebureau runt, toen ik belde zei hij dat hij het druk had, maar dat hij binnenkort contact met me zou opnemen.

Dat was in 2004.

Hij verdient 2,5 miljoen kronen per jaar. Dat heb ik gezien toen zijn belastingaanslag op internet verscheen. Misschien wil hij daarom geen contact meer met me, omdat hij zo veel verdient en ik zo weinig. In werkelijkheid verdien ik niets, ik krijg alleen geld via het NAW. 9002 kronen per maand. Ik haal het busje visvoer en strooi een paar korrels in het water. Ik heb ze geproefd, het is niet vies, het smaakt bijna als tomatensoeppoeder. Dylan is de grootste, hij komt als eerste naar het oppervlak en hapt het voer naar binnen met een nauwelijks hoorbaar geluid. Donovan verschijnt ook, zijn kieuwen gaan open en dicht. Als ze hun voer op hebben, slaan ze heen en weer met hun sluierstaart en zwemmen ze weer naar de reflecterende burcht. Aquariumvissen hebben de naam rustgevend te zijn als je naar ze kijkt; heel vaak heeft in de krant gestaan dat je bloeddruk daalt als je vissen in het rond ziet glijden.

Ik haal de rugzak en gooi hem op de keukentafel leeg. Ik spoel de stalen thermoskan met kokend heet water om, gooi het koekjespapier weg en leg de verrekijker, de radio en de mobiele telefoon op de salontafel. Ik giet xylocaine op de brandnetelblaren voordat ik het flesje in het medicijnkastje zet. Ik trek de luxaflex naar beneden, doe het licht aan en loop naar de koelkast om een biertje te pakken. Ik heb niet een, maar twee sixpacks. Ik kan zo veel blikjes drinken als ik wil. Dat kan niemand me verbieden. Ik kan het hele sixpack leegdrinken als ik dat wil. Dat ga ik niet doen. Ik weet hoe het dan kan gaan, dan kan ik rond gaan bellen. Misschien dat de Kop het daarom beu is, omdat ik op een avond drie, misschien wel vijf keer heb gebeld, maar dat is toch niet zo gek als er vele jaren zijn verstreken sinds je je boezemvriend hebt gezien.

Ik ga nu niemand bellen. Ik ga ook geen sms'jes meer sturen, hoe verleidelijk dat ook is. Er gebeurt iets met me als ik aangeschoten of opgewonden raak, dat besef ik. Ik mijn la ligt de ingezonden brief van een lezer van een krantenkolom voor jongeren. Een jongen van zestien schrijft dat hij niet durft te drinken omdat hij na zijn eerste pilsje sms'jes naar meisjes begint te sturen. Hij schrijft dat hij berichten stuurt die hij anders nooit zou versturen, berichten die alle perken te buiten gaan en die hem een ander laten lijken dan wie hij eigenlijk is. Hij zegt dat hij houdt van het gevoel van moed en macht dat zijn mobieltje kan geven, tot het tot hem doordringt dat hij zich belachelijk heeft gedragen. 'Groeten van geil en wanhopig', staat er onder de brief. Ik heb hem heel vaak gelezen. Ik krijg het er bloedheet van, ik weet hoe het is. Het is zo gemakkelijk om te zitten toetsen. Als je 'geil' intoetst, komt er eerst 'heij' te staan, maar dan hoef je alleen maar op de correctietoets te drukken. Opeens staan er woorden op de display die nooit in je zouden opkomen om tegen iemand te zeggen, woorden die volstrekt abnormaal zijn en die de ontvanger woedend zullen maken. Die woorden zien in de wetenschap dat je alleen maar op toetsen hoeft te drukken, dan je vinger op de toets zetten en weten dat het te laat is om spijt te hebben, doet overal in mijn lijf de jeuk uitbreken.

Dat is te vaak gebeurd, het mag niet meer gebeuren.

Ik drink uit het blikje en het bier is lekkerder dan in lange tijd iets heeft gesmaakt. Er liggen nog twee viskoekjes van gisteren, ik eet ze allebei op, maar ze zijn niet lekker. Koude viskoekjes laten een laagje vet op je gehemelte achter, terwijl er ook visschuim achterblijft. Ik wil iets anders, maar er ligt alleen een komkommer, een halflege tube viskuit en een pakje gerookte boterhamworst in de koelkast. De boterhamworst is nog ongeopend, de houdbaarheidsdatum is nog niet verstreken. Ik trek aan het hoekje waar ik het pakje moet openen, maar het plastic zit vast, het wil niet open. Ik doorklief het pakje met het voorsnijmes en eet het ene plakje na het andere, dat laat de smaak van de viskoekjes verdwijnen. Ik krijg dorst en trek blikje nummer twee open, ik heb daar zin in, maar dan ontsnapt er een akelig geluid aan mijn keel.

Regine liet zich door een ander kussen. Ze liet zich niet alleen kussen, ze drukte zich tegen hem aan. Ze sloeg haar armen om zijn nek en stond op haar tenen om groot genoeg te zijn. Dat had ze niet moeten doen, ze had het niet voor zichzelf moeten bederven. Dat heeft ze nu gedaan, ze heeft het voor zichzelf en voor mij bedorven. Het akelige geluid houdt niet op en er komt iets vochtigs. Ik trek het ene vel na het andere van de keukenrol af en druk ze in mijn snufferd. Druk papier in mijn snufferd, dat doe ik, tot het geluid ophoudt.

Regine heeft de verkeerde keus gemaakt, helemaal verkeerd. Als ze mij had gekozen, had ze niet op haar tenen hoeven gaan staan om groot genoeg te zijn, we zouden bijna even groot zijn geweest, maar voor hem moest ze zich uitrekken. Hij legde een hand op haar onderrug en drukte haar tegen zich aan, alsof hij haar bezat, en ik kan voelen hoe het is om dat te doen, omdat ik daar al zo vaak aan heb gedacht. Hij legde zijn andere hand in haar nek, onder het haar, zodat hij dat op kon tillen.

Dat zou ík doen.

Niet hij, maar ik, verdomme.

Hij had zwarte krullen en een bruine huid. Bruin als een woestijnneger. Hij had moeten weten dat hij zich verre van haar moest houden, heel ver. Hij zag eruit als een van die mensen op de video's op de zender die vierentwintig uur per dag muziek uitzendt. Een van die mensen met zulke smalle heupen dat het lijkt alsof hun broek af zal zakken en alles zal laten zien wat eronder zit.

Ik wil die zender niet aanzetten, maar doe het wel. Iemand in een wit pak zingt, achter hem staat een hele rij danseressen te draaien en te kronkelen, ze hebben bijna geen kleren aan, alleen een bh, en een zijden short en schoenen met hoge hakken. Hun huid glimt zo dat die met olie moet zijn ingespoten, ze glinsteren en draaien maar, terwijl ze hun lippen aflikken.

Soms, als ik mijn ogen tot spleetjes knijp, lijken ze bijna op insecten.

Op een zomerdag maakte de school een uitstapje naar het openluchtmuseum. Onze leraar geschiedenis was een project gestart over de verschillende regio's die daar werden uitgebeeld. Hij was gek op alles wat met vroeger te maken had en wilde dat we zouden leren over voorraadschuren op palen, bakplaatsen, hooischuren en stallen. We liepen langs de afrasteringen en de akkers, langs de ene bruine blokhut na de andere. We bekeken houten bierpullen en mangels en hoe het ook allemaal maar heette, rookgaten en baktroggen. We moesten tekeningen maken en beschrijvingen geven en mochten in groepjes werken. Algauw had de hele klas zich verspreid, sommigen waren in het Gudbrandsdal, anderen in het Setesdal en weer anderen helemaal in de provincie Trøndelag.

Ik had een plekje voor mezelf gevonden op een schuuropgang. Er groeiden margrieten en grasklokjes onder de brug en het was heerlijk om hoog te zitten met de door de zon verwarmde schuurmuur in de rug. Het was zo heerlijk dat het bijna leek alsof ik een ander was dan mijzelf. Ik had een lunchpakket en sap en was net aan een lekkere boterham met smeerworst begonnen, toen William verscheen.

William was de baas in de klas, niet alleen omdat hij het beste kon leren en het stoerst was, maar omdat zijn vader het rijkst was en rondreed in een Mercedes, waar de uitverkorenen in mee mochten. Ik hoorde daar niet bij. Ik probeerde me altijd onzichtbaar te maken als William in de buurt was. Als er kinderen bij hem waren, liep hij altijd twee passen voor hen, alsof het voor zich sprak dat hij de leider was. Nu was hij in zijn eentje en ik kon nergens heen. Ik werd bang, bang dat hij vermoedde dat ik die keer op zijn tiende verjaardag zijn jadekikker had gestolen, maar William zag er niet boos uit en op zijn gezicht lag niet die grijns die hij soms had, hij was serieus. Hij schold me niet uit, maar noemde me alleen Finnsen.

'Zeg Finnsen, ik moet ergens met je over praten,' zei hij, alsof we twee volwassen mensen waren. Hij zei dat zijn vader en mijn vader op dezelfde middelbare school hadden gezeten en dat zijn vader over de belangstelling voor metaaldetectoren van mijn vader had gehoord. Onze vaders hadden gesproken over de kans munten of sieraden te vinden en dat er een mogelijkheid van partnerschap zou kunnen zijn, waarbij mijn vader zijn expertise inbracht en zijn vader het geld. De vader van William was ook in het Historisch Museum geweest en had de Romeinse munt gezien die in een tuin niet ver van onze school was gevonden, maar dat was niet de eigenlijke reden waarom hij met mij wilde praten.

Hij zei dat Lill-Eva hem had gestuurd.

We zaten in de vierde klas en Lill-Eva was niet een van de mooiste meisjes, zelfs niet van de op een na mooiste, maar ze was ook niet lelijk. Ze had blonde krullen, een wipneus vol sproeten en bolle wangen. Niet alleen haar wangen waren bol, dat was haar lichaam ook, maar dat was niet lelijk, dat was mooi. Lill-Eva had me tijdens de les een paar keer aangekeken, toen kreeg ze een rimpel tussen haar wenkbrauwen, alsof er iets was wat ze niet begreep. Aangezien ze vlakbij woonde, liepen we dezelfde weg naar school en op een keer zag ik dat ze over haar schouder keek en langzamer ging lopen. Geen twijfel mogelijk, ik zag duidelijk dat ze dat deed, maar ik had geen benul wat ik moest zeggen, daarom ging ik ook langzamer lopen en toen verdween ze om de hoek.

Nu zei William dat Lill-Eva hem had gevraagd me te halen, ze wilde iets, maar de anderen mochten het niet weten. Daarom zat ze in de kleine blokhut met de naam Gurostova op me te wachten. Ik herinner me dat ik aarzelde, maar William leek serieus en ik wilde zo graag dat er iets zou gebeuren, dus ik legde mijn lunchpakket weg en liep achter hem aan. Er kwam een paard-en-wagen vol toeristen met spleetogen aan, we moesten aan de kant en ik herinner me het rammelende geluid over grond en stenen. Ik weet nog dat de koetsier gouden knopen op zijn vest had en dat een van de Jappen ons zo ijverig fotografeerde alsof we zeldzame dieren waren.

Als die foto's zijn ontwikkeld, zit mijn gezicht misschien in een fotoalbum in Tokio. Niet dat ik verwaand ben, maar daar heb ik vaak aan gedacht, dat ik wellicht de naamloze jongen ben op een foto die aan veel mensen in Japan is getoond.

William wees op een van de kleine blokhutten met plaggen op het dak.

Daarbinnen wachtte Lill-Eva op me.

Hoewel ik niet lang was, moest ik toch mijn hoofd buigen toen ik over de drempel stapte, het rook naar onbewerkt hout en teer. Ik knipperde met mijn ogen omdat het vertrek zo donker was, langzaam maar zeker zag ik de dingen daarbinnen. De lange tafel, de uit één houtblok gesneden stoel, de vuurplaats met de koperen pan en het bed met daarin Lill-Eva. Ze lag niet, maar zat op de rand van een van de bedden die zo kort zijn dat je niet kunt begrijpen hoe daar mensen in konden slapen. Lill-Eva zat daar alsof het haar geen enkele moeite kostte. Ik wilde een stap achteruit doen, maar William duwde me naar binnen, voordat hij zei dat hij terug moest naar zijn werkgroep.

Lill-Eva gebaarde dat ik moest gaan zitten. Ze was mollig en mooi en ik vond het leuk dat haar roze bloes strak zat en dat haar gebloemde rok te krap was.

'Ga zitten,' zei ze, en ik deed wat ze zei, hoewel ik bang was dat ik naar smeerworst zou ruiken. Zij rook naar lelietjes-van-dalenparfum, dat was iets te sterk, maar toch heerlijk. Lill-Eva met lelietjes-van-dalen. Ze gniffelde en vroeg of ik niet blij was dat ik niet in de achttiende eeuw leefde en in zo'n klein, donker huis moest wonen. Ik had geen idee wat ik moest antwoorden, de woorden kwamen gewoon, ik zei dat ik blij was dat we in een huis met een veranda en diepvriezer woonden. Meteen nadat ik dat had gezegd, hoorde ik hoe stom dat klonk, alsof ik altijd honger had en aan zitten op de veranda en het eten van ontdooide karbonades dacht. Lill-Eva knikte, alsof het volstrekt niet stom was, en ik zei snel dat het mooie van diepvriezers was dat je net zo veel ijsblokjes kon maken als je wilde. Lill-Eva knikte weer en zei iets over hoe smerig het moest zijn om pap te eten, in zelf geweven kleren te lopen en zelfs geen cd-speler te hebben. Aangezien ik geen eigen cd-speler had, was ik bang dat ze zou gaan praten over bands waar ik nog nooit van had gehoord, maar dat deed ze niet. Ze vlocht haar vingers in het schapenvel waarop we zaten. Het bed was opgemaakt met kussens en van die kleden die spreien heten. Lill-Eva ging achterover liggen zodat de bobbels onder haar bloes naar voren staken, ze gebaarde dat ik haar voorbeeld moest volgen.

Ik durfde het niet.

Natuurlijk durfde ik het niet.

Niet alleen omdat ik het nog nooit had gedaan, maar omdat we ons midden in een nationaal heiligdom bevonden. Het Noorse Openluchtmuseum, hoe vaak had ik niet gehoord hoe belangrijk dat was? Het was veel meer dan een verzameling huizen die teruggingen tot voor de tijd van de Zwarte Dood.

De stem van mijn vader smolt als hij het over het Noorse Open-luchtmuseum had. Hij werd zo enthousiast als hij over het Noorse Openluchtmuseum praatte dat ik een tijdlang dacht dat mijn overgrootouders daar hadden gewoond. Tot ik uiteinde-lijk begreep dat de huizen waren afgebroken, daarheen waren gebracht en weer waren opgebouwd, zodat we konden zien hoe fantastisch Noorwegen was geweest, met voorraadschuren op palen vol hammen en staafkerken die zo waardevol waren dat je ze niet in kronen en øres kon uitdrukken. We zaten in Gu-rostova en ook die was zo waardevol dat de mensen uit de hele wereld ernaartoe kwamen om die te bekijken. Wat zou er ge-beuren als onze leraar of de gids met de Jappen op sleeptouw naar binnen zou kijken?

'Ben je bang om te proefneuken?' vroeg Lill-Eva.

Het gebeurde toen ze dat woord uitsprak. Dat pijnlijke. Dat wat er te zien was als ik zou opstaan, omdat mijn broek van dunne stof was. Ik kon niet opstaan. Ik ging half over haar heen liggen. Ik kon niet geloven wat ik meemaakte, maar het gebeurde wel. Lill-Eva lag onder me, ze glimlachte met een tuitmondje en haar tieten staken recht vooruit; ik had nog nooit boven op een meisje gelegen, maar ik wilde, ik wilde zo graag dat ik ontplofte. Het rook naar lelietjes-van-dalen, pe-permunt, hout, teer en een beetje naar smeerworst en zweet, er waren zo veel geuren dat mijn hoofd ervan tolde. Ik hield me vast aan de bedrand, ging nog verder over haar heen liggen en voelde hoe heerlijk zacht ze was. Ik wilde net haar blonde krullen aanraken en mijn lippen op de hare drukken, toen het donker werd.

Het weinige licht dat er was geweest, verdween. Toen storm-den er jongens en meisjes uit de klas door de nauwe deur naar binnen. William als eerste, zoals altijd was William de eerste. Hij bleef maar lachen, het was alsof het geluid van alle anderen uit zijn mond kwam, ik had het gloeiend heet, zweette en was

zo verpletterd als ik nog nooit was geweest, terwijl ik diep vanbinnen wist dat ik de hele tijd al had vermoed dat het zo zou
aflopen.

'Fats eerste wip, Fats eerste wip, Fats eerste wip!' juichten ze
en ze roffelden ritmisch op de houten wanden.

Ik herinner me niet hoe ik buiten ben gekomen, maar ik weet
nog wel welk besluit ik nam. Dat ik zou doen alsof ik het ook
lollig vond. Ik vloog niemand naar de keel, ik spuugde niet en
ik sloeg niet. Ik lachte en de rust keerde terug. Toen we bijeen
moesten komen om onze resultaten in te leveren, tripte William
in het rond als een haan. De knapste meisjes gaven Lill-Eva de
ruimte, die voor die tijd nooit bij hen had mogen staan. Ik zag
hoe ze hun hoofden bij elkaar staken en door hun knieën bogen
toen ze grinnikten en grijnsden. De zon brandde in mijn nek en
ik voelde dat ik een hekel had aan oude huizen en aan alles wat
de mensen zo mooi vonden dat het in een museum moest.

Mijn rug is bloedheet na de zonnebank. Ik wurm mijn trui
uit en ga de badkamer in om in de spiegel te kijken. Mijn rug is
niet rood, er is meer voor nodig om te verbranden. Ik doe water
en groene zeep in de witte plastic teil en draag hem de kamer
in. Ik haal een handdoek en salicylvaseline, trek mijn sokken
uit, ga in de leunstoel voor de tv zitten en zap naar een andere
zender. Ik steek mijn voeten in het water, maar dat is niet zoals
het zou moeten zijn. Het is te lauw, dan tintelt het niet zo lekker
en word ik niet duf. Dan heeft het geen zin om met je voeten in
het water te zitten, dan ga ik er alleen maar van bibberen. Ik kan
naar de badkamer gaan en met warm water bijvullen, maar dat
doe ik niet. Ik blijf naar de tv zitten kijken zonder iets te zien,
een paar mensen discussiëren over budgetdingen. Daar heb ik
geen belangstelling voor, de beelden flitsen gewoon langs.

Het enige wat ik duidelijk zie, is de manier waarop die woestijnneger zich over Regine heen boog, die hem niet wegduwde,
maar zich tegen hem aan drukte.

Ze zagen mij niet, maar ik zag hen.

Ik zie hen de hele tijd voor me, de beelden verdwijnen niet.

Waar was hij en waar kwam hij vandaan? Wat verbeeldt hij zich wel? Dat hij regelrecht uit de bush kan komen en doen wat ik heb bedacht? Denkt hij dat hij mij gewoon opzij kan schuiven om het over te nemen?

Ik zit met mijn voeten in het water dat steeds kouder wordt, nu zal de vaseline niet intrekken zoals het hoort, alles komt onder de klodders te zitten en ik moet met sokken aan naar bed om het laken niet te bevuilen.

Ik wil dit niet langer.

Ik wil iets veel beters.

Wat helpt het om een knipsel in de la te hebben dat me eraan herinnert dat ik voorzichtig moet zijn met sms'jes, als ik het bericht dat ik al zo lang als gedachtespelletje heb gehad, al heb verstuurd? Ik wilde zelfs niet aan dat spel meedoen, dat ontstond gewoon terwijl ik me stond te vervelen toen ik door mijn vogelkijker keek en eenden en ganzen van dichtbij zag, hun verdomde snavels en walgelijke zwempoten. Ik had iets spannenders nodig om aan te denken, de beelden verschenen gewoon zonder dat ik daar iets tegen kon doen. Ik reik naar mijn mobieltje, hoewel ik op VERWIJDEREN druk is het te laat om de tekst tegen te houden, hij zit nu in de inbox van Elisabeth Sørensen. Het is niet zeker of ze hem al heeft kunnen lezen, maar binnenkort zal ze zien wat ik heb geschreven: 'Ik zal jullie allebei proefneuken.'

ELISABETH

Het kruidenmengsel van olijfolie en knoflook ruikt sterk, er liggen tomaten en een avocado in de aardewerken schaal, de kaarsen op de vensterbank staan klaar om aangestoken te worden. Alles had zo mooi kunnen zijn, maar ik sta met mijn mobieltje in mijn hand en besef dat dit trash is.

Daar hebben we het vaak over als mijn vriendinnen en ik bij elkaar zijn, dat hoeveel harmonie we ook proberen te scheppen, hoe gezellig we het ook om ons heen proberen te maken, over hoeveel vakantie-idylles we ook zitten te dagdromen, toch dringt altijd trash ons leven binnen.

Maar niet bij mij, het maakt niet uit wie mijn bestaan met zijn berichten probeert binnen te vallen. Ik kijk naar buiten, naar de boom met de rode appels. Binnenkort verschijnt de lijster om ervan te eten, verleden jaar kwam er een hele vlucht die dagenlang kwetterde. Een gek die mijn nummer te pakken heeft gekregen. Een gek die schrijft 'jullie allebei', dan moet hij weten dat ik hier alleen met Regine woon. Hij hoeft niet per se aan ons te denken, het kunnen twee anderen zijn. Het hoeft ook geen gek te zijn, het kan zijn zoals Ninni zei, iemand die pathetisch maar onschuldig is en die je gewoon moet vergeten.

Als hij niet onschuldig is, wat moet ik dan doen?

Ik moet Andreas bellen. Regine is niet alleen míjn verantwoordelijkheid, ook al woont ze bij mij. Andreas zal zoiets niet lichtvaardig opvatten, hij vat iets wat dreigementen of gevaar kan opleveren niet lichtvaardig op.

Er is daarginds iemand die zijn mobieltje gebruikt om te dreigen.

'Proefneuken.' Wat een buitengewoon misselijke uitdrukking! Het is niet alleen sek spraat, het is een dreigement van verkrachting, je kunt het niet anders zien. Het kan niet waar zijn. Ik strijk een lucifer af en steek de kaarsen aan. Het is niet iets om serieus te nemen. Er bestaat een op zichzelf staande mobiele wereld waarin wordt geflirt met alles wat verboden is, dat kun je lezen in bijna alle boeken die zijn geschreven door mensen van na 1980. Op de uitgeverijen praten we daarover, dat de taal van nieuwe generaties auteurs onder invloed van de pornobranche verandert en dat het woord 'porno' vroeger als een scheldwoord klonk, maar nu gewoon als een stijlaanduiding wordt gebruikt, en dat wij ouderen niet weten hoe we daar tegenaan moeten kijken omdat we zo bang zijn voor moralisten te worden uitgemaakt, het minst coole woord dat je kunt bedenken.

Ik lees het bericht nog een keer en voel de misselijkheid in angst overgaan.

Ik wil Dag bellen, maar Dag moet op zijn eigen kinderen passen, hij is niet de persoon die dit kan aanpakken. Als Andreas hoort dat ik eerst Dag heb gebeld, zal hij kwaad worden. Bel ik Andreas, dan zal hij erop aandringen dat ik de politie bel. 'Natuurlijk moet je aangifte doen, het is onverantwoordelijk om dat niet te doen,' zal hij zeggen met die besliste stem die hij gebruikt als hij gestrest is, hij zal er geen enkel begrip voor hebben dat ik mijn sms'jes liever niet aan vreemden op een politiebureau laat zien. Alleen al de gedachte maakt me boos. Ik heb het gevoel dat ik dit al eerder heb meegemaakt; zonder het te willen herinner ik me een bustocht van een paar jaar geleden vanaf een strandveerboot. Het was in de grote vakantie, het was snikheet en de bus zat bomvol, we stonden hutjemutje te slingeren terwijl we ons aan de lussen vasthielden. Ik droeg een kort strandjurkje en opeens was er iemand achter me die snel zijn hand over mijn dij omhoog liet gaan en probeerde onder de rand van mijn slipje te komen. Eerst kon ik het niet geloven, ik verstijfde en kon niet reageren, toen ik me ten slotte omdraaide was het te laat. Er stonden verschillende mannen achter me en niemand verraadde zich met een gezichtsuitdrukking, geen van hen zag er als een viezerik uit, maar vlakbij stond een vrouw van in de zestig, ze had grijze krulletjes bij de oren, zweetkringen onder haar armen en grote pigmentvlekken op haar borst. Door de manier waarop ze keek begreep ik dat ze had geregistreerd wat er gebeurde, ze sloeg haar ogen ten hemel en gaf daarmee lieve-hemel-wat-is-er-toch-met-die-mannen aan.

In plaats van dankbaar voor die zwijgzame deelname te zijn, staarde ik haar boos aan, alsof zíj over de schreef was gegaan en zich had opgedrongen.

Ik wil niet dat iemand dit te weten komt.

Ik zal doen wat ik moet doen om dit te stoppen en te laten verdwijnen.

Zonder na te denken toets ik 'Idioot!'.

Dat ene woord zegt genoeg, het is definitief en roept geen vragen op. Let maar op, mij zul je niet raken, ik laat me niet bang maken, je maakt een stomme indruk, ik kijk op je neer, betekent dat. Ik leg mijn mobieltje in de la en kijk op de klok. Regine had twintig minuten geleden al thuis moeten zijn. Hoe-wel het eten nog niet klaar is, voel ik irritatie dat ze mijn tijden niet zo respecteert dat ze even belt om te zeggen dat ze verlaat is. Ik pak de braadpan uit de la, zet hem op het vuur, spuit er bakolie in en leg de kipfilets in de pan.

Vanavond zal ik gestructureerd zijn. Eerst zal ik in het ma-nuscript lezen dat ligt te wachten, dan zal ik de schets van de jurk afmaken, hem scannen en naar Ninni sturen. Ze zal bel-len en enthousiast zijn, we zullen een eeuwigdurend telefoon-gesprek voeren of we ontmoeten elkaar halverwege voor een snelle wandeling. We hebben geluk dat we zo dicht bij elkaar wonen dat we niet naar het centrum hoeven om elkaar te zien, we kunnen contact houden door elkaar zonder plannen vooraf te ontmoeten.

De bakolie sist, die is te heet, ik draai de vlam lager zodat de kip niet te gaar wordt en aanbrandt. Ik verhuis de kaarsen naar de tafel en open het raam, meteen hoor ik Regines stem onder aan de heuvel. Ik kijk naar buiten en schrik, ze verschijnt samen met een donkere jongen. Ogenblikkelijk begrijp ik dat dit de jongen moet zijn die Andreas als Afrikaans uitziend beschreef. Ze lopen met hun vingers ineen vervlochten. Pijlsnel haal ik de pan van het vuur en trek mijn kleren recht, terwijl ik mijn hart onredelijk snel voel kloppen. Ik weet niet wat ik had verwacht, misschien dat ze me erop had voorbereid, in elk geval een beetje. Ze had me kunnen vertellen dat hij bestond, dat er iemand was die iets voor haar betekende, maar hoe zou ze dat moeten doen?

Door te gaan zitten en te zeggen: 'Mama, luister eens, ik ben verliefd.'

Natuurlijk gaat het niet zo, natuurlijk gebeurt het gewoon. Op die manier doen alle belangrijke dingen in het leven zich voor, het gebeurt gewoon, dat weet ik wel. Meer kan ik niet denken voordat Regine de deur opent en 'hallo mama' roept.

Ik kom de keuken uit en doe alsof ik niet weet dat ze met zijn tweeën zijn. Ik veins verbazing, maar niet te veel en steek een hand uit, terwijl het me opvalt hoe opgewonden en blij Regine overkomt.

'Hallo, ik ben Kim,' zegt hij en hij pakt mijn hand aan.

Wow, denk ik. Hij heeft een smal gezicht met pijpenkrullen eromheen, hij heeft een alerte blik, een scherpe neus en een zachte mond. Hij lijkt op een jongeling uit de oudheid en draagt een capuchontrui, ik schrik als ik merk welke invloed het op me heeft om tegenover zo'n leuke jongen te staan.

'We zitten bij elkaar op dansen, alleen we doen allebei wat

anders,' legt Regine uit, en ze is zo hectisch dat haar ogen schitteren.

'Wat dans jij?'

'Ik geef les, maar ik heb geen tijd nu ik in de bovenbouw zit,' zegt hij.

Dan is hij ouder dan Regine, minstens een jaar, hij kan nóg wel ouder zijn, hij ziet eruit alsof hij achttien is. Hij schopt zijn schoenen uit en komt binnen. Regine laat haar danstas op de grond vallen en volgt. Het ruikt sterk naar brandnetels, er hangt een brandnetelscheut aan het klittenband van haar gymschoen. Ik probeer rustig en ontspannen over te komen, iemand die gewoon doet wat ze gewend is, Regines vrienden welkom heten, dat doe ik immers elke week, maar ze heeft me nog nooit eerder aan een speciaal vriendje voorgesteld. Ze weten niet dat ik door het raam heb gekeken en heb gezien dat ze elkaars hand vasthielden, maar Regine moet weten dat ik haar goed genoeg ken om te zien wat haar opwinding betekent. Of zit het zo niet in elkaar? Ben ik de enige die de nieuwe omgangsvormen niet begrijpt? Misschien kunnen twee danspartners best hand in hand lopen zonder dat het meer betekent dan dat ze elkaar graag mogen?

Ik ga naar de keuken en zeg dat de kip bijna klaar is en dat er voldoende is voor drie als ze maar even wachten. Het is altijd bijzonder om voor het eerst bij iemand te komen, hij moet om zich heen kunnen kijken zonder dat ik erbij ben. Nu ziet ook Regine haar huis door zijn ogen en ze ziet misschien gebreken, maar ook dat wat bijzonder en alleen van ons is. Alle boeken, alle foto's, alle cd's, alle reisherinneringen, de oude schalen en mokken van mijn moeder, de Perzische tapijten en de Griekse kruiken. De leunstoel, de haard en het uitzicht op de tuin, vooral dat, met de blauwe schuur, de rode wilde wingerd en de Oost-Indische kers die zich nog niet gewonnen geeft, maar langs de schutting klimt met alle schakeringen van geel en oranje.

Als hij maar ziet hoe mooi het hier is, als hij maar snapt dat dit is gemaakt door iemand die voor het mooie gaat, denk ik en ik voel dat dat vreselijk veel voor me betekent.

De kipfilets moeten even rusten. Ik scheur sla en snij tomaten zo snel ik kan, terwijl ik naar hun stemmen luister. Die van hem is zacht en donker, hij vraagt wie er naait.

'Mama,' zegt Regine.

Ze voegt eraan toe dat ik net zo goed ontwerper als redacteur op een uitgeverij zou kunnen zijn en ik weet dat dat niet waar is, maar het vleit me. Ik meng de salade, giet er dressing op en laat de kip een laatste keer sissen. Plotseling staat hij achter me, de keuken had twee keer zo groot moeten zijn, hij vraagt of hij kan helpen. Ik open een van de bovenkasten en zeg dat hij de tafel wel mag dekken, ik laat hem zien waar de borden en de glazen staan en waar het bestek ligt.

Regine loopt naar boven, ze doet de badkamerdeur op slot, dan gaat ze vast douchen na het dansen. Dan blijven we hier aan onszelf overgelaten in de krappe keuken staan. Ik voel me warm en hectisch en weet dat ik lipgloss nodig heb. Hij maakt ook een hectische indruk, of misschien niet hectisch maar intens. Hij heeft niet die ontwijkende blik zoals veel mensen van zijn leeftijd, hij kijkt me recht aan. Ik ben de volwassene, ik moet beslissen waarover we praten. Hoewel ik nieuwsgierig ben, heb ik geen zin hem aan het gebruikelijke interview te onderwerpen over naar welke school hij gaat, waar hij woont en of hij broers en zussen heeft, al die conventionele vragen.

'Kim is een mooie naam,' zeg ik.

'Dat staat voor Karim Ibrahim Marsini.'

Het klinkt als een rijmpje vol onvertelde familiegeschiedenis. Voordat ik verder kan vragen, vertelt hij dat zijn vader en moeder Egyptenaren uit Londen zijn, terwijl hij uit Lambertseter komt.

'In wat voor dans geef je les?'

'Klassiek.'

Hij wacht een paar tellen, dan voegt hij eraan toe: 'U dacht zeker hiphop?'

'Ja.'

Hij glimlacht alsof hij eraan gewend is aan de stereotypen van volwassenen te worden blootgesteld. Ik vind zijn glimlach leuk, ik vind het leuk dat hij doet alsof hij thuis is en ik vind het leuk dat hij de tafel voor ons dekt. Telkens als de zwarte borden op tafel komen, zie ik hoe slim het is geweest het tafelblad fel turkoois te verven. Er ontbreekt nu alleen iets in roze, dan worden de kleurcontrasten zo treffend dat je er een vrolijk humeur van krijgt. Ik vlieg de voortuin in en trek een paar klimrozen af. New Dawn, die ruiken zoet van de zomer, maar het duurt niet lang meer of de herfst is in volle gang. Ik haal diep adem en voel mijn middenrif aanspannen. Er gebeurt te veel wat ik niet in de hand heb, ik kan dit niet. Natuurlijk kan ik het, maar waar is het sterrenkompas van Andreas? Een reisherinnering meer of minder maakt hem niet uit, dáár gaat het niet om. Het gaat erom dat ik dat kompas een paar dagen geleden nog heb gezien en dat niemand anders dan Regine en ik hier zijn geweest, als ze niet iemand heeft binnengelaten nadat ik al sliep.

Misschien is Kim hier eerder geweest?

Misschien lijkt het daarom zo alsof hij hier thuis is?

Ik moet Regine niet laten blijken dat die gedachte bij me is opgekomen. Dat zal meer zijn dan een insinuatie, het zal een directe verdachtmaking zijn en ze heeft me geen enkele reden gegeven om daarmee op de proppen te komen. Ik zou me niet om de spullen van Andreas moeten bekommeren, maar om die idioot die me sms'jes stuurt. Ik wil niet aan de een of andere idioot daarginds denken als Regine met haar eerste vriendje thuis is gekomen. Dat ze hem al zo snel mee naar huis neemt is een teken van vertrouwen en dan zou ik dat vertrouwen beschamen door te gaan zeuren dat er een oud reisding uit de boekenkast is verdwenen?

Ik ga weer naar binnen, zet de rozen in een vaas en red nog net de kipfilets van aanbranden. Regine heeft de badkamerdeur geopend, het ruikt naar bodylotion met kokos. Kim staat in de woonkamer naar de boeken te kijken. Hij moet haar op de dansles hebben ontmoet en met haar mee zijn gelopen, dan hebben ze vast het pad door het bos gevolgd dat ze beloofd heeft nooit te nemen als ze alleen is. Zelfs midden op de dag kunnen je daar de rillingen over je rug lopen, als je even ver van beide wegen bent en de grote boomkruinen zich sluiten als een bladerdak waar het licht nauwelijks doorheen komt. Ik herinner me een poosje geleden toen ik weinig tijd had en van plan was snel door het bos te hollen, maar in de verleiding kwam stil te blijven staan om naar de kronkelende wortels te kijken en naar de noten die de eekhoorns hadden laten vallen en naar een vliegenzwam die daar als een onheilstijding stond met de rode huid en de witte stippen.

Ik vraag me af hoe Regine Kim heeft leren kennen, of ze elkaar op een feest hebben ontmoet of dat ze gemeenschappelijke kennissen hebben. Ik hoor het geluid van een spuitbus vanaf de bovenverdieping en weet dat ze de reclamefilmpositie inneemt, het hoofd naar beneden en het haar dat omhoog wordt geslingerd om het *fluffy* te laten lijken. Ze komt de trap af, op blote voeten, in een zwarte maillot met daarop een lange trui. Het lijkt er niet op dat ze ook maar enige aandacht aan haar uiterlijk wijdt, maar haar natuurlijkheid is gepland, terwijl ze er tegelijkertijd jong en lief uitziet. Kleine Regine die rondliep in een playsuit met haar snoetje vol zand. Kleine Regine die het hele jaar door lakschoentjes wilde dragen. Kleine Regine die in tranen uitbarstte om alle verdrietige verhalen, maar die telkens weer de films van Donald Duck wilde zien. Kleine Regine die zo woedend werd toen ze op een keer zag dat een hondenbezitter zijn hond sloeg, dat ze op hem af stoof en hem in zijn dij beet.

Ik zeg dat het eten klaar is en schenk water in de glazen. We gaan zitten en kijken elkaar aan, alle drie een beetje verlegen, terwijl het tegelijkertijd vanzelfsprekend lijkt om hier samen te zitten. Zo snel kun je je ontspannen voelen bij een nieuw iemand. Je leert er iets van om een kind te hebben dat vrienden mee naar huis neemt, opeens is er een nieuw gezicht, een nieuwe persoon die aan tafel zit. Zo gaat het al vanaf het moment dat ze aan kwamen hollen en vroegen om sap en pleisters, en zo zal het doorgaan. Regine zal nog lang niet uit huis gaan, steeds meer jongeren wonen thuis tot ze ver in de twintig zijn, en zelfs nadat ze is verhuisd, zullen we zo zitten. Alleen al het feit dat we met zijn drieën zijn maakt me gelukkig, en bij andere maaltijden zullen we met nog meer zijn.

'Ben jij ook enig kind?' vraag ik.

'Ik, nee! Ik heb drie zusjes.'

'Ben je de grote broer van drie meisjes?'

'*Yess*.'

'Hoe oud zijn ze?'

'Veertien, twaalf en tien.'

'Wat ben jij een geluksvogel.'

'Zo dacht ik er niet altijd over als mama en papa naar hun werk waren en het hele appartement vol lag met barbiepoppen en dat soort stomme dingen.'

Ik vraag wat voor werk zijn ouders doen en heb op hetzelfde moment spijt. Hij is hier nog maar tien minuten binnen en dan stel ik de meest burgerlijke vraag van allemaal, alsof ik hem sociaal gezien een plek wil toebedelen. Hij vertelt ongedwongen dat zijn beide ouders arts zijn en dat ze graag willen dat hij dat ook wordt, maar dat hij het niet erg aantrekkelijk vindt om fulltime met ziektes bezig te zijn en veel liever in een vrij beroep wil werken.

Ik kan mijn nieuwsgierigheid niet bedwingen en vraag aan welke beroepen hij denkt. Hij zegt dat hij graag zou willen schrijven en hij moet wel zien dat ik paf sta, want hij voegt er snel aan toe dat het moeilijk is om daarvoor goed genoeg te zijn en hij zich niet verbeeldt dat hij een groot schrijver kan worden, maar dat hij een aantal verhalen heeft die hij met plezier heeft opgeschreven en waar misschien iets in zit. Alsof hij zichzelf hoort praten, begint hij te lachen en hij verzekert dat hij niet van plan is ermee bij mij te komen.

'Maar u hebt toch vast een spannende baan?' zegt hij.

'Ja, dat spreekt voor zich.'

'Je weet nooit wie je tegenkomt.'

'Bedoel je in werkelijkheid of als ik aan het lezen ben?'

'Vooral dat laatste, maar u ontmoet toch wel de auteurs die uw uitgeverij publiceert?'

'Ja, dat klopt.'

'Bent u niet vaak verrast?'

'Op welke manier bedoel je?'

'Of het geschrevene bij de persoon past. Of u dat vreemd vindt als u het gezicht ziet, dat het zo iemand is die de gedachten heeft gehad die u leest.'

Hij begint te vertellen over de eerste keer dat hij in een van de Harry Potter-boeken van zijn zusjes las. Als hij had moeten gokken wat voor iemand ze had geschreven, zou hij een verstrooid professortype met grijs haar en een bril voor ogen hebben gehad, zo iemand die over zijn eigen voeten struikelt, en niet een alleenstaande moeder die er als een willekeurige vrouw in een lerarenkamer uitziet.

Ik knik en neem een hap van de kip. Wat hij zegt klinkt betrouwbaar, dat hebben vast en zeker ook veel andere mensen gedacht, tegelijkertijd krijg ik het gevoel dat hij iets anders probeert te vertellen dan wat hij zegt. Misschien probeert hij zijn verlegenheid te verbergen dat hij voor het eerst een bepaalde volwassene ontmoet? Niet zomaar een toevallige volwassene, maar de moeder van het meisje op wie hij verliefd is? Misschien werkt hij zich uit de naad om een goede indruk te maken en heeft hij het eigenlijk over zichzelf? Of misschien ligt het gewoon aan mij en kan ik er niet tegen dat een middag die als alle andere leek te worden, zo heel anders is verlopen? Eerst introduceert Andreas een jongen als een probleem, die Regine 's avonds te laat buiten de deur houdt en dan, slechts een paar uur later, zit die jongen hier en is hij beter dan je zou verwachten, bijna een prachtexemplaar. Een zoon van een artsenechtpaar, een dansinstructeur die bovendien schrijft en die er op achttienjarige leeftijd al over nadenkt dat wat wordt geschreven niet synoniem is met de schrijver.

De kaarsen flakkeren en Regine zit daar in het schijnsel van de vlammen, rood en warm na het dansen en de douche. Zwijgend, maar opgewonden zoals je alleen bent als je vlinders in je buik hebt en wilt dat alles klopt, dat alles de juiste kant op gaat. Ze is trots en gespannen en wil laten zien wat er op dit moment in haar leven speelt. Ze had voor geheimhouding kunnen kiezen, of niet eens actieve geheimhouding, alleen een passieve manier om een jongen bij me vandaan te houden, maar ze heeft de tegenovergestelde keus gemaakt. Ze heeft hem regelrecht het huis in gehaald, pardoes naar het avondeten met haar moeder. Ze heeft hem meegenomen haar kader in en binnen dat kader zitten we nu met brandende kaarsen, gemarineerde kip en rozen op de turkooizen eettafel. Nadat ze ijs met chocoladesaus als dessert hebben gekregen, als ze dat willen, zullen ze zich ongetwijfeld op haar kamer terugtrekken, of naar de benedenverdieping gaan om tv te kijken, naar muziek te luisteren of met de computer bezig te gaan, en ik zal de haard aansteken en beginnen aan het werk dat velen me misgunnen.

Het zou veilig, goed en meer dan voldoende moeten zijn, maar ik raak dat vervelende gevoel in mijn maag niet kwijt.

HENRY

Ik haal nog een biertje. Ik wil iets zouts, maar de chipszak is leeg. Ik kijk naar de goudvissenkom en krijg zin in waar ik al eerder zin in heb gehad. Als ik er goed over na ga denken, weet ik dat het me niet zal lukken, dus haal ik snel een waterglas. Dylan is het moedigst en komt aanzwemmen om te kijken wat er gebeurt. Ik wip de vis het glas in, draag dat naar de keuken, zet de braadpan op, spuit er bakolie in en wacht tot het begint te sissen. Dylan zwemt in het rond en begrijpt niets. Het is niet goed wat ik nu ga doen, maar ik doe het. Ik laat Dylan levend in de pan glijden. Die doet een laatste poging om boven te komen, maar dat lukt slecht, even later is hij bruinverbrand. Ik haal hem uit de pan, leg hem op een bordje en strooi er zout op. Sommigen eten varkenszwoerdjes bij hun bier, dat is erger dan een visje bakken. Ik kijk naar de kom waarin Donovan in zijn eentje zwemt zonder te weten wat er met zijn maat is gebeurd. Spijt hebben heeft geen zin, gedane zaken nemen geen keer en ik kan een nieuwe vis kopen, sluierstaarten kosten niet meer dan vijfenveertig kronen.

Ik haal het potje met kruidendipsaus.

Als sluierstaarten giftig zijn, ben ik nu zwaar de klos. Ze zijn niet giftig, de dierenwinkel is verplicht te vermelden welke vissen roofvissen zijn en welke gif dragen. Ik wacht tot hij koud is, pak hem bij zijn staart, haal hem door het potje dipsaus en eet hem met huid en haar op. Hij smaakt nergens naar en dit is niet voor herhaling vatbaar, ik mag nooit aan iemand vertellen dat ik zoiets heb gedaan.

Op tv gaat het over beroemdheden. David Beckham en die

magere vrouw van hem dringen door een zee van persfotografen heen. Flitslampen schitteren en de diamant in het oor van Beckham schittert ook. Hij heeft honderden paren schoenen, dat heb ik in een andere tv-reportage gezien. Hij heeft meer schoenen dan hij kan dragen en hij heeft rijen overhemden en pakken, en toch toont hij zich met ontbloot bovenlijf zodat iedereen zijn wasbord en al het andere dat hij te bieden heeft kan zien. Op een keer liep hij ook in een rok, alsof er geen grenzen bestaan. Dat is de enige keer dat ik zin had een ingezonden stuk naar een krant te schrijven, die keer dat Beckham een rok droeg. Alsof je kunt doen wat je wilt als je maar rijk genoeg bent. Rok, haarband en sieraden bij een man, vast ook mascara en foundation, wat hij ook met zijn lijf doet, hij kan elke vrouw krijgen die hij wil. Die knokige Spice Girls-vrouw van hem draagt een jurk met een blote rug zonder bh eronder, haar tieten zitten vol siliconen en hoewel ik me afvraag hoe het voelt als je ze aanraakt, vind ik het maar niets.

Ik wil niet verder kijken, ik zet de tv uit.

De jongen die samen met Regine verscheen, legde ook als vanzelfsprekend zijn arm om haar heen. Zulke types gedragen zich alsof niemand hen kan stoppen. De jongen die met Regine meeliep was zelfs geen man, hij was nog maar een knaap, ook al was hij fors. Hij is ongetwijfeld een van die mensen die de taal spreken die ik in de metro hoor, Noors met woorden die niets met het Noors te maken hebben.

Leu, zeggen ze.

Leu?

Meu, heb ik dan zin om te zeggen. Er moet iets mis zijn met hun docenten, die hun niet leren praten zoals men hoort te praten. De docenten zijn laf, ze weten dat ze één tegen meer dan twintig zijn, daarom willen ze gelijkwaardig zijn en kijken de andere kant op als er dingen gebeuren die ze een halt hadden moeten toeroepen.

In de schoolkeuken werd duidelijk dat ik geen gerookte vis kon verdragen. Kabeljauw, koolvis, viskoekjes en vispudding gaan prima, haring ook, zelfs sluierstaart, maar gerookte schelvis, gerookte forel en gerookte zalm hebben me altijd misselijk gemaakt.

Juffrouw Haugland was mager als een lat en zag eruit alsof ze nooit at, maar ze moest ons leren een feestmaal te bereiden en iets wat cocktailsandwiches werd genoemd. Alsof ik dat al niet kon, ik had zin haar te vertellen dat moeder en ik daar juist experts in waren. We moesten de plakjes zalm op een schaal leggen en ze tot rozen vormen met roerei in het midden. Dat lukte me niet, ook al mochten we een vork gebruiken, het was niet alleen de geur, maar iets met de consistentie, iets met dat rode en glinsterende waar ik vandaan moest.

William en zijn slijmballen zagen hoe de vork in de steel zat.

Ze lachten, keken van mij naar de visschaal en weer naar mij. Geen twijfel mogelijk, ze zaten op kattenkwaad te broeden. Ik maakte me uit de voeten naar het aanrecht en deed de afwas volgens de voorschriften, eerst de glazen, daarna de borden en vervolgens het bestek. 'De afwas voorbereiden' heette een apart hoofdstuk in het huishoudboek en dat was geschreven alsof de afwas een wetenschap was. Er stond dat het belangrijk was alle afwas met de grootste properheid en gewetensvol uit te voeren. Om proper te zijn, moesten we eerst spoelwater gebruiken, daarna afwaswater en vervolgens weer spoelwater. Het spoelwater moest kokend heet zijn, terwijl het afwaswater maar vijfenveertig graden hoefde te zijn. Na afloop moesten we afdrogen met een glazendoek en de glazen ondersteboven zetten, altijd ondersteboven in de kast; dat laatste moest zodat er geen ongedierte in zou zitten als je er iets in schonk. Melk met daarin motten of mieren wilde niemand. Ik deed alles volgens het boekje. Eerst het spoelwater, daarna afwassen met afwasmiddel en vervolgens weer kokend heet spoelwater. Ik sorteerde de spullen en zette ze op hun plaats. Ten slotte poetste ik het aanrecht met staalwol tot het glom; ik verwachtte elk moment dat er iets zou gebeuren. Op hulp van juffrouw Haugland hoefde ik niet te hopen, ze was een domineesdochter uit het westen van het land en zei graag dat er in iedere mens iets goeds stak.

Ik wist wel beter, maar er gebeurde niets.

Dat was pas twee weken later, toen was ik alles vergeten en stond na het gymmen onder de douche. We hadden trefbal gespeeld en het was me gelukt weg te lopen, ik was niet geraakt en ik had het voor niemand verpest. Onze gymleraar heette Freddy, maar werd Ready genoemd. Ready was niet boosaardig, hij was niet zo'n turnnazi die je wel eens in films ziet, van die kerels die brullen en blij zijn als anderen iets niet lukt. Het gebeurde vaak dat Ready aardig tegen me was. Of nee, dat gebeurde niet, maar hij deed alsof hij het niet zag als dingen me niet lukten. Dat noem ik aardig. Hij riep niet 'Zóó, Finnsen, je hebt dus zo'n dikke kont gekregen dat je niet op de bok kunt komen! Kun je zelfs niet twee stappen op de evenwichtsbalk balanceren, je loopt toch niet stiekem te zuipen, HF?'

Zoiets riep hij niet.

Dat deed hij niet.

Bijna nooit.

Meestal deed hij alsof hij niet zag wat er gebeurde. Die dag stond ik extra lang onder de douche van het warme water te genieten, voordat ik naar de bank liep om me af te drogen. Een paar anderen waren bezig zich aan te kleden, het moet midden in de winter zijn geweest, veel kinderen droegen een lange onderbroek en ik weet nog dat er sjaals en mutsen aan de kapstokken hingen. Niemand rende achter een ander aan en sloeg met natte handdoeken, niemand begon te worstelen of te boksen. Iedereen was gewoon bezig om sokken, onderbroek en hemd aan te trekken. Ik stond in gedachten verzonken, maar niet zo erg dat ik niet in een glimp iets in de ogen van een paar jongens voor me zag. Ik kon de gymleraar ook zien, in zijn witte shorts met de zwarte strepen, zijn zijwaartse blik ving ook op dat er iets stond te gebeuren, maar hij deed alsof zijn neus bloedde en ging zijn eigen kleedkamer binnen. Dat was het laatste wat ik registreerde, ik kon me zelfs niet meer omdraaien toen er iemand van achteren kwam en me vastgreep, terwijl hij op hetzelfde moment iets zachts en stinkends op mijn mond en neus gooide, zodat ik geen adem kon halen.

William hield me vast.

William hield een plak gerookte zalm boven mijn mond, terwijl hij me vroeg te raden wat er net zo kon ruiken. Ik vocht om los te komen en deed mijn best om te ademen, ik hoorde daverend lachen met de echo die er tussen de wanden in de kleedkamer hing. Even dacht ik dat ik flauw zou vallen, ik kreeg dezelfde kriebel als toen ik op een keer tot op de bodem in een oude badkuip zonk die vele meters diep was met randen vol slijmerige algen. Ik hikte en spartelde en het gelach werd steeds luider, de gerookte zalm mengde zich met mijn huid, met mijn lippen. Mijn vingertoppen prikten en mijn spieren verslapten, ik kon niet langer tegensputteren, het was zinloos.

William had de jongen met de gerooktezalmsmoel van me gemaakt.

Niemand zei het, maar iedereen zag het, iedereen zou zich mij voor altijd herinneren als de jongen met rode glimvis op zijn smoel.

Na afloop werd het stil. Niemand lachte, iedereen wachtte op wat er ging gebeuren. Ik sloot me op de plee op en daar gaf ik over. Er zat sinaasappel in het braaksel, die heb ik sindsdien niet meer gegeten. Ik spuugde en spoelde aan één stuk door en zat op de koude pleedeksel te beven. Niemand klopte aan, niemand bonkte op de deur, niemand rammelde aan de deurklink. Ik luisterde naar de verschillende geluiden, ritsen die werden dichtgetrokken, rugzakkleppen die werden gesloten, laarzen die werden aangetrokken. De deur ging open en dicht, het was zo'n deur met een dranger. Die moest gesmeerd worden, telkens als er iemand vertrok kon ik het piepende geluid horen. Er verdwenen er steeds meer, maar Ready was ongeduldig als altijd, hij wilde naar huis, naar die wulpse vrouw van hem van wie iedereen zei dat ze het midden op de dag deed als hij dat wilde. Ready riep: 'Opschieten nu, jongens, opschieten!' Sommigen hoestten, een paar kuchten, sommigen slurpten water recht uit de kraan, een paar boerden om het hardst.

Het waterreservoir was beslagen door de vochtigheid en ijskoud toen ik er met mijn rug tegenaan kwam. Ik droeg pas winterondergoed als het absoluut noodzakelijk was, omdat ik een hekel had aan alles wat jeukte. Ik zat in alleen mijn onderbroek en had nog maar één sok aan. Op mijn dijen stond kippenvel en ik zat verstijfd van angst te luisteren. Ik hoorde de stem van Filip, de zoon van een professor in de wiskunde en die Filip de voorbeeldige werd genoemd.

'Dat was knap beroerd wat ze Henry hebben aangedaan, we moeten het eigenlijk aan Ready vertellen,' zei Filip met die bekakte stem van hem en ik had hem graag tot moes geslagen. Ik had zijn smoel graag in de wasbak geduwd, de kraan aangezet en hem onder water gehouden tot hij ging gorgelen en om genade zou smeken. Ik wilde geen hulp van Filip de voorbeeldige. Ik wilde hulp van iemand die het verdiende mijn vriend te zijn, omdat hij geen ander dan mij nodig had. Wat had ik graag mijn heil gezocht bij McCartney daar op de jongensplee waar de vloertegels smerige barsten vertoonden en waar iemand 'kut en pik, allebei schik' onder een tekening op de deur had geschreven. In de jaren daarna heb ik me afgevraagd wat McCartney juist op dat moment deed. Hij had zijn jongenskamer verlaten, hij hoefde niet meer in de kelder met de naam Cavern te oefenen, hij had de andere Beatles ontmoet en ze waren erin geslaagd beroemd te worden. McCartney kon die dag in Londen zijn geweest, of in Berlijn, of ergens in de VS. Hij had op elke willekeurige plek in de wereld kunnen zijn, het enige wat ik weet is dat hij niet bij mij was op die winterdag toen ik op school op de jongensplee zat opgesloten en naar gerookte zalm stonk.

De nasmaak van de sluierstaart is niet lekker. Net alsof ik iets bitters op mijn tong heb. Zoals wanneer sardientjes niet zijn schoongemaakt en je ook de ingewanden eet. Ik zal nooit meer sluierstaart eten. Ik wil een pizza. Als ik Peppes bel, kan ik hem gratis krijgen indien ze er niet binnen drie kwartier zijn, maar over het algemeen komen ze binnen een halfuur. In plaats daarvan bel ik de Pizza & China Expres. Ik ken het nummer uit mijn hoofd, maar leg neer en bel nogmaals om de stem te krijgen die ik graag gebruik als ik eten bestel. Autoritair alsof ik de baas ben van een groot bedrijf en het zo druk heb dat niets zo belangrijk is dan dat het eten snel arriveert. Ik vraag om een grote pizza met peperoni en een dubbele portie roomdressing.

'Denk aan de roomdressing, de vorige keer zijn jullie die vergeten, en ik wil geen oregano. Nooit oregano!' zeg ik met klem.

'Sorry dat u het verkeerde hebt gekregen. Dat zal niet weer gebeuren. Nooit oregano en altijd roomdressing,' verzekert de man me die de bestelling opneemt.

Ik doe mijn horloge af en leg het voor me op tafel. Ik weet dat ik meer tv moet kijken om de beelden in mijn eigen hoofd te laten verdwijnen, maar mijn humeur wordt alleen maar slechter als ik naar al die luxe van beroemdheden kijk. Ik voel hoe snel ik heb gelopen, hoe hard ik de bullworker tegen de steen heb geslagen, hoe de takken mijn huid op mijn polsen open hebben gereten en hoe de rand van mijn trui langs mijn nek heeft gewreven zodat daar nu vast een rode streep zit. Ik stond op Regine te wachten en ze deed heel iets anders dan ze moest doen. Ik wilde dat Regine en ik elkaar eindelijk alleen zouden ontmoeten, maar ze koos ervoor een ander te ontmoeten. Een van die mensen die vast geen goed Noors kennen, maar die 'halla' roepen in plaats van 'hallo'. Hij kan haar niet geven wat ik had gekund. Ik zou me niet hebben gedragen als die snotaap, ik zou eerst met haar hebben gepraat. Ik zou haar hebben laten vertellen wat ze dacht toen ze in die roze zijden pyjama in haar kamer lag. Ik weet nog exact hoe het daarbinnen rook en ik herinner me dat er een groene trui, een haarstrik, een binnenstebuiten gekeerde sok, een kauwgompapiertje en een tijdschrift met de titel *Shape Up* op de vloer lagen.

Ik had kunnen opruimen en het netter kunnen maken.

Ik had het bed kunnen opmaken, de sprei erop leggen en de zijden pyjama zo kunnen opvouwen als ze in een hotel doen. Ik had bloemen in een vaas op de plank kunnen zetten en een chocoladehartje op het kussen kunnen leggen waar de beer met de scheve kop ook had mogen liggen. Ik zou me niet over haar heen hebben gebogen en haar omver hebben gegooid en niet zijn begonnen te graaien en te vozen als een willekeurige idioot. Ik zou me netjes hebben gedragen en beleefde dingen hebben gezegd.

Pas lang nadat we elkaar hadden leren kennen, zou ik het Japanse trucje hebben gedaan dat ik op een website heb zien staan. Die site is speciaal vormgegeven. Eerst staan de woorden met Japanse letters en daarna in het Engels, maar ik heb geen problemen met Engels. De jappentip gaat over wat de parfumeriedames zeggen, dat er een plekje vlak onder de oorlel zit dat gevoeliger is dan andere plekken op het lichaam omdat het bloed daar onder zo'n dunne huid klopt. Anderhalve centimeter vlak onder de lel, daar moet je met kussen beginnen als het meisje nee zegt. Na een paar tellen, slechts een paar tellen, zegt ze geen nee meer, maar smeekt om meer. Dat hebben Japanse mannen ontdekt. Er waren tekeningen en foto's. Ik had geen zin om de tekeningen te bekijken, maar de foto's waren mooi. Het was niet wat je meestal ziet, van dat materiaal dat met de post van Het Huis der Lusten in Arvika komt als je daar eenmaal iets hebt besteld. De Japanse foto's hebben klasse. De vrouwen die erop staan zijn niet zonder kleren, vaak dragen ze een kimono en hebben opgestoken haar. De kimonodames zien er niet uit alsof ze zich verkopen, integendeel, maar ze laten zich tegen hun wil in hun hals kussen. Ik heb die foto's zo vaak gezien dat ik de computer niet aan hoef te zetten, ik hoef alleen mijn ogen te sluiten, dan verschijnen ze. Ik zie de details. De bleke huid, de donkere wimpers, de gestileerde wenkbrauwen, de geschminkte lippen, de gelakte nagels, de piepkleine voeten.

Vooral die vind ik leuk, die piepkleine voeten met rode nagels.

Het allerbest is de manier waarop de kimono bijna open glijdt.

De zijden ceintuur tegen de zijden stof.

Lippen tegen de hals.

Tegen haar wil.

Ik leun achterover op de bank en het is alsof ik wegglijd in een film die zo mooi is dat de tijd verdwijnt en er niets anders bestaat dan mijn beelden en ik.

Ik schrik op doordat er wordt aangebeld. Mijn horloge laat zien dat er maar achtentwintig minuten zijn verstreken, ik raak bijna geïrriteerd. Ik kom overeind, slof de gang in en kijk door het spionnetje. Er staat een Aziatische jongen voor de deur. Ik weet dat er bijna uitsluitend buitenlanders bij de Pizza & China Expres werken, het is niets bijzonders dat ze een Aziaat sturen, toch denk ik dat het een teken is. Ik heb zojuist Aziatische dames voor ogen gehad en nu krijg ik pizza van een Aziatische jongen, dat moet een teken zijn. Aziatische jongens zijn klein en zien er vriendelijk uit, ze provoceren me niet. Ik pak een briefje van tweehonderd kronen uit de la en doe open. Het haar van de Aziatische jongen staat recht omhoog als bij een gelukstrol, het is zo zwart dat het op een onnatuurlijke manier glanst.

Hij geeft me het wisselgeld en pakt de pizzadoos uit de draag-tas, dan glimlacht hij en wenst me een gezellige avond.

'Bedankt, jij ook,' zeg ik.

Ik hoor hem de trappen af hollen terwijl ik de woonkamer weer binnenga. Ik zet de doos op tafel en open hem. Een warme pizzalucht stroomt naar buiten, zodat het water me in de mond loopt. Er is niet alleen een dubbele portie roomdressing, het zijn drie plastic bekers, plus een pakje servetten en vorken. De plakjes worst zijn niet weggegleden en in het midden bij elkaar gekomen, dat is een paar keer gebeurd en is voldoende om mijn avond te bederven, dan moet je er tijd aan spenderen om ze op hun plaats te drukken, maar nu liggen ze waar ze horen. Niets is lekkerder dan peperonipizza als je dan toch pizza eet. De vol-gende keer dat de Aziatische jongen komt, zal ik hem tien of misschien wel twintig kronen extra geven. Misschien zelfs wel vijftig. Hij verdient het. Hij is de eerste sinds lange tijd die iets tegen me heeft gezegd.

'Gezellige avond,' zei hij.

Niet iedereen zegt dat, sommigen knikken alleen en draaien zich om op het moment dat ze hun geld krijgen. Op een keer kwam er een meisje van Peppes, ze droeg een witte jas en had blonde krullen.

'Veel plezier,' zei ze toen ze de bestelling bracht, dat ben ik nooit vergeten, ook al was ze niet half zo knap als Regine.

Niemand kan zich met Regine Sørensen meten.

Ik moet niet aan haar denken onder het eten, dan proef ik de smaak niet goed en dan zijn bijna tweehonderd kronen weg-gegooid geld. Ik neem een punt en krijg meel aan mijn vingers, het eerste stuk neem ik altijd zonder roomdressing, alleen maar om te proeven hoe het deeg, de kaas, de kruiden en de plakjes worst in de mond tot één smaak versmelten. Mijn lip-pen, tong en gehemelte branden, het is lekker. Op het tweede stuk moet ik room hebben. Sommigen gieten de hele beker room er meteen overheen, dat heb ik gezien, maar dat is fout. Je moet room op elk stuk apart doen, zodat de pizza niet koud wordt. Ik eet drie stukken en heb er nog vijf over. Het lijkt triester als er maar één vis in de goudvissenkom zit. Donovan gaapt tegen het glas, hij opent en sluit zijn bek, de kieuwen gaan open en dicht, de vinnen zwaaien, het lijkt bijna alsof hij naar mij toe wil. Ik sta op en strooi een beetje extra visvoer in de kom, dan komt hij meteen naar de oppervlakte. Het zou mooi zijn geweest als hij niet van water afhankelijk zou zijn om te ademen.

Mijn mobieltje ligt op tafel. Er staat NIEUW BERICHT op de display. Ik heb het apparaat niet gehoord, maar er is een bericht voor mij. Mijn hart begint net zo hard te kloppen als toen ik door het bos rende en de wortels, de klei en het mos zag. Ik heb alles zo zorgvuldig gepland, maar ik heb een ernstige fout gemaakt, ik had dat laatste sms'je nooit moeten versturen, dat ging te ver, niemand accepteert zoiets, dat weet ik best, ik ben niet dom.

Het is niet zeker dat het daarmee te maken heeft, het kan Regine zijn die zich heeft bedacht, die spijt heeft, die iets nets tegen me wil zeggen.

Ze wilde niet tegen die donkere knaap aan leunen en hem kussen.

De woestijnneger; ze wilde hem niet. Natuurlijk wilde ze dat niet! De manier waarop hij over haar heen boog en haar tegen zich aan trok, zij kan het niet zijn geweest die zich tegen hem aan drukte, dat moet er zo uit hebben gezien vanaf de plek waar ik stond. Ze moet hebben begrepen dat ik daar stond en nu wil ze me uitleggen wat er eigenlijk gebeurde. Ze wil me het allerbelangrijkste vertellen.

Ik scheur pizzastuk nummer vier af, dan zijn er nog vier over, ik ben halverwege, in het midden, fiftyfifty; ook dat kan een teken zijn. Ik pak een stuk en kauw tot de lekkere smaak bovenkomt, ik slik en probeer rustig te ademen terwijl ik het bericht tevoorschijn toets.

Ik wil niet zien wat ik zie.

'Idioot!' staat er.

Het mobiele nummer is niet van Regine, maar van haar moeder.

De pizza zwelt op in mijn mond, ik kan niet slikken. Ik moet nu niet zenuwachtig worden, dan beland ik alleen maar in de stoel voor de tv en blijf daar dagenlang zitten. Ik hoef nergens bang voor te zijn, mijn mobiele nummer staat nergens geregistreerd, niemand kan erachter komen wie ik ben. Ze kan proberen wat ze wil, maar ze vindt me niet. Die rommelige moeder die in veel te korte rokken rondloopt en die eruitziet alsof ze denkt dat ze een lijfwacht heeft. Elisabeth Sørensen die niet eens zo flink is om de huissleutels te verstoppen, maar denkt dat ze die in schoenen en onder bloempotten kan laten slingeren zonder dat er iets gebeurt. Ik zal haar laten zien wat er gebeurt als ze zich zo klunzig gedraagt, ik zal ervoor zorgen dat ze dat nooit vergeet.

ELISABETH

We ruimen samen de tafel af en in de krappe keuken botsen we tegen elkaar op. Zijn fysieke nabijheid maakt me verlegen, alsof we ineens doen alsof we een gezin zijn. Ik zeg dat ik de boel wel opruim en dat zij kunnen ontspannen. Regine wil naar een film kijken, ze vraagt of Kim *Billy Elliot* heeft gezien. Van sommige films kan ze maar geen genoeg krijgen en dit is er een van, de sfeer van boogiewoogie brengt haar altijd in een goed humeur. Kim zegt dat hij hem niet heeft gezien, maar hij staat erop eerst alles op te ruimen. Een goed opgevoede knaap, denk ik, en alsof hij mijn gedachten leest, zegt hij dat een grote broer van drie kleintjes er maar zelden bij kan gaan zitten.

'Mijn ouders werken ziekelijk veel.'

'Ziekelijk veel met ziekte?'

'Ja, het is volslagen idioot.'

'Werken ze in een ziekenhuis of hebben ze een eigen praktijk?'

'Allebei in het ziekenhuis. In het Ullevål. Mijn moeder werkt op de kraamafdeling en mijn vader op neurologie.'

Twee Egyptenaren uit Londen die arts in Oslo zijn geworden, ik vraag me af welke weg ze hebben bewandeld. Karim Ibrahim Marsini, de genealogie in de namen is gecomprimeerd tot Kim. Nu staat Kim, van wie ik tot minder dan een uur geleden het bestaan niet kende, na te denken over de vraag waar hij de spullen in mijn keuken neer moet zetten, terwijl hij zegt dat hij zich niet kan voorstellen dat hij ooit op dezelfde manier als zijn ouders zou werken, dan zou hij veel liever minder geld verdienen en een leuker leven leiden. Ik knik en weet dat hij denkt dat hij iets origineels zegt, hij is te jong om de wetmatigheid te kennen dat je je altijd afzet tegen je ouders. Hij komt open en naïef over, maar lijkt tegelijkertijd veel ouder dan die kinderachtige slungels bij Regine in de klas. Zou hij misschien al negentien zijn? Ik hoef maar te vragen in welke klas hij zit, maar doordat we in die piepkleine keuken zo dicht bij elkaar staan, doe ik dat niet. Hij is gespierd. Niet te gespierd, niet opvallend, maar die armspieren zijn er niet vanzelf gekomen. Hij ziet er sterk uit zoals veel dansers dat doen. Instructeur in klassieke dans, dan moet hij een vrouw kunnen optillen. Ik herinner me dat de instructeur op onze dansschool dat altijd zei. De school zat op de benedenverdieping van de Bårdar dansacademie in de Kristian Augusts gate en de instructeur herhaalde voortdurend dat een man die goed wilde dansen, zijn vrouwelijke partner moest kunnen optillen. Hij was mollig en vrouwelijk op een zachte manier en we giechelden altijd als hij dat zei, omdat we wel begrepen dat het zijn manier was om zich tegen homofobie te beschermen.

Regine roept dat de film kan beginnen.

Kim geeft me de pepermolen en gaat naar haar toe.

Zijn krullen glanzen en vallen in zijn nek. Ik heb zin ze aan te raken. Dat heeft Regine vast al vaak gedaan, zo niet, dan zou ze hem beslist niet voor het eten mee naar huis hebben genomen. Dat is altijd een code geweest; je neemt geen jongen voor het eten mee naar huis als je geen zin hebt om met hem te pronken. Kijk eens op wie ik verliefd ben! Ik had ook wel met zo'n mooie jongen willen pronken. Ik heb zin om me op de slaapkamer terug te trekken en Andreas te bellen om hem te vertellen dat zijn zogenaamde probleemgeval een prachtexemplaar is. Ik heb het nog niet gedacht of ik hoor al hoe Andreas me de mond zal snoeren, met woorden of met stilte zal hij aangeven dat ik te spontaan ben en veel te snel voor een bepaald soort charme val in plaats van uit te kijken met wie ik me inlaat.

Ik hoor Regine lachen, Kim lacht ook. Ik krijg zin om het begin van de film samen met hen te gaan bekijken, maar wil me niet opdringen en ga daarom naar boven.

Regines bodycrème ruikt naar kokos, ze heeft haar handdoek, dansmaillot en sportbeha op de grond gegooid alsof ze in een hotel logeert. Volgens mijn vriendinnen zou me dat moeten irriteren, maar dat doet het niet, het is niet meer dan onderdeel van een onhandelbare fase die binnenkort voorbij is, en dan zal ik er ongetwijfeld naar terugverlangen. Ik raap de spullen op en loop ermee naar haar kamer. Twee spijkerbroeken, een trui, twee topjes, een kanten slipje en meerdere sokken slingeren in het rond. Op de vloer ligt het tijdschrift dat ze tegenwoordig koopt vanwege alle trainingstips. Ze kan er zelf om lachen, zoals die keer dat ze me hardop voorlas dat het de moeite waard was om onder het tandenpoetsen beenoefeningen te doen, maar ik zie hoe ze elke tip bestudeert om fitter te worden. Om het fitnessvaandel hoog te houden moet je elke seconde waarin je niets doet calorieën verbruiken. BBB-training, schrijven ze, alsof het vanzelfsprekend is waar dat voor staat. Billen-buik-benen. RAT-training, zeggen ze ook. Rug-armen-taille.

Ik voel aan mijn bovenarmen. Met de halters in de weer zijn heeft resultaat. Ik knijp mezelf in mijn taille. Daar mocht het wel wat strakker zijn. Opeens schiet me te binnen wat mijn moeder zei over een van haar jurken die ze aan mij had gegeven, die kleine zwarte die ze kocht toen vader en zij waren uitgenodigd voor een feest bij een van de grootste fruitgrossiers van de stad.

'Om die jurk te dragen moet je een taille hebben,' zei ze met een zucht, want ze liet alles wat taille heette schieten ten gunste van gebak en hangen op de bank. Ik trok die jurk aan op mijn veertigste verjaardag, maar heb hem sindsdien nooit meer aangehad. Hij hangt in een van de kledingzakken op zolder, ik wil zien of hij nog past.

De deur naar de zoldertrap zit in de slaapkamer, dat is onpraktisch omdat ik er altijd goed op moet letten het valluik dicht te houden, aangezien het van boven tocht en omdat er insecten, muizen of vogels kunnen komen als ik bovendien vergeet om 's zomers het dakluik te sluiten. De bouwer van dit huis moet hebben gedacht dat alle ruimte tot het uiterste benut moest worden. De zoldertrap is smal en steil en de treden zijn zo smal dat er slechts ruimte is voor een halve voet, zodat je op je tenen moet lopen en je evenwicht moet proberen te bewaren. Het valluik is zwaar met koorden en ijzeren gewichten. Ik hou niet van die gewichten, het is vaak bij me opgekomen dat de koorden kunnen knappen zodat het luik in je nek valt als je naar beneden loopt. Ik moet er iemand naar laten kijken en een nieuwe, modernere constructie voorstellen. Telkens als ik naar boven ga overweldigt het me hoeveel ik zelfs in zo'n korte tijd heb kunnen opstapelen. Door de ogen van een ander gezien moet het absurd overkomen dat iemand die er nog maar pas is komen wonen, zoveel uit vroeger tijden met zich mee heeft gesleept. Overal staan kartonnen dozen en koffers, manden, kisten en ladekasten en hangen kledingzakken. Daarnaast al die dingen die op een hoop bij elkaar liggen, zijn opgehangen of op planken zijn gelegd. Vaders oude doorlopers met de omgekrulde punten voorop. Moeders oude kunstschaatsen die zijn opgepoetst en waarvan de schoenen uit zacht leer bestaan. Mijn eigen kunstschaatsen. De eerste schaatsen van Regine en haar eerste rolschaatsen. Haar eerste lakschoenen, haar eerste fluwelen slofjes, haar eerste gympen waarvan de hakken oplichtten. Haar eerste rubberlaarzen, haar eerste skischoenen, haar eerste sandalen, haar eerste badslippers. Haar carnavalspakken van de crèche, haar eerste prinsessenjurk, haar eerste clownspak, haar eerste Pippi-pruik, haar eerste heksenhoed.

Mijn eerste jas van Afghaans bont uit de jaren tachtig, die ziet er ook uit als een soort heksenpak met dat zwarte schapenbont en al die borduursels. Daar staat de ladekast met Regines allermooiste babykleertjes, ik hoef de laden niet te openen om me die kleine kledingstukken nog te herinneren die me zo sentimenteel maken. Haar eerste trappelzak, haar eerste bloesjes met kant, haar eerste mutsen, haar eerste wanten. Haar eerste gewatteerde pakje, haar eerste kerstjurk, haar eerste badpak. En daar staat de zak die bomvol speelgoed zit, haar eerste muziekdoosje, haar eerste poppenhuis, haar eerste poppen, haar eerste Moemintrollen.

'Je kunt het leven niet archiveren,' zei Andreas altijd wanneer hij zag dat ik door hem weggegooide spullen en kleren weer opborg.

Ik archiveer niet, ik bewaar.

Wie wat bewaart, herinnert zich, en wie zich herinnert, bezit zijn eigen geheugen, en wie zijn eigen geheugen bezit, staat stevig op zijn benen, en wie stevig op zijn benen staat, wordt zekerder. Dat is mijn levensfilosofie en ik ben niet van plan die te laten schieten. Soms heb ik zelfs wel gedacht dat ik een betere lezer word doordat ik een zolder heb, omdat een zolder door een ander geheugen wordt gestuurd dan het alledaagse, hierboven lopen lijnen en draden naar mensen en gebeurtenissen die alleen zichtbaar kunnen worden gemaakt door de dingen die van hen zijn overgebleven, en door de associaties van de dingen worden geschiedenissen gecreëerd.

Daar hangen de kledingzakken. Ik trek de rits van de dichtstbij hangende zak open en ruik de speciale geur van zacht plastic en een antimottenmiddel. Dit is de droom van alle vintageliefhebbers. De zilvervosboa van mijn oma van moederskant, de jas van Perzisch lamswol van mijn oma van vaderskant, mantelpakjasjes uit de jaren vijftig en zomerjurken uit de jaren zestig. Helemaal achteraan hangt het kleine zwarte jurkje, klassiek van snit, van stijlvolle stof. Ik pak hem van de hanger en wil de zak net weer dichtritsen als ik opschrik van een geluid.

In een hoek achter me klinkt gekraak. Ik kijk, maar zie niets. Het hoeft geen muis te zijn, het kan een hommel of een kever zijn. Het geluid hoeft zelfs niet hier binnen te zijn, misschien is het de wilde wingerd die al droge bladeren heeft gekregen. Hoe dan ook, ik moet muizenvallen neerzetten en er voer in leggen.

Ik neem de jurk mee, ga naar beneden en sluit het luik met de rilling die ik altijd van de zware gewichten krijg. De film, waar die twee daarbeneden naar kijken, laat energieke muziek horen. Ik herinner me de scènes uit de Engelse slums, de stakingen en de vader die woedend wordt van teleurstelling als het tot hem doordringt dat zijn zoon liever wil dansen dan boksen. Ik vraag me af wat Kims vader ervan vindt dat zijn zoon liever wil schrijven dan arts worden, misschien denkt hij zelfs dat schrijven een peulenschil is.

Ik leg de jurk op het bed, hij is van dun brokaat met zijden randen en lijkt bijna nieuw. Als ik ermee zou adverteren, zou ik er vast een mooi bedrag voor krijgen, maar dat zal ik nooit doen, dan zou moeder zich in haar graf omdraaien. Ik moet maar accepteren dat ik tot een familie van verzamelaars en spaarders hoor, we gooien geen strasknoop weg. Ik vind verzamelen leuk, maar hou niet van de weemoed die daarbij hoort. Stoffige symbolen van iets wat voorbij is leuk vinden is een teken dat je oud begint te worden. Ik voel me allesbehalve oud; ik moet vooruit leven, niet achteruit.

'I love to boogie' hoor ik van beneden zingen.

Ik trek mijn kleren uit en probeer gespannen de jurk.

'De snit, de stijl en de pasvorm zijn belangrijk,' zei moeder altijd als ze het over het naaien van jurken had. Net als oma's advertentie over verstelwerk, dames- en herenkleding, vatte ik ook dat als een existentiële uitspraak op. *De snit, de stijl en de pasvorm zijn belangrijk.* Het is belangrijk je pluspunten te accentueren en het minst voordelige te verbergen. Ik trek de jurk over mijn hoofd, maar hij valt niet mooi. Hij zit vast, hij is te krap, hij knapt in mijn taille. Dit kan niet waar zijn, nog maar een paar jaar geleden paste hij me en die jaren zijn als sneeuw voor de zon verdwenen. Ik ben in die tijd niet aangekomen, dat kan niet zo zijn, ik heb hetzelfde lijf als vroeger. De voering zit vast opgerold, ik trek eraan, ik leg mijn handen op mijn heupen en duw de stof hard naar beneden. Ik hou mijn adem in, recht mijn rug en trek mijn buik in, maar dat helpt niet, met de voering of de stof is niets aan de hand, het gaat om mij.

Ik ben veranderd.

Ik ben uitgedijd.

Ik wil me uit de jurk wurmen, maar die zit vast. Ik ruk en trek hem naar boven, ik wrik en wring. Ik heb vast een rits vergeten open te trekken of een haakje niet losgemaakt, ergens moet een knoop of een lus zitten, maar dat is niet zo. Ik krijg de halve jurk over mijn hoofd, maar hij zit vast in mijn middel. Ik zweet en hijg en probeer me los te wrikken, maar de jurk lijkt wel vastgeschroefd. De naden kraken, ik scheur het hele ding nog kapot. Dat mag niet, ik moet hem over mijn schouders krijgen. Ik hou een arm boven mijn hoofd en beweeg me als een paling heen en weer terwijl ik uit alle macht trek. Het is niet zeker dat ik ben aangekomen, mijn bottenstructuur is vast breder geworden. Dat kan gebeuren met de jaren. Nee, dat kan niet. De bottenstructuur versmalt met de jaren. De jurk zit strak over mijn borst, het zweet staat me op mijn voorhoofd. De zwarte stof hangt over mijn hoofd met de voering eruit, ik trek die weg en zie een glimp van mezelf in de spiegel. Wat ik zie brengt me even in paniek. Het komt alleen doordat ik zo raar sta dat ik er zo lubberig uitzie, alleen doordat ik vastzit. Ik heb hulp nodig om me te bevrijden, maar niemand mag me zo zien.

Met een stevige ruk krijg ik het kledingstuk eindelijk over mijn hoofd.

Mijn handen beven als ik mijn gewone kleren aantrek. Het is maar een jurk, niet meer dan een iets te krappe jurk die op de paspop mag hangen om me te inspireren een paar kilo's af te vallen. Erger is het niet. De filmmuziek daarbeneden is nog even energiek. Ik wil hierboven niet alleen zijn, ik wil samen met hen naar de film kijken.

Ik loop de trap af en kijk naar binnen. Ze horen me niet door de muziek. Ze zijn de hele film vergeten. Ze liggen op de bank te kussen, zo dicht mogelijk tegen elkaar aan. Regine zit met haar vingers in zijn donkere krullen en hij met de zijne in haar blonde haar. Ze zijn niet alleen de film vergeten, ze gaan in elkaar op alsof er verder niets bestaat, ze lijken de rest van de wereld vergeten te zijn.

Geluidloos trek ik me terug en sluip de trap weer op. Ik loop de naaikamer binnen en kijk naar de zwarte jurk die me mooi heeft gestaan, maar waar ik nu uit ben gegroeid. Dat heeft niets te betekenen. Dat ik zo van de kaart ben, moet gewoon met al die oude dingen op zolder te maken hebben, omdat die doen denken aan voorbije tijden, aan verwelkte gevoelens en aan ervaringen die tot schroot zijn gereduceerd.

Ik ga de slaapkamer binnen en kijk naar de dure lingerie die ik heb gekocht, piepkleine kanten lapjes stof die het belangrijkste maar nauwelijks bedekken en die me net zo goed vulgair en onwaardig als mooi en sexy kunnen laten lijken; ik leun tegen de wand en sluit mijn ogen.

Ik heb moed nodig, moed om alles te hanteren dat zich niet laat sturen. Er is geen reden om verdrietig te worden, ik ben niet alleen, het is alleen zo dat iedereen het zo druk heeft. Het is alleen zo dat ik meer mis dan ik wil toegeven. Ik mis het om bed, huis en gezinsleven met een man te delen. Ik mis het om in een gewoon gezin te leven en iemand te hebben om de verantwoordelijkheid mee te delen.

Ik open mijn ogen en luister naar de dansmuziek van beneden.

Ik heb geen reden om me aan slechte gevoelens over te geven. Integendeel, ik heb het geluk dat ik hier mag staan en doen alsof ik die twee niet ineengevlochten op de bank heb zien liggen. Regine schenkt me vertrouwen door haar gevoelens hier de vrije loop te laten en niet ergens buiten in het donker. Ik ga haar kamer binnen en raap een paar kledingstukken op, er zitten kleivlekken op de vloer. 'Mijn dienaar had ook een dienaar en hij heette Doe Het Zelf,' zei moeder altijd. Ik loop de badkamer binnen en scheur een stukje toiletpapier van de rol. Het licht van het badkamerraam valt over de vloer en ik zie een ribbelafdruk van schoenen die veel groter zijn dan die van Regine. Dan moet Kim hier eerder zijn geweest, dan moet ze hem een keer hebben meegenomen toen ik er niet was. Dan hebben ze misschien in haar kamer gelegen, dan zijn ze misschien verder gegaan dan ze nu doen, ook al is ze nog geen zestien. Haar vader zou daar een eind aan hebben gemaakt, hij zou hebben gesproken over jonge leeftijd en verantwoordelijkheid, maar haar vader woont niet langer bij ons. Mogelijk zou ik waakzamer moeten zijn dan ik ben, maar ik beschouw Regine als groot genoeg om zichzelf te beheersen. Groot genoeg om een vriendje te hebben, maar te klein om zich te herinneren dat mensen vuile schoenen uit moeten trekken voordat ze naar binnen gaan.

Ik buk me en poets de kleivlekken weg.

HENRY

De kaas op de pizza smaakt niet lekker, ik spuug het laatste stukje regelrecht in de kartonnen deksel en druk de hele doos in elkaar, ook al zijn er nog een paar stukken over en heb ik nog niet genoeg gegeten. Maar het is me wel gelukt om misselijk te worden, zo erg dat ik moet overgeven als ik geen frisse lucht krijg. Snel loop ik naar de kast en meng twee lepels maagzuur-remmer met water. Ik drink het bruisende water helemaal op, dan loop ik naar de veranda. Er ligt nog een vork op de rand van de veranda nadat ik daar gisteren viskoekjes heb staan eten, ik buig hem zo hard ik kan zodat hij in tweeën breekt.

Die hooghartige tante denkt dat ze me een idioot kan noe-men.

Daar zal ze nog wel anders over gaan denken.

Als ik een idioot ben, wat is zij dan?

Ik gooi de stukken vork in de kas op de veranda van mijn be-nedenburen, dan kunnen zij zich afvragen wie er probeert hun herfstbloemen te spietsen. Ze zullen niet denken dat ik dat ben. Ik groet vriendelijk als ze langslopen en ik heb een keer gehol-pen de kinderwagen over een sneeuwhoop te tillen, en daar-vóór droeg ik zware tassen naar boven voor de zwangere vrouw die aan een mol doet denken omdat ze haar ogen zo lelijk tot spleetjes knijpt.

Het is ijskoud op de verandavloer, maar ik ga niet naar bin-nen.

Ik sta naar Lerkeveien 12 te kijken, het huis met rondom zon-nebloemen. Het rode huis waar je zo gemakkelijk kunt binnendringen. Gemakkelijker dan ooit, en daar heeft Elisabeth Sørensen geen idee van. Dat ik gewoon de deur van het slot kan doen, de trap op kan lopen en de kamer kan binnengaan waar Regine haar teddybeer met de scheve kop heeft. Ik vind het leuk dat ze een teddybeer in haar bed heeft, die beer bewijst dat ze niet bij die zwarte vent hoort met wie ze liep. Een woestijnneger en een kinderbeer, dat past niet bij elkaar.

Het maakt niet uit.

Ik denk nu niet aan Regine. Ik wil aan haar denken, maar dat lukt niet, omdat haar moeder in haar plaats komt. Dát doet ze, ze neemt haar dochters plaats in. Een wijf dat zo verwaand is dat ze een foto van zichzelf in een diep uitgesneden jurk op haar slaapkamer hangt, een foto met nonsenstaal eronder. 'Beleefde meisjes komen in de hemel. Brutale meisjes komen zo ver als ze willen. Kus voor Elisabeth van eeuwig de jouwe, Ninni.' Het zou me niet verbazen als ze het met elkaar doen. Ninni. Dat is zelfs geen behoorlijke naam. Het is vast een van die vrouwen met wie ze om het Østensjøvannet rent.

Ik risp maagzuurremmer op en ga naar binnen. Er is roomdressing uit de pizzadoos gelopen, ik heb geen zin het weg te vegen. Ik zal hier niet veel langer zijn, dus het maakt niet uit. Het kan daar gewoon liggen en opdrogen. Ik ga de slaapkamer binnen, maar kan de gedachte niet verdragen dat er smerigheid in de woonkamer ligt en moet weer terug. Ik eet de resten op die ik er met mijn vingers af kan halen, dan haal ik keukenpapier en veeg de rest weg. Ten slotte spuit ik met Glassex zodat het weer schoon wordt. Donovan zwemt ongewoon snel in zijn kom, ik zie hem vanuit mijn ooghoek, hij maakt rondjes alsof hij ergens op reageert. Ik sta zo lang naar hem te turen dat ik opschrik als de telefoon gaat. Sinds lange tijd heeft hier niemand naartoe gebeld, het is niet mijn mobieltje, maar mijn vaste telefoon.

Ik til de hoorn op zonder iets te zeggen.

'Ben je daar?'

'Ja.'

'Geef dan antwoord!'

'Dat doe ik toch.'

'Je kunt wel wat beleefder tegen je vader zijn.'

'Wat wil je?'

'Je bent vergeten het geld mee te nemen dat ik had klaargelegd.'

'Welk geld?'

'Je zou bokbier en leverpastei voor me kopen. Ben je dat vergeten?'

'Ik heb geen tijd gehad. Ik heb de hele dag foto's gemaakt.'

'Wat moet je met al die foto's?'

'Ik verkoop ze aan een vogeltijdschrift.'

'Ben je daar in dienst?'

'Ja.'

'Wat krijg je daarvoor?'

'Tweehonderd per foto.'

'Je zult nooit rijk worden.'

'Ben jij rijk geworden?'

'Ik heb iets wat ik je niet heb laten zien.'

'Daar twijfel ik niet aan.'

'Een munt waar Maximillus Rex op staat. Zonder barsten en zonder gaten.'

'Wil je leverpastei uit blik of uit een kuipje?'

'Je bekommert je niet om je eigen vader.'

'Wil je een blikje of zo'n ding met een plastic deksel?'

'Je moeder zegt hetzelfde.'

'Moeder is dood!'

'Denk je dat ik dat niet weet?'

'Praat dan niet alsof ze er nog is!'

'Zij zei hetzelfde. Dat je je zelfs niet om je naaste verwanten bekommert.'

Jij bent nooit mijn naaste verwant geweest. Moeder en ik stonden elkaar na, denk ik, maar dat zeg ik niet. Dan begint hij te huilen en dan krijg ik een medewerker aan de lijn die me dezelfde les leest als altijd, dat oude mensen die een beroerte hebben gehad snel huilbuien krijgen en voorzichtig moeten worden behandeld. Ik leg de telefoon naast de goudvissenkom en hoor de stem van mijn vader vanuit de verte. Hij praat tegen de vis die achter het glas van de kom zwemt, hij zegt iets over het niet vergeten van het schoonmaken van de trap, dan hoor ik iets over het kerkhof. In de dierenrubriek van *VG* heb ik gelezen dat een taalonderzoeker meent dat aquariumvissen het verschil tussen Duits en Frans horen. Dat is vast en zeker niet waar, maar het stond zwart op wit. De vis is nu tot rust gekomen, hij zwaait met zijn vinnen en hoort misschien de stem van mijn vader zeuren over waar hij altijd over zeurt. Hij wil naar het kerkhof en voor de grafsteen met daarop onze achternaam staan en doen alsof het hem spijt omdat hij denkt dat hij iets kan goedmaken wat hij verzuimd heeft toen moeder nog leefde.

Zijn stem klinkt steeds luider, ik pak de hoorn en zeg ja.

'Dat zeg je altijd, maar er komt nooit iets van.'

'Nu gaat er wel iets van komen. Ik moet vandaag en morgen iets belangrijks doen, maar dan kunnen we daarheen gaan.'

'Welk jaar is het nu?'

'Weet je zelfs dat niet meer?'

'Ik herinner me meer dan jij denkt. Je kunt het album meenemen als je komt. Ons eerste. Het is rood en staat in de kast onder de radio.'

'Het beste,' zeg ik en ik hang op voordat hij kan protesteren.

Hij kan de trappen niet op en is hier in geen eeuwigheid geweest, hij denkt dat het eruitziet als toen hij hier nog woonde. Hij denkt dat ik zijn oude radiokast heb, maar die is vele jaren geleden verkocht aan iemand die spullen uit de jaren zestig verzamelde en die ook de lampen met plastic kappen en de asbak die je in kon drukken wilde hebben. Vader wil bokbier, leverpastei en oude foto's. Het rode album ligt in de la onder de tv, ik pak het en blader er wat in. Op een paar plaatsen zijn de foto's eruit gevallen, daar zitten alleen nog witte driehoekjes om de hoeken van de foto's in te schuiven. Op andere plaatsen heeft de hele bladzijde losgelaten, maar op sommige plekken is alles zoals het werd vastgelijmd. Daar sta ik op het treinstation op weg naar oma in Holmestrand met de geruite koffer en de jas met vilten kraag die zo jeukte dat ik nergens anders aan kon denken. Ik ben tien jaar en mijn hoofd eindigt vlak boven mijn oren, zodat het lijkt alsof ik gescalpeerd ben. Vader heeft de foto gemaakt en het lukte hem nooit scherp te stellen, dus hij kan maar beter zijn mond houden als het om geld verdienen met fotograferen gaat. Daar is moeder op kerstavond, ze heeft de blauwe jurk met een wit kanten kraagje aan en dat was maar een paar uur voordat ze onder de kerstboom zou belanden en daar ging liggen huilen en zei dat vader tussen haar en een ander moest kiezen. Toen ik de Kop dat kerstavondverhaal vertelde, toen we een keer met zijn tweeën in het pauzevertrek zaten en de nieuwe soort bolletjes aten die we baguette met een u noemden, tot we leerden dat het als bagèt wordt uitgesproken, zei de Kop: 'Je zult zien dat je vader een kind bij die andere vrouw heeft. Misschien heb je ergens een halfbroer. Misschien heb je een broertje, Finnsen.'

Eerst dacht ik: nee, ik wil geen broertje, maar toen begon de gedachte me te plagen. Ik zag voor mijn geestesoog dat er wel eens iemand kon zijn die op me leek. Veel broers, zelfs halfbroers, lijken zo op elkaar dat ze kopieën van elkaar lijken, niet alleen aan de buitenkant, maar ook vanbinnen. Toen begon ik bijna te hopen, ik zag het voor me, hoe hij en ik elkaar zouden ontmoeten en we samen zouden optrekken, maar natuurlijk ging het niet zo.

Ik heb onderzoek gedaan en er bestaat geen broer.

Op een van de foto's in ons album draagt moeder een kerst-jurk en een parelketting, ik herinner me dat ze even daarvoor het strijkijzer had vastgehouden en het kerstpapier had glad-gestreken, zodat we het nog een keer konden gebruiken. Haar hart liet haar ten slotte in de steek, ik woonde in die tijd op ka-mers en kwam op bezoek. Ze was alleen thuis, haar lippen wa-ren lichtblauw en ik moest de dokter bellen, maar hij kwam te laat.

Ze overleed op de bank met een half opgegeten donut op het bordje voor zich. Doodgaan met een halve donut zag er gek uit en het ging nog lange tijd slecht met me omdat ik dacht dat het een feestelijke smørrebrød met asperges en remouladesaus had moeten zijn en niet gewoon een simpele donut.

De volgende bladzijde in het album is van het schoolreisje naar Ingierstrand in de vijfde klas. We zitten vlak bij de duik-plank en hebben onze lunchpakketten tevoorschijn gehaald. Daar zit Lill-Eva in haar blauwe bikini met op haar bovenstukje een rand van margrieten. Ze is niet tenger maar rond in haar taille, met ronde armen en ronde dijen. Ik vind die dijen mooi. Ik vind ze zo mooi dat ik de loep uit de rommella pak om beter te kijken, toch zie ik niet wat ik wil. Ik herinner me hoe dichtbij ik was toen ik in dat korte middeleeuwse bed in het openlucht-museum boven op haar lag.

William verstoorde alles. Hij zit op de foto in het midden. Ik zou wensen dat hij op dat reisje door een wesp was gesto-ken of tegen een gele haarkwal aan was gezwommen, maar dat deed hij niet. Met de loep kan ik zien dat hij Jolly Cola drinkt, dat hij een appel en een banaan heeft en knäckebröd in plaats van boterhammen. Ik haal een viltstift en streep zijn ene been weg, en dan zit ik lange tijd naar de eenbenige William te kij-ken. Nu hebben McCartney en ik nóg iets gemeenschappelijks gekregen, hij heeft een eenbenige plaaggeest die zich het beste probeerde toe te eigenen en ik had een eenbenige plaaggeest die zich het beste probeerde toe te eigenen. Ik probeer al het mogelijke om de gedachten op te roepen die ik in vroeger tijden graag had, dat McCartney en ik kameraden waren en dat een groot deel van zijn mooiste liedjes niet geschreven had kunnen zijn als hij mij niet had gekend.

'This song is dedicated to my old chap, Henry Finnsen from the Norwegian woods, we had a lot of fun together in those crazy days...'

Ik streep het andere been van William ook weg, plus zijn shorts en alles wat daaronder zit. Op de belastingsite staat hij vermeld met een inkomen van 1,4 miljoen Noorse kronen en een nog hoger vermogen. Op een keer zag ik hem in de stad, met hoge snelheid liep hij over het trottoir langs Grand Hotel, met openhangende jas, en dat is me opgevallen: dat verwaande lui, die zich boven anderen verheven voelen, vaak snel lopen met hun jas open. Dat helpt William in mijn album niet veel, daar is hij ontmand en dat doet goed. Ik zit lange tijd van de gedachte te genieten dat William zoveel hij wil aan een erectie kan denken, maar niets meer heeft om rechtop te laten staan.

Torso heet dat, als het lichaam geen benen heeft.

Torso-William. Ik moet lachen, dat klinkt komisch, bijna als het soepmerk Toro: Toro-William. Soepzakje-William. Vleessoep-William. Misschien moeten zijn armen ook weg om het torso te laten heten? Ik streep ze weg. Van William zijn nu alleen het hoofd, de hals, de schouders, de ribben en de navel over. Navels zijn smerig, die van mij ook, met pluisjes erin. Ik wacht nog even, dan streep ik de hele William tot aan zijn hals weg. Het strottenhoofd is nog zichtbaar, daar komt de stem vandaan.

Die stem die maakte dat iedereen me Henry Fat noemde.

Ik laat de stift heen en weer gaan over de hals tot alleen nog het hoofd over is. In vroeger tijden werd het hoofd van misdadigers op een stok gespietst en aan het volk getoond ter afschrikking en waarschuwing. Ik vind het voldoende om Williams hoofd door te kruisen, zoals iemand doet als hij de vijf fouten in plaatjes heeft gevonden.

Dan sta ik op, loop de slaapkamer binnen en open de kleerkast, daar staat de metalen doos die er net zo uitziet als de doos die cameralieden gebruiken, zodat hun films geen schade oplopen door warmte of vochtigheid. Ik ga op het bed zitten en verwijder de deksel. Niet alleen rijkelui hebben familieschatten, die heb ik ook. Finnsen Familieschatten. Dat klinkt als een bedrijfsnaam. Daarin liggen de foto's die ik van Regine heb gemaakt toen ze langsfietste en daar liggen de twee zwart-witfoto's van McCartney. Ik ben de enige in Noorwegen, de enige ter wereld, die foto's van McCartney en Regine Sørensen in dezelfde doos heeft liggen. Daar ligt de Indische jadekikker die ik thuis bij William heb ontvreemd. Daar ligt het zilveren zakmes en daar ligt het engelfiguurtje dat uit kleine glazen prisma's bestaat, het mes pakte ik tijdens een schoolexcursie op een boerderij in Hadeland waar we zouden zien hoe boeren in vroeger tijden leefden, en het figuurtje heb ik gestolen uit de kerstboom van de eigenaar van de muntenwinkel waar vader werkte, de man die beweerde dat de winkel zo exclusief was dat hij maar twee dagen per week open kon zijn, maar die in werkelijkheid zo weinig klanten had dat het niet loonde om achter de toonbank te staan. Daar ligt het Mercedes-embleem dat ik heb afgebroken op de dag dat moeder werd begraven, dat was eind januari en het was zo koud dat de hele auto onder de rijp zat, ik herinner me het knakkende geluid toen het embleem brak en hoe prettig en koud dat in mijn hand lag. Daar ligt het rode fluwelen koord met gouden gesp dat ik heb gestolen toen we een keer met school bij een voorstelling in het Nationaal Theater waren, ik herinner me dat ik kalm de trap tussen de schilderijen van beroemde acteurs afliep, en niemand had het vermoeden dat ik het koord van een van die zware velours gordijnen in de zak van mijn gewatteerde jas had gepropt. Daar ligt het vergulde hart met een H en een F die in elkaar zijn gevlochten, dat hing op de deur van een huis achter het Frognerpark, het viel me op tijdens een van mijn vele tochten toen ik niets anders at dan clementines en knäckebröd. Ik herinner me hoe gek het was om je eigen initialen op de deur van iemand anders te zien, mijn monogram, of hoe dat ook maar heet. Dat was in de tijd dat het pas echt tot me doordrong hoe gemakkelijk je dingen kon stelen. Op de lange tochten van de ene stadswijk naar de andere dacht ik daar zo veel aan dat ik wel een boek had kunnen schrijven over alles wat je te pakken kon krijgen als je je best maar deed. Ik had het boek kunnen verdelen in hoofdstukken over wat je 's zomers het gemakkelijkst kon stelen en wat het gemakkelijkst was in de winter, wat je beter overdag kon pakken en wat het slimst in de nacht, wat je kon meenemen als je te voet was en waarvoor er een auto nodig was. Bloempotten en tuinstoelen in de zomer, zakken vol hout en ski's in de winter. Simpele dingen uit simpele wijken en voorname spullen uit voorname wijken.

Het was bijna een wetenschap.

Het is belangrijk om helder en rustig te zijn als je dingen wegpakt.

Ik zal al het mogelijke doen om nu helder en kalm te zijn. Ik til het fluwelen koord uit het theater op en daar liggen de sleutels van Lerkeveien 12. Het was niet zo dat ik de deur achter me op slot deed, de sleutels teruglegde en vertrok. Toen ik de sleutels onder de omgekeerde bloempot teruglegde en zag dat er ook sleutels in een schoen lagen, pakte ik die. Ik pakte ze omdat iemand die zo achteloos is dat ze twee bossen sleutels buiten het huis laat rondslingeren, zich de details niet kan herinneren. Toch was ik van plan ze snel terug te leggen. Eerst wilde ik naar de sleutelmaker in het winkelcentrum Bryn gaan, maar hij kan me hebben gezien omdat ik daar zo vaak ben als het slecht weer is en urenlang van de ene winkel naar de andere ga, ook al heb ik niets bijzonders nodig. Daarom ging ik naar de ondergrondse afdeling van winkelcentrum Oslo City, waar het altijd wemelt van de mensen, van wie ze zich het gezicht onmogelijk kunnen herinneren. De sleutelmaker had het druk en praatte Turks of een andere baardmannentaal met een collega terwijl hij bezig was. Hij keek me bijna niet aan, hij knikte alleen toen ik twee sets vroeg. Hij gaf me zelfs een bon. Honderdvijftig kronen per set, drie honderdjes voor twee sets. Dat was duur, maar het zal het waard zijn.

ELISABETH

Ik kijk uit het raam, het is donker, maar de zonnebloemen lich-
ten op in de duisternis. Ik kijk in de grote bloemkronen en herinner me dat Dag regelrecht vanaf zijn werk naar zijn ex zou
gaan om over de financiële aspecten van hun zomerhuis te praten. Ik moet dat vergeten zijn omdat het zo onaangenaam is
om aan te denken, dit is de enige reden dat ik vandaag niets
van hem heb gehoord. Die twee hebben een zomerhuisje dat
geen van hen heeft geërfd maar dat ze samen hebben gekocht,
en waar geen van beiden graag afstand van wil doen. Dat is niet
moeilijk te begrijpen, wat zij een zomerhuisje noemen is een
wit schippershuisje dat in een baai vlak bij Kragerø ligt. Ik heb
begrepen dat hun zonen en zij gek zijn op die plek, daar hebben ze hun gelukkigste momenten beleefd. Dag hoopt dat hij
genoeg geld bijeen kan krijgen om het te kopen, zodat hij en ik
daar in de toekomst onze vakanties kunnen doorbrengen. Hij
praat erover alsof het alleen een kwestie van geld en praktische
zaken is die op termijn in orde komt. Eigenlijk geeft het een veilig gevoel dat hij bij toekomstige vakanties aan ons denkt, terwijl ik niet snap dat hij niet begrijpt dat het laatste waar ik zin
in heb vakantie vieren in hun oude liefdesnestje is.

Ik dacht dat hij naar een lerarenbijeenkomst moest, maar het
is een bijeenkomst tussen hem en haar met alles wat dat kan in-
houden. Alleen omdat ik het niet wil vragen weet ik zelfs niet
of ze elkaar thuis bij een van hen zien of in een restaurant. Zij
is docent creatieve vakken en een heel ander type dan ik. Ze is
mollig en loopt in wijde, op poncho's lijkende kleren van het

type dat kijk-eens-hoe-positief-ik-ben uitdrukt. Ze gebruikt felle kleuren die ik nooit zou aantrekken, geel, oranje en knalgroen, af en toe draagt ze zilveren oorbellen met veren, plus een groot, rood Merano-hart om haar hals.

Ze is woedend op mij.

Ze vindt dat ik haar leven kapot heb gemaakt omdat ik opdook in de tijd dat ze gescheiden van tafel en bed leefden.

Ik vergeet niet hoe ze me noemde, niet tegen mij, maar als ze met Dag over mij sprak. Hij was niet van plan het te vertellen, maar het ontglipte hem op een keer toen hij na een lang telefoongesprek met beschuldigingen en verwijten in de war was en er genoeg van had.

'Dat nieuwe liefje van je ziet eruit als een hoer in een leren jack,' had ze snuivend gezegd.

Mijn leren jack is inderdaad zwart en met bikeropdruk, maar het heeft me een fortuin gekost en is verre van hoerig.

Ik wil mijn naaikamer niet met slechte gedachten vullen. De woorden van iemand die me niet mag, mogen hier niet binnenkomen. Dat bedoelde Virginia Woolf toen ze zich van een eigen kamer verzekerde, niet alleen geografisch, maar geestelijk, een kamer waar je zelf de regie in handen hebt. Ik zal later vanavond nazoeken wat ze precies heeft geschreven. Nu moet ik me opfrissen. De badkamerdeur staat op een kier en ik luister terwijl ik mijn make-up bijwerk, die is uitgelopen door dat geworstel met die krappe jurk. Mijn wangen zijn rood, hoewel ik geen rouge op heb. Het ziet er onbeheerst uit, ik zou een antirednesscrème moeten kopen. Nu zitten Dag en zijn ex misschien bij elkaar en herinneren zich het bijzondere gevoel van ontwaken op zondagochtend met twee kinderen die stoeien en willen zwemmen. De idylle, de intimiteit, de rust, het pure ochtendgeluk waarnaar iedereen verlangt als dat er niet meer is. Misschien herinnert zijn ex hem er precies op dit moment aan hoe goed ze het als gezin met kleine kinderen hadden, misschien maakt ze zoveel mogelijk misbruik van de herinneringen aan het oude gezinsleven.

Misschien keert hij weer naar haar terug?

Misschien wordt hij slechts een fragment in mijn leven?

Ik borstel mijn haar, breng lipgloss aan, pak het zakje met de nieuwe lingerie en trek mijn bh en een mooier topje aan voordat ik naar beneden ga. De film is afgelopen, de twee zitten op de bank, mooi en netjes, hand in hand. Ik doe alsof mijn neus bloedt en vraag Kim of hij de film leuk vond.

'Hij was aardig, maar een beetje te soft.'

'Waarom?'

'Geen idee. Gewoon soft zoals veel dingen die verzonnen zijn.'

'Vind je dat veel verzonnen dingen soft zijn?'

'Ja.'

'Dus als je zelf iets gaat schrijven, moet je alles wat soft is buiten de deur houden?'

'Ik ben niet van plan iets te verzinnen. Ik ben van plan de dingen te beschrijven zoals ze zijn.'

Hij kijkt me recht aan, ik moet mijn blik afwenden zodat hij niets van mijn gezicht kan aflezen. Hoeveel jonge mensen heb ik zoiets niet horen zeggen in de overtuiging dat het daadwerkelijk mogelijk is om 'de dingen te beschrijven zoals ze zijn'. Ik wil niet als een betweter overkomen en het laatste wat ik wil is hem een koude douche bezorgen, dus ik knik nadenkend. Regine kijkt van hem naar mij en weer naar hem, haar wangen gloeien, haar ogen schitteren en hoewel ze mijn eigen kind is, misschien juist daarom, valt het me op hoe knap ze is, knap op een verwachtingsvolle manier, alsof het leven alleen maar goede dingen in petto heeft.

'Vertel mama waarover je van plan bent te schrijven!'

'Nee, daar heb ik alleen maar over lopen denken. Het is niet zeker dat het me zal lukken. Ik zal nog jaren geduld moeten hebben om te... om te...'

Hij zet het waterglas neer en lijkt niet te weten wat hij met zijn handen moet doen. Ik zie hoe jong hij is, van hoeveel dingen hij niets weet, hoeveel heel anders zal worden dan hij denkt en hoeveel tegenstand hij kan tegenkomen. Hij moet aangemoedigd worden, dat moeten alle kinderen, ik zeg dat ik graag wil horen waarover hij van plan is te schrijven.

'Het gebeurde vlak na 11 september. We huurden een riante villa in Bekkelaget. Mijn vader en moeder waren van plan die te kopen, omdat we veel ruimte nodig hadden. De week na de terreuraanval verscheen de eigenaar, die altijd al een bloedzuiger was geweest, maar alla. Hij gaf een brief af waarin hij de huurovereenkomst opzegde. En zijn argument was...'

Regine schudt haar hoofd en lacht luid, als om een te stomme grap.

'Mijn vader is toch neuroloog? Hij is doctor in iets met synapsen en temporaalkwabben. Tegen zo'n man zei de huiseigenaar, terwijl het hele gezin erbij was: "Bin Laden hoort niet thuis in Noorwegen".'

'Dat kan een titel worden.'

'Wat?'

'Dat kan een mooie titel worden. "Bin Laden hoort niet thuis in Noorwegen".'

'We moesten verhuizen, hoewel mijn vader en moeder geen van beiden religieus zijn. Ik was toen nog heel klein, maar al dat gedoe kwam onlangs weer boven toen een dronken kerel me in de metro plotseling aanviel met een schroevendraaier onder het uitroepen van allerlei smerige taal.'

'Wat dan?'

'Hij riep: "Jij smerige kammeldrijver." "Kammel", dus. Ik spreek beter Noors dan hij en hij vroeg me terug te gaan naar een plek die hij niet eens op de kaart kan aanwijzen.'

'En over alles wat daarmee te maken heeft heb jij zin om te schrijven?'

'Ja. Maar misschien zou dat als film cooler zijn?'

Onmiskenbaar, alles wordt cooler in een film, denk ik en ik krijg een flashback. Ik weet nog waar ik was toen de aanval plaatsvond, in het Theatercafé samen met een paar mensen van de uitgeverij. We hadden een debutant uitgenodigd om mee te gaan, hij had een roman geschreven die enigszins aan een moderne variant van Knut Hamsuns *Honger* deed denken. Aan onze tafel hadden we geen honger, we aten forel, dronken witte wijn en de sfeer was zo ontspannen als altijd wanneer de glazen vol zijn en je bediend wordt tussen zuilen en kroonluchters. Aan een andere tafel werd iets gevierd, het verjaardagslied werd gespeeld en er werd ijs met sterretjes geserveerd. De mensen glimlachten, knikten en vermaakten zich, maar op hetzelfde moment begonnen een paar obers tussen de tafels heen en weer te hollen en er ontstond een koortsachtige sfeer. Eerst dachten we dat het om een kleinigheid ging, toen merkten we dat de gasten aan de ene tafel na de andere een verbijsterde uitdrukking op hun gezicht kregen.

Vlak bij ons zat een oudere heer te eten. Hij droeg een vlinderdas en had een gehoorapparaat in.

'De koning is dood,' verkondigde hij en zijn woorden verspreidden zich.

Een ogenblik heerste op 11 september 2001 onder de gasten van het Theatercafé de misvatting dat de Noorse koning dood was. Het bericht ging van tafel naar tafel, tot een veel jongere man opstond en riep: 'Nee, nee, het gaat niet om de koning, het is veel erger.' Ik weet zeker dat iedereen koning Harald voor ogen had en op dat moment opgelucht ademhaalde, ook zij die niets van het koningshuis wilden weten, terwijl we ons afvroegen wat er veel erger kon zijn dan het overlijden van een majesteit. Na een paar minuten wist iedereen het, hoewel we nog geen idee hadden van de omvang, nog geen beelden hadden gezien en er daarom nog helemaal niets van begrepen. We begrepen alleen dat er iets verschrikkelijks was gebeurd. Ik zal nooit vergeten hoe moeilijk het was om in zo'n feestelijke omgeving te beseffen hoe weerloos je eigenlijk bent.

HENRY

Het is tijd de jubileumwodka te openen, de fles die voor mijn vijfenveertigste verjaardag was bedoeld. Ik zou de Kop uitnodigen, iemand die Roald heet en die ook bij De Oase werkte, plus een paar anderen, maar daar kwam nooit iets van, ook al kocht ik uitnodigingskaarten met rozen erop. Pas toen ik thuis was zag ik dat er geen enveloppen bij de kaarten zaten, en toen ik nieuwe op normaal briefformaat kocht, waren de kaarten te groot. Eerst ging ik ze bijknippen, maar dat werd scheef, en toen ik het wilde bijwerken werd het alleen maar erger; ik was blij toe dat ik ze kon weggooien en het hele feest kon laten schieten, hoewel ik garnalen, witbrood en mayonaise met daarbij voldoende bier had gepland.

Er staat bij mij nooit sterkedrank in de koelkast, dat zou niet mooi hebben geleken. Mijn flessen staan in het kastje boven de kleerkast, samen met de kerstversiering en de kerstmannetjes. Het is te hoog om er zonder krukje bij te kunnen en zelfs dan moet ik me uitrekken om achter in de kast te kunnen komen. De Kop dronk wodka met Sprite, maar ik vind die zurige smaak niet lekker, ik meng het met cola en een eetlepel stroop. Bijna niemand drinkt het op die manier, maar het is lekker als de stroop oplost. Stroop mag ook nooit in de koelkast, die moet zacht zijn en met een vork worden geklopt. Ik doe dat volgens de voorschriften en dan trek ik de stoel naar de goudvissenkom en kijk naar de enige vis die ik nog heb.

Ik had achter de pc kunnen gaan zitten en naar Google kunnen gaan. Daar vind je zes miljoen honderdzeventigduizend hits voor McCartney, dus ik ben niet bepaald de enige op de wereld. Daar kun je te weten komen dat McCartney cognac het lekkerst vindt als hij iets alcoholisch moet drinken, en dat hij geen vlees eet. Zelfs nu niet, zo lang nadat zijn vegetarische vrouw is heengegaan. Toen vader probeerde zijn Zuilmedicijn aan de man te brengen, moest ik mee naar allerlei winkels voor vegetariërs en reformwinkels. Het gekke was dat de mensen die daar werkten er nooit gezond en fris, maar bleek en triest uitzagen. Vooral een man die Sandersen heette, zijn huid was krijtwit en hij had het lumineuze idee om de Noren met Kerstmis massaal sojasteak te laten eten.

Dat is zo slecht afgelopen dat hij zich vast al lang geleden heeft opgeknoopt.

Ik had naar een van de ontmoetingsplaatsen kunnen gaan waar mensen over hun McCartney-ervaringen vertellen. Er is een dokter die Von Fassen heet, hij woont in Berlijn en hij is zijn licentie kwijt. Hij beweert dat hij alle McCartney-liedjes heeft gecomponeerd en ze telepathisch heeft doorgestuurd. Er is een vrouwelijke dominee die Rita Rosenlund heet, ze woont in Odense, zij is haar licentie ook kwijtgeraakt, zij beweert dat McCartney elke nacht bij haar komt en wat ze volgens haar dan doen, heeft niets te maken met het zingen van 'Yesterday'. Er zijn zo veel vrouwen die beweren dat ze kinderen van McCartney hebben dat dat een apart land vol McCartney-erfgenamen zou hebben opgeleverd. Dat is brutaal en niet erg fraai en ik raak erdoor in een slecht humeur. Wie zou er geen slecht humeur krijgen als zes miljoen honderdzeventigduizend anderen zouden proberen zich met je privéleven te bemoeien?

Ik wil daar niets mee te maken hebben.

Ik wil nu alleen een drupje wodka boven in mijn glas, dan is het genoeg. Dat zeggen die figuren die lollig willen zijn en met wie ik geen zin heb om mee op te trekken. Dat ze alleen iets boven in hun glas hoeven. De ronde vissenbek gaat open en dicht alsof hij om iets vraagt. Een paar keer heb ik bronwater in de kom gegoten, dan gebeurt er iets vreemds. Ik weet niet of het voor alle vissen opgaat of alleen voor die van mij, maar koolzuur laat sluierstaarten bovenkomen, ze zetten zich af en springen als dolfijnen. Een beetje bier heb ik ook in de kom gegoten, zonder dat er iets gebeurde. Nu giet ik er een beetje sterkedrank in, een beetje maar, niet meer dan dat wat door de kieuwen kan worden opgenomen en vanzelf verdwijnt. Eerst gebeurt er niets, maar dan gebeurt er iets geks, de vis gaat op en neer zwemmen, sneller dan eerst, alsof hij een propeller heeft gekregen, maar dan gaat de propeller stuk en hij zwemt steeds langzamer, tot hij helemaal niet meer beweegt.

Dat was het dan, de sluierstaarten Dylan en Donovan zijn de eeuwigheid binnengegaan, bedankt voor alles.

Ik drink het glas leeg, mijn tong brandt.

Moeder behoort ook tot het verleden, hoewel ik binnen in mij haar stem kan horen.

Ik kom overeind en pak het boek met alle recepten, *Eten voor Eirik*.

Ik kijk naar de foto's van diverse soorten smørrebrød en een pikante sandwichtaart. Lang kijk ik naar de foto's, ik herinner me het mes waarmee we gekookte wortelen sneden zodat ze kartelig werden en je ze als decoratie kon gebruiken, ik herinner me de cocktailprikkers die op tandenstokers leken en waarmee we blokjes kaas en radijsjes vastmaakten. Ik herinner me de keer dat moeder zich zo goed voelde dat ze helemaal vergeten moest zijn dat ze maar één kind had, ze besloot iets te maken wat stekelvarken heette met tandenstokers vol zwarte olijven die uit de laag leverpastei staken die wel een paar centimeter dik was. Moeder zei dat die niet onderdeed voor iets vergelijkbaars uit Denemarken dat het allerlekkerst was. Ik herinner me hoe warm en lekker het was in die keuken en dat moeder naar me lachte.

Dat is nu allemaal voorbij. Het is over en uit. Ik sla het boek met een klap dicht en leg het terug in de kast.

Nu is het van belang om alles stap voor stap te doen. Ik ga naar de badkamer, trek mijn kleren uit, douch en zeep me in, hoewel ik geen zeep verdraag en te horen heb gekregen dat ik olie moet gebruiken. Vanavond maak ik een uitzondering en gebruik ik het lekkere stuk zeep dat ik heb gekocht nadat ik in Regines kamer was geweest en had geroken dat zij zich met iets met een kokosgeur waste. Ik wil net zo ruiken als zij. Kokoszeep. Ik droog me af en scheer me grondig, ik heb nooit een scheerapparaat gebruikt, een krabber is voldoende. Ik moet helemaal glad en zacht worden en ik mag me niet snijden. Dat heb ik nog niet gedacht of ik snij me op de plek waar bij het kaakbeen een bobbeltje zit. Dat komt door de sterkedrank. Het zou nooit gebeurd zijn als ik het glas niet had bijgevuld, mijn handen worden onvast van alles waar alcohol in zit. Ik pak een stukje toiletpapier en druk op het bloed. Dat komt erdoorheen. Godverdomme. Ik had zo'n stift met de naam Stop moeten hebben, maar die is op. Ik pak een nieuw stukje papier en laat het op de wond hangen.

Even later houdt het bloeden op.

Het mooie van mijn appartement is dat je van de badkamer naar de slaapkamer kunt lopen zonder dat iemand naar binnen kan kijken, dus ik hoef me niet te bedekken. Ik heb het nooit fijn gevonden om ergens anders dan hier naakt te zijn, toen ik voor de keuring moest opdraven heb ik een doktersverklaring aangevraagd om niet te hoeven verschijnen. Het zou niet in mijn hoofd opkomen naakt in de rij te gaan staan met een hele groep anderen om door een militaire arts gewogen en gemeten te worden. Ik sta een hele tijd naar mijn kleren te kijken, ik moet van binnen tot buiten schoon zijn. Onderbroek, thermohemd. Blauw overhemd, grijze broek. Misschien moet ik een wit overhemd aan?

Wat zei een rijkaard ook alweer?

Dat een wit overhemd het halve werk is.

Dat was mooi gezegd, daarom herinner ik me die woorden.

Ik doe een wit overhemd aan. Geen stropdas en geen colbert, maar de blauwe anorak die ik alleen voor mooie gelegenheden aantrek. Niet die oude gympen, maar de nieuwe. Ik zie er zo mooi mogelijk uit. Ik moet niet vergeten het stukje papier van mijn wang te halen, maar het mag er nog even blijven zitten, zodat het niet weer gaat bloeden. Ik ben niet plan met bloed op mijn snufferd aan te komen zetten.

De sleutels moeten in mijn rechterzak zitten en het zilveren dingetje dat ik uit hun boekenkast heb gepakt, moet in mijn linkerzak.

Voordat ik vertrek moet ik de boel opruimen, mijn appartement mag nooit een stal worden. Ik stop de vuile was in de wasmand en word boos als ik de schrammen zie die ik heb opgelopen toen ik door het bos rende om niet op heterdaad te worden betrapt door die twee die zich tegen elkaar stonden aan te wrijven. Regine wilde dat eigenlijk niet, het lukte haar alleen niet zich los te wurmen. Ik zet het metalen kistje onder in de kleerkast en de wodka boven bij de kerstmannen. Prettige kerstdagen en proost!

Nu moet ik niet gaan flippen.

Zo zou de Kop het hebben gezegd.

Niet gaan flippen, Finnsen!

Ik ga niet flippen. Ik pak mijn mobieltje, mijn eigen sleutels en het doosje mentholpastilles dat in de gangkast ligt. Ik laat het licht branden voor de vissen, dan schiet me te binnen dat ik geen vissen meer heb, dat is prima, het maakt me niet uit, je kunt toch niet met vissen praten.

Het is nu een eeuwigheid geleden dat ik met iemand anders dan vader heb gesproken, maar als ik iemand in de trapopgang tegenkom, zal ik geen stommetje spelen en mijn ogen afwenden, ik zal beleefd groeten en iets zeggen.

'Zijn jullie vannacht ook wakker geworden van die harde knal?' kan ik zeggen en dan moeten ze nee zeggen en kom ik in een superieure positie, aangezien ik zeg dat ik iets heb gehoord wat zij niet hebben gehoord omdat het niet is gebeurd. Ik kom niemand tegen en neem de doorsteek. Zal ik de bus pakken of langs het water lopen? Met de bus is sneller, maar het voelt beter om langs het water te lopen waar ik me wekenlang heb staan voorbereiden op wat er gaat gebeuren. Bovendien voorkom ik dat iemand in de bus me ziet, sommige buschauffeurs kijken de passagiers onderzoekend aan alsof ze een rapportageplicht hebben. Ik had veel dingen kunnen rapporteren. Wie 's avonds op pad is ziet veel. Er is een vrouw uit het complex hiernaast, ze ziet er fatsoenlijk uit en maakt op zondag wandelingen met man en poedel, maar elke donderdagavond gaat ze met een andere man naar de parkeerplaats aan de andere kant van het water. Ze doen de passagiersstoel naar beneden en laten de motor lopen. Het duurt nooit langer dan een kwartier, dan rijden ze weer weg. Op een dag zal ik een envelop in de brievenbus stoppen voor de echtgenoot. 'Uw echtgenote ligt elke donderdag op de parkeerplaats te neuken, de groeten van een bezorgde christen', zou ik kunnen schrijven. Dat zou haar mores leren. Er is een man iets verderop in de straat die er ook fatsoenlijk uitziet, hij jogt bijna elke avond, maar na middernacht rijdt hij weg. Hij schroeft de wieldoppen van mooie auto's en neemt ze mee zijn eigen auto in, vast om ze op internet te verkopen. Daarover een briefje in de brievenbus leggen zou ook wel iets zijn. 'Ik heb je zielige diefstallen gezien en ga aangifte tegen je doen. De groeten van een alerte buurman.'

Ik ga me niet aan wakkere buurmannen blootstellen en ik ga niet met modderige schoenen verschijnen. Ik let op waar ik loop en merk elk detail langs de weg op. Ook al ben ik alert op details, nu moet ik nu extra alert zijn. De grote rietstengels met die op sigaren lijkende punten staan als wachtposten langs de weg te zwaaien. Ik probeer te lopen zonder na te denken, maar Regine komt tussenbeide met haar lange haar, haar glanzende lippen en haar zachte hals die ik ga strelen.

Het kan wel eens zo zijn dat ze me om vergiffenis moet vragen. Het kan wel eens zo zijn dat ze moet uitleggen wat haar bezielde om vlak voor mijn neus op het pad een buitenlandse jongen te gaan staan kussen.

Een eend snatert ergens ver weg op het water.

Op een winter gingen we met gym schaatsen, toen zagen we een wilde eend die vastgevroren in het ijs zat. Ik dacht dat dat niet kon, maar hij stond muurvast met beide poten. De gymleraar deed wat hij altijd deed als iets te lastig werd, hij keek de andere kant op. Toen Filip en ik probeerden het dier te bevrijden, zei hij dat we het met rust moesten laten omdat de vos ook wel een hapje kon gebruiken.

Dát zei hij: 'De vos kan ook wel een hapje gebruiken.'

Ik weet niet of het de manier was waarop hij het zei of dat het aan de woorden lag, maar ik herinner me in elk geval dat het klonk alsof hij het over heel iets anders dan eenden en vossen had. Het maakte me zo boos dat ik zin had hem te vermoorden, hoewel niemand dat kon zien omdat ik een lange anorak droeg. Toen de school uit was, vroeg Filip of we terug zouden gaan om te kijken wat er met de eend was gebeurd, maar ik zei nee, ik wilde niet met Filip de voorbeeldige samen zijn. Ik wachtte tot hij naar huis ging, toen holde ik terug naar het ijs om te kijken of ik iets kon doen, maar er was geen eend meer te zien. Er waren alleen duidelijk sporen van zwemvliezen en een beetje bloed, maar geen resten van veren zoals wanneer de vos zich te goed heeft gedaan.

Ik voel de wodka, maar die maakt me niet sloom, ik voel me niet moe, ik ben alert op een vreemde manier. Het water glinstert, alsof daarginds een zilveren oppervlak ligt. Op sommige ochtenden, als ik hier vroeg was, hing er een mistige nevel, zodat het eruitzag als een sprookje. Nu is het donker. Ik blijf staan en kijk voor me uit. De heen en weer zwemmende vogels lijken op van die silhouettekeningen die je bij straatverkopers kunt kopen, veel Canadese ganzen staan met hun kop onder de vleugel te slapen.

Het waait licht zodat de bomen ruisen, het ruikt naar nat gras en droge bladeren.

Zo meteen is het nacht.

Als ik wil, kan ik omkeren en naar huis gaan. Ik kan de sleutels in het water gooien en doen alsof er niets aan de hand is. Er zal een plons zijn en de sleutels zullen naar de bodem zakken en niemand zal ooit weten dat ik ze heb gehad en niemand zal ze vinden. Misschien alleen een snoek die ernaartoe zal zwemmen om te zien wat er in de modder ligt te glinsteren, maar die zal daarna omkeren om verder te zwemmen.

Ik kan niet omkeren.

Als ik omkeer nadat ik zo veel dagen en avonden over het water heb staan kijken, enkel en alleen om hier misschien te zijn als Regine langskomt, als ik omkeer na alles wat ik heb bedacht en al die risico's die ik al heb genomen, word ik wat Elisabeth Sørensen zich verbeeldt dat ik ben en wat zal ik nooit worden.

ELISABETH

Kim kijkt op zijn horloge en zegt dat hij naar huis moet. Hij geeft me een hand en bedankt me, niet overdreven beleefd, maar beleefder dan de meeste vrienden van Regine.

'Kom gauw weer,' zeg ik en ik doe alsof ik boven iets te doen heb, zodat ze afscheid kunnen nemen zonder mij als toeschouwer. Ik hoor hen praten over elkaar morgen zien, dan beginnen ze te fluisteren, na het gefluister wordt het stil, maar er slaat geen deur; ik zie voor me hoe ze elkaar in de gang staan te kussen.

Het raam op mijn kamer klappert, ik doe het dicht, ga de badkamer binnen, laat de badkuip vollopen en giet wat uit de fles waar rozemarijn, bergamot en lavendel op staat. Die heeft Ninni me gegeven, *Aromen aus der indischen Chakralehre.*

'Mag ik na jou in bad?' roept Regine.

'Ik maak het voor jou klaar,' zeg ik.

Ze komt de trap op hollen en omhelst me. Dat is niet ongewoon, maar nu doet ze dat met extra intensiteit. Ze trekt haar kleren uit, steekt haar haar op en zakt met een kreun van genot in het badwater.

'Dus je hebt een vriendje en daar heb je geen woord over gezegd!'

'We kennen elkaar nog maar een paar weken.'

'Ik begrijp best dat je voor hem bent gevallen.'

'Hij is juist degene die voor mij is gevallen.'

'Kim is een mooie naam.'

'Maar ook wel een beetje stom.'

'Hoezo?'

'Het is ook een meisjesnaam.'

'Dat is zo. Wordt hij nooit Karim genoemd?'

'Niet door ons. Alleen door zijn ouders en zussen.'

'Heb je hen ontmoet?'

'Nee, maar hij heeft gevraagd of ik met hem meega naar zijn huis. Ik vind het een beetje eng.'

'Misschien vond hij het ook eng om hierheen te komen, ook al maakte hij niet die indruk. Is hij hier eerder met jou geweest?'

'Nee, dan had ik het wel gezegd.'

Ze zegt het zo ontspannen en oprecht dat ik wel moet geloven dat ze de waarheid spreekt. Wie heeft hierboven dan rondgestapt met vieze gymschoenen? Een van haar andere vrienden, ik kan haar niet op deze manier uithoren. Ik zit op de badkruk naar haar te kijken, zo hebben we al dikwijls zitten praten over wat er overdag was gebeurd, maar nu is het anders omdat er een vriendje in beeld is. Ze wil vast graag meer over hem vertellen, maar ze wil ook graag zwijgen en alles voor zich houden. Ik herken de mengeling van verteldrang en geheimhouding die bij verliefdheid hoort, zo verging het mezelf ook in de eerste maanden nadat ik Dag had ontmoet.

Regine, die zo jong is, moet het nog veel sterker voelen. Het badschuim bruist en knettert rondom haar, ze ligt daar zo oprecht, als een beeld van iets anders dan zijzelf; een verliefd meisje dat zich er niet van bewust is hoeveel levenskracht ze uitstraalt.

'Dat was toch vreselijk wat hij vertelde over zijn vader die Bin Laden werd genoemd?'

'Ja, maar er zijn vast meer mensen met dat soort ervaringen na die dag.'

'Er zijn flink veel domme mensen in Noorwegen. Daarom wil hij er graag over schrijven.'

'Omdat hier zo veel domme mensen zijn?'

'Nee, omdat veel mensen iets dergelijks hebben meegemaakt en omdat er zo veel laffe mensen zijn die zich nergens iets van aantrekken. Denk maar aan wat hij in de metro beleefde. Bijna neergestoken worden en kameeldrijver worden genoemd. Was hij niet zo sterk geweest, dan had hij die dronken kerel misschien niet van zich af kunnen duwen.'

Ze zit in het badschuim, haar huid is wit, haar ogen zijn rood en ze kijkt me aan, vol verontwaardiging over die laffe volwassenen en vol bewondering voor haar sterke vriendje. Ik voel wat ik de afgelopen tijd zo vaak heb gedacht, dat het beste van de omgang met pubers is dat je wordt geconfronteerd met de naïeve gedachte dat de mensen als vanzelfsprekend rechtvaardig en aardig moeten zijn.

'Denk je dat het hem zal lukken daarover te schrijven?'

'Hij moet het proberen. Als ik hem bij dat proces kan helpen, dan doe ik dat graag,' zeg ik en ik sta op. Het wordt te warm in de stoom van het bad, ik loop mijn koele slaapkamer binnen en kijk naar het bed, de kussens en de Boeddhafiguur. Boeddha's horen rust te geven, maar ik voel het tegenovergestelde. Ik voel iets claustrofobisch, niet in de kamer, maar in mijn lichaam. Dat komt vast doordat we het over 11 september hebben gehad, al die opgesloten mensen die niet konden ontsnappen, wat verschrikkelijk om te bedenken dat ze begrepen dat het afgelopen was en dat ze sms'jes verstuurden en afscheid namen van hun ouders, kinderen, echtgenoten en vrienden, iedereen van wie ze hielden. Uitgeverijen over de hele wereld verwachtten een golf van apocalyptische literatuur na 11 september, maar die kwam er niet. De paar romans die ik over de gebeurtenis heb gelezen, hebben niet veel indruk gemaakt. Een paar documentaires daarentegen waren zo aangrijpend dat ik na afloop nog urenlang van de kaart was.

Wat zei Kim ook weer voordat hij vertrok?

Dat het visuele altijd sneller is dan het verbale omdat beelden regelrecht van het oog de hersens in gaan, terwijl woorden via een aantal begripsreceptoren lopen en daardoor meer tijd nodig hebben. Wanneer een achttienjarige op zo'n manier praat, komt dat vast doordat zijn ouders arts zijn en omdat hij extreem diep over zaken nadenkt.

Het houtwerk kraakt, zoals altijd als we het badwater laten weglopen terwijl de deur openstaat. Regine is op haar kamer bezig. Misschien wil ze met rust worden gelaten, misschien wil ze gewoon in bed liggen nadenken, maar ik wil zo graag verder praten. Dag had me een sms moeten sturen, maar dat heeft hij niet gedaan, vast omdat hij nog steeds met zijn ex over de financiën aan het discussiëren is. Ik weet hoeveel tijd dat soort discussies kunnen kosten en hoe onaangenaam ze kunnen worden, het laatste wat ik moet doen is me ermee bemoeien door hem nu te bellen, maar ik wil niet zo vaak alleen zijn. Dat was alleen de afgelopen dagen het geval, omdat ik thuis heb gewerkt en omdat ik geen afspraken heb gemaakt. Het is een gevoel, geen realiteit, ik ben niet te vaak alleen.

Snel trek ik het rolgordijn naar beneden en ga naar Regine.

Ze ligt al in bed met haar mobieltje en een modeblad. Het ruikt naar badschuim en parfum, alleen iemand die in de wolken is van verliefdheid doet zelfs als ze in haar eentje is parfum op. Ik ga op de rand van het bed zitten en merk dat ik dit zo vaak heb gedaan dat het een onherroepelijk onderdeel van mijn avondlijke bezigheden is geworden. Vroeger las ik voor of vertelde ik sprookjes, nu vertelt Regine me even vaak dingen, ze voelt de aandrang gedachten te delen en ik hoop dat dat nooit zal ophouden en dat ze voelt hoe dankbaar ik daarvoor ben.

'Weet je wat Kim heeft verteld?'

'Nee.'

'Toen zijn vader jong was, is hij als toerist in Noorwegen geweest.'

'Met zijn familie?'

'Nee. Met studiegenoten. Ze wilden de bergen zien.'

'Welke bergen?'

'Gewoon, bergen. Alles waar buitenlanders foto's van hebben gezien. Bergen met sneeuw, fjorden, watervallen en al die dingen.'

'Het land van Peer Gynt?'

'Ja. Het land van Peer Gynt. Ze waren van plan Oslo alleen vluchtig te bezoeken. Maar toen speelden de Stones hier voor het eerst. Een van die keren waarover jij vertelde dat jouw moeder het voor je verpestte.'

'Dat was in Zweden. Ergens begin jaren tachtig.'

'Dit was hier in de stad. In de oertijd.'

'In 1965.'

'Toen was het vast, want zijn vader is oud. Kim schaamt zich er een beetje voor. Ze waren toeristen en zouden Oslo maar vlug even bekijken, maar toen hoorden ze dat het hotel waar de Stones zouden logeren niet genoeg mensen had die goed Engels konden spreken.'

'Dat hotel heette Viking.'

'Wat suf! De eigenaren waren bang dat de Noorse obers slecht Engels zouden spreken en bestellingen niet goed zouden begrijpen. Ze hadden wat slechte ervaringen met Britten die soep kregen toen ze om *supper* vroegen. Dus kreeg Kims vader die avond werk in de hotelbar. Hij kreeg Mick Jagger niet te spreken, maar wel… Jeetje, hoe heet hij ook alweer, die met al die rimpels?'

'Keith Richards.'

'Ja. Dus toen Kims vader vertelde dat hij de eerste liedjes van de Stones in een bar in de oude stad van Caïro had gehoord, was Richards zo verguld dat hij een briefje schreef met de woorden *"To my brother, Ibrahim"*. Ze maakten wat foto's, zijn vader bewaarde het briefje en lijstte dat samen met de foto's in. Toen Kim klein was, heeft hij dat verhaal zo vaak gehoord en de foto's zo vaak gezien dat hij dacht dat Keith Richards zijn oom was.'

'Hou je me voor de gek?'

'Nee. Hij zegt dat het echt waar is en dat de foto's en het briefje thuis bij hen aan de wand hangen en dat hij zijn vader zal vragen mij het hele verhaal te vertellen.'

'Wat gek.'

'Je bent jaloers. Geef het maar toe!'

'Ik geef het toe,' zeg ik, ik sla mijn armen om haar heen en wens haar welterusten. Ze begint al op haar mobieltje te toetsen voordat ik de deur heb dichtgedaan. Ik zou ook naar bed moeten gaan om morgenochtend vroeg op te kunnen staan, maar alles wat we hebben besproken, al die nieuwe indrukken zitten zo in mijn hoofd dat ik weet dat ik alleen maar zal liggen nadenken. Een jonge Egyptenaar die naar Noorwegen komt om de bergen te bekijken, maar die in plaats daarvan de Rolling Stones te zien krijgt en die later in een villa in Oslo gaat wonen die hij moet verlaten omdat hij met Bin Laden wordt geassocieerd. Een vader die Keith Richards in zijn familiemythologie vlecht en een zoon die het verhaal gebruikt voor wat het waard is. Misschien is het waar, misschien is het een verzinsel, maar hoe dan ook weerspiegelt het een soort energie die ik leuk vind.

In plaats van naar bed te gaan, kruip ik op de bank onder een deken, steek een kaars aan, merk hoe fijn en stil het in huis is en hoe goed het is om te weten dat Regine boven aan haar nieuwe vriendje ligt te denken.

HENRY

Wat ik zie komt zo onverwacht dat ik schrik: er staat een vos midden op het schoolplein.

Ik geloof bijna dat het de schuld van de drank is, maar het is een levende vos, ook al staat hij volkomen roerloos. Het was maar een ingeving, dat ik naar het schoolplein wilde waar Regine haar pauzes doorbrengt. Ik wilde lopen op het asfalt waarop zij heeft gelopen, ik wilde drinken uit het fonteintje waaruit zij heeft gedronken en ik wilde tegen de muren leunen waartegen zij heeft geleund. Ik wilde door de ramen kijken van een van haar klaslokalen, daar waar ze heeft gezeten en uit het raam heeft gekeken. Zelfs de stoelen in de lerarenkamer wilde ik zien, de lege stoelen van de leraren die het geluk hebben dat ze van achter de lessenaar elke dag naar haar kunnen kijken zoals ze daar in haar witte topje en strakke broek zit en misschien bang is overhoord te worden over huiswerk dat ze niet heeft geleerd.

Dat alles wilde ik zien, maar in plaats daarvan staat er een vos naar me te gluren.

Omdat er zo veel vogels zijn, zijn er hier in de buurt regelmatig vossen, ik heb er al verschillende gezien, maar dat er nu eentje opduikt, vlak nadat ik heb gedacht aan wat de gymleraar over eenden en vossen zei, moet een teken zijn. Niemand kan weten of we al dan niet tekenen ontvangen, niemand kan dat volstrekt zeker weten. Er is iets mis met die vos. Hij heeft zo veel vacht verloren dat de staart mager en armzalig is. Hij is ook vacht op zijn lijf kwijtgeraakt, een grote plek op de dij is helemaal kaal. Ik denk te weten waar dat door komt, door een soort schurft valt de vacht uit en worden vossen zo hongerig dat ze hun instinct verliezen en even tam worden als honden.

Ik sta volkomen stil en voel me ellendig. De vos had bang voor mij moeten zijn en ik niet voor hem, maar hij gaat er niet vandoor, hij kruipt ineen en sluipt op me af. Even denk ik dat ik de benen moet nemen voordat hij me aanvalt, de vos kan hondsdol zijn en dan is een beet gevaarlijk. Ik doe een stap achteruit, maar de vos volgt me niet. Hij gaat zitten, op maar een paar meter afstand van mij. Op zijn borst kleven klitten in de vacht, en de kleur is doffer dan die hoort te zijn. Hij loert naar me, zijn blik laat me niet los. Ik begrijp wat hij wil en loop naar een van de afvalbakken, er zijn altijd mensen die hun lunchpakket weggooien. Ik pak het eerste wat ik zie en verwijder het papier, het zijn niet bepaald feestelijke broodjes, maar drie droge boterhammen met kaas en ham. Ik leg ze voor me op het asfalt neer en de vos komt onmiddellijk.

Hij schrokt ze stuk voor stuk naar binnen op een schokkerige manier, hij lijkt niet op een natuurlijke manier te vreten, hij spant zich meer in dan nodig is.

'Dat was vast lekker,' zeg ik en ik hoor hoe vreemd het is om in het donker tegen een dier te staan praten. Vossen kwispelen niet met hun staart zoals honden dat doen, deze kwispelt in elk geval niet, hij kijkt alleen naar me op. Ik merk dat ik het steenkoud heb en dat ik doodsbang ben, er komen weer geluiden uit mijn keel en mijn wangen worden vochtig, dat wil ik niet. Ik slik en verman me. Het is maar een vos die eten nodig heeft, hoewel dat geen zin heeft, hij zal het toch niet redden. Hij zal zich gaan krabben waardoor er schrammen ontstaan op de plekken waar de parasieten de vacht hebben laten uitvallen, hij zal steeds magerder worden en op een dag kan hij niet meer, dan gaat hij onder een boom liggen en het opgeven en de kraaien zullen in hem gaan pikken, net als gieren op tv.

De vos snuffelt naar meer voedsel, maar ik heb geen tijd om

hier langer te blijven. Ik had me kunnen buigen en hem kunnen aanraken, dat weet ik zeker, maar ik doe het niet. Snel verlaat ik het schoolplein en ik voel de hele tijd de drang me om te draaien om te kijken of hij me zit na te kijken of dat hij ook weggaat, maar ik draai me niet om.

Voor de kebabkraam staat de vaste groep jongens die rumoerig zijn, lachen en elkaar aanstoten. Ik voel mijn spieren verstijven, maar ze gooien me niets naar mijn hoofd. Ze roepen ook niet. Ik loop het smalle weggetje tussen de tuinen in, het ruikt naar gebladerte en appels.

Op Lerkefaret 4 hebben ze een enorm beest dat op een husky lijkt, dat herinner ik me van de keer dat ik deed alsof ik een reclamebezorger was. Hij kwam uit de struiken stormen en zou me vast naar de keel zijn gevlogen als er geen afrastering tussen ons had gezeten. Ik loop voorzichtig langs de poort, maar de hond zit binnen. In de meeste huizen is het donker, de mensen zijn naar bed. Ik controleer of er mensen door de ramen naar buiten kijken, maar ik zie niemand. Dat is mooi, dan ziet niemand mij.

Voor Lerkefaret 6 staat een rollator, hier woont een oude vrouw. Ik zie haar als ze op weg van de winkel naar huis strompelt met de boodschappentas in de mand voor op de rollator. Ze ziet eruit als een van die vriendelijke oudjes, niet een van die chagrijnen. Oude mensen zouden op cursus moeten om niet zo chagrijnig en kniezerig te worden, het is geen wonder dat zo weinig mensen met hen om willen gaan en dat ze in vroeger tijden over de rand van de afgrond werden gekieperd. Ik lieg tegen vader over hoe vaak ik hem bezoek. Wanneer hij zegt dat ik twee weken geleden bij hem was, protesteer ik en zeg dat ik er verleden week was, en dan wordt hij onzeker omdat hij weet dat zijn hersens niet meer in orde zijn. Toen moeder me op een keer op mijn kamer bezocht, was ik in een slechte bui, ik verstopte me achter het gordijn en zag hoe ze terug slofte nadat ze talloze malen had aangebeld. Daar heb ik nu spijt van.

Voor Lerkefaret 7 staat een kinderwagen en zo'n kar om achter de fiets te hangen en die eruitziet als een huis met een doorzichtig plastic dak waar het kind onder zit. Naast het huis staat een kano, hier woont vast en zeker een sportieve vader. Misschien neemt hij zijn kinderen mee in de kano en peddelt hij over een meer, stopt ergens, maakt een vuurtje en grilt worstjes.

Er gebeurt iets met mijn ademhaling, die gaat steeds sneller, hoewel ik langzaam loop. Ik stop, blijf doodstil staan en hoor de bus op de weg voorbijrijden. Zo meteen stopt het verkeer. Zo meteen wordt het helemaal stil. Zo meteen ben ik bij mijn doel, daar waar ik wil zijn.

Wat moet ik dan doen?

Dat hangt van Regine af. Zij mag beslissen. Ik ga niet over haar beslissen. Ze mag zelf beslissen. Haar moeder wordt het probleem. Ik had haar die laatste sms niet moeten sturen, die kan haar woedend hebben gemaakt. Dat is niet zeker. Als ze zo is als op die uitgesneden foto's, kan ze wel eens absoluut het tegenovergestelde van woedend zijn. Je buigt niet voorover naar de camera met bijna uitpuilende tepels als je dat niet beslist wilt. Misschien voelde ze zich gevleid doordat ik te ver ging. Het is niet vanzelfsprekend om op haar leeftijd complimenten te krijgen. Wie heeft er nu zin in oude vrouwen? Niemand. Dat is de reden dat Elisabeth Sørensen doet alsof ze veel jonger is dan ze in werkelijkheid is. Iets aan haar uiterlijk maakt indruk op me, dat moet ik toegeven, maar eigenlijk vind ik haar lelijk, volgens mij is ze zo'n bazig type dat je nooit tot rede kunt brengen. Ik moet zorgen dat ze vertrekt, ze mag daar niet zijn als ik naar Regines kamer ga. Als ik slimmer was geweest, dan had ik gewacht tot een avond dat ik wist dat dat rotmens op pad zou gaan, maar hoe moet ik dat te weten komen? Op die manier mag het niet gaan, dat ik moet wachten tot ik zie dat Elisabeth Sørensen met een koffer of een rugzak weggaat, dan zou ik hier immers wekenlang moeten staan wachten.

In de tuin van Lerkefaret 9 hebben ze een kas. Daar hangen trossen rijpe tomaten achter de glazen wanden, ze proberen het ook met druiven, maar die zijn klein en nog niet rijp, dat heb ik gezien toen ik hier overdag langsliep. Bij De Oase verkochten we lage en hoge tomatenplanten en we leerden de klanten hoe belangrijk het was de diefjes weg te halen om bloemen te krijgen en hoe belangrijk het was om regelmatig water te geven, zodat de bloemen zouden botten. Niets lijkt op de geur van tomatenplanten in de warme zon, ik herinner me hoe verrukt de Kop werd als hij aan tomatenbladeren snoof. De zomer voor ons ontslag had hij een geheime plek in het dal achter het tuincentrum, hij nam me er soms mee naartoe in de lunchpauze. We liepen langs de smalle rivier waar de bomen overheen hingen als op schilderijen en waarin forel zat omdat boeren daar in vroeger tijden pootvis hadden uitgezet. Daaronder in het dal is het nog precies zoals in vroeger tijden. Op de heuvel ligt het langgerekte huis dat voor de oorlog een tbc-kliniek was; aan de andere kant van de rivier, achter de bomen, liggen een paar boerderijen waar ze paarden en koeien houden. In de warmte tussen brandnetelstruiken en frambozenbosjes had de Kop zijn eigen nevenvestiging van De Oase. Zijn marihuanaplanten groeiden en tierden welig, we lagen in het gras eronder en hoorden het rivierwater langs stromen en de Kop noemde zich Tom Sawyer en mij noemde hij Hucleberry Finn omdat onze initialen overeenkwamen.

Ik sta naar de kleine kas te kijken en voel hoe ik die tijd mis, niet alleen zoals je andere dingen kunt missen, ik mis die tijd zo erg dat het voelt alsof mijn lichaam vol mieren zit. De Kop kon overal om lachen. Zoals die keer dat hij werd betrapt omdat hij zijn eigen rij opiumklaprozen voor het gemeentehuis had gezaaid en in de krant stond dat de politie een drugsbende had opgerold. 'Nu ben ik binnenkort goed genoeg om in het boek

Bekende mannen uit Manglerud te worden opgenomen,' zei de Kop en hij liet me het krantenknipsel zien. Hij lachte gewoon om de boete die hij kreeg.

Zonder na te denken loop ik door de poort van nummer 9 naar de kas. Ik open de deur en moet bukken om naar binnen te kunnen. Het ruikt er naar warme aarde en tomatenplanten, de wanden zijn nat van de damp, er is een bevloeiingsinstallatie neergezet met dunne, rode plastic buizen en afsluitklemmen. Op de vloer staat een emmer met tuinhandschoenen van het soort dat voor tien kronen bij van die goedkope winkels wordt verkocht. Ik had tuinman moeten worden, dan zou alles anders zijn geweest, maar ik ben geen tuinman geworden en nu is het te laat. Ik heb mijn ene goudvis opgegeten en de andere vermoord. Ik pluk een tomaat, wrijf hem tegen mijn broek en eet hem als een appel. Lekker. Ik pak er nog een en zuig de zachte binnenkant op voordat ik de rest verorber. Als er hier een deken was geweest, had ik op de vloer kunnen gaan liggen en een uurtje tussen de planten kunnen slapen. Niemand zou me ontdekken, niemand gaat in het donker zijn kas binnen. Het zou heerlijk zijn geweest om te gaan liggen en alles te vergeten, maar dat kan dus niet.

Ik pak een paar druiven en wrijf ze stevig fijn tussen mijn vingertoppen. In films knijpen mannen in de tepels van vrouwen zodat ze kreunen, maar ze zeggen dat ze dat lekker vinden. Je kunt bijna nooit weten wat er van de mensen in films waar of onwaar is. Bij achtervolgingen met auto's en explosies zie je dat het maar sensationele effecten zijn, maar het is moeilijker als het om mensen gaat. Ik verlaat de kas en doe de poort achter me dicht. Er resteren nog twee huizen, het lage, bruine en het witte dat opgeknapt moet worden, dan komt het kleine rode huis.

Lerkefaret 12. Op de bovenverdieping is het donker, maar beneden brandt licht, zowel in de keuken als in de twee woonkamers. Als ze nu maar geen gasten hebben, dat moet ik controleren. Zo slordig als die vrouw is, kan het best zo zijn dat ze gewoon naar bed is gegaan zonder het licht uit te doen. Ze is niet bepaald het type dat op elektriciteit bespaart. Ze bespaart waarschijnlijk nergens op. Ik wil niet denken wat ik nu dacht, maar dat deed ik wel. Ik wil niet de beelden zien die in me opkomen, ik heb er niet om gevraagd, maar ze verschijnen toch, de laatste sms die ik heb gestuurd heeft ze versneld. Ik wil aan Regine denken, niet aan die stomme moeder van haar die vast jaren ouder is dan ik, maar die in zo'n strakke broek loopt dat het lijkt alsof hij aan haar zit vastgeplakt. Van achteren gezien kun je je in moeder en dochter vergissen en dat is niet goed. Dat hoort niet zo te zijn. Ik moet me nu niet laten afleiden, ik moet blijven focussen. Ik moet uitzoeken of er daarbinnen meer mensen zijn.

Wat moet ik doen als hij daar is, die figuur die niet haar man is maar met wie ik haar samen aan de wandel heb gezien? De man die met zulke grote passen uit het bos komt alsof hij de koning van de bossen van Østmarka is.

Als die laatste sms haar bang heeft gemaakt, kan ze hem hebben gebeld en gevraagd om te komen. Als ze dat heeft gedaan, als hij daarbinnen is, is alles bedorven.

Ik open voorzichtig de poort en voel het in mijn lijf kriebelen. Ik loop dicht langs de muur en kijk de keuken in. Bij wijze van uitzondering is het aanrecht schoon en opgeruimd. De fles rode wijn die de vorige keer vol was, is nu leeg. De wodka die ik heb gedronken voelt alleen nog als een licht getintel, ik had wat meer moeten drinken. Ik loop verder langs de muur, langs het bloembed waar ik op een avond een biertje heb staan drinken en bij hen naar binnen heb gekeken, dat was voordat ik ontdekte dat ik dit op een professionele manier moest doen.

Ik leun tegen de muur en luister, het is volkomen stil. Geen muziek, geen tv-stemmen, niemand die door de kamers loopt.

Ik rek me voorzichtig uit en kijk naar binnen in de kamer waar alle boeken staan. Voor zover ik kan zien is daar niemand. Zo veel boeken hebben is maar opschepperij, net als wanneer je alle films die je hebt gezien of al je kleren of al je bankbiljetten tentoonstelt. Wie zo veel boeken heeft, probeert alleen maar te laten zien dat hij beter is dan anderen. Kijk eens hoeveel ik heb gelezen, hoeveel ik weet! Alsof dat ook maar een sikkepit helpt. Het laatste woonkamerraam zit zo hoog dat ik er maar nauwelijks bij kan, er zit niemand op de stoelen, de haard brandt niet. Haar hoge zonnebloemen schuren langs de muur, zodat ik opschrik en me in de duisternis terugtrek. In het midden van alle stelen zit tape.

Ik voel de sleutels in mijn ene zak en het zilveren dingetje in de andere. Ik sta helemaal stil, een lamp veegt over de heuvel, het is een motor. Boven het geluid van de motor uit hoor ik meisjesgelach en een roepende donkere stem, het is een jongen die zijn meisje achterop heeft. Ik druk me tegen de muur en hoor hen naar boven racen, daar keren ze om en rijden weer naar beneden. Ik sluit mijn ogen en voel hoe het is om de bestuurder te zijn, ook al heb ik dat nooit meegemaakt. Haar handen op de riem, haar tieten tegen mijn rug. Ik slik aan één stuk door en sta volkomen stil tot het geluid van de motor wegsterft, pas dan loop ik rond het kleine bijgebouw, daar ligt een kruiwagen op de kop, daar staat een schop en een hark, daar staat een rieten stoel en voor de stoel staat een koffiekopje en een lege bronwaterfles in het gras. Ik registreer dat alles, ook al is het donker. Ik struikel nergens over, ik loop naar de ingang, steek de sleutel in de deur en ga geluidloos naar binnen.

ELISABETH

Mijn mobiele telefoon zit in mijn jaszak en ik schrik op van het getril. Als het nóg zo'n akelig sms'je is, moet ik contact met iemand opnemen. Het is niet akelig, het komt van Dag, pas bij het zien van zijn naam op de display voel ik hoe gespannen ik ben geweest en hoe blij ik ben dat hij eindelijk iets van zich laat horen. Ik bel hem en hij antwoordt meteen, zijn donkere stem daalt in me neer, alleen al zijn stem horen geeft me rust. Hij verontschuldigt zich dat hij niet heeft kunnen bellen, maar zegt dat hij een vervelende dag heeft gehad, eerst moeilijke besprekingen op school, daarna de nog moeilijkere ontmoeting met zijn ex, die weigert in te zien dat wat afgelopen is, afgelopen is. Hij zegt dat hij graag had willen komen om bij mij te slapen, maar dat zijn jongste zoon bij hem is omdat hij morgenochtend met hem mee moet naar de orthodontist.

Ik ben teleurgesteld, maar doe mijn uiterste best om het hem niet te laten horen. Ik zeg dat ik het goed begrijp en dat er nog vele nachten voor ons liggen. Hij zegt dat hij een warm bad gaat nemen en dan gaat hij naar bed en bedenken wat we binnenkort samen gaan doen. Hij klinkt vermoeid, maar zijn stem is zacht en klinkt nabij, zo nabij dat het gevoel dat ik de hele dag heb proberen te verdringen vanzelf verdwijnt.

Het gevoel dat we zo weinig delen dat het kan lijken alsof we niet bij elkaar horen.

We horen bij elkaar, we zullen elkaar binnenkort zien en elkaar omhelzen. We zijn bij elkaar, het is alleen zo dat er dagen tussen kunnen zitten tot we elkaar zien en zo hoort het te zijn als we grote kinderen hebben die ons, ieder van onze eigen kant, nodig hebben. Hij is het beste dat me in lange tijd is overkomen, dat zeg ik tegen hem en hij antwoordt dat hij nooit had gedacht dat hij het zo goed met een vrouw zou krijgen. Alleen al dat hij het woord 'vrouw' zegt en dat ík die vrouw ben, maakt me week en zacht. Ik aai over het kant van de nieuwe bh die ik aanheb en fluister dat ik gauw met hem wil vrijen en hij verlaagt zijn stem en vraagt of ik zin heb morgenavond bij hem op bezoek te komen en ik zeg dat ik dat heb, natuurlijk heb ik dat, ik wil niets liever.

We zeggen welterusten en verbreken de verbinding.

Ik zou naar bed moeten gaan, maar zak in plaats daarvan achterover op de bank. Ik sluit mijn ogen en zie hem voor me, het grijze haar aan de slapen, het markante gezicht, de rimpels onder de ogen. Hij is een man die nooit een zonnebril draagt, en man die het gewend is bij fel licht zijn ogen tot spleetjes te knijpen, een man die zegt dat hij zich gelukkig voelt als hij een pad ontdekt waarop hij nog nooit heeft gelopen of een kloof in de wildernis die niet op de kaart staat. Hij kan heel goed alleen zijn en wie goed alleen kan zijn, houdt van zichzelf. Mannen die van zichzelf houden zijn de beste minnaars, de beste levenspartners, de beste kameraden, daaraan moet ik denken, in plaats van hem te missen als hij er niet is. Morgen is hij er, dan is hij alleen thuis en kunnen we ons opsluiten en alle anderen vergeten. Hij zal me omhelzen voordat ik mijn schoenen uit heb, hij zal me meenemen naar de slaapkamer, mijn kleren losmaken, mijn nieuwe lingerie zien en ervan gaan hijgen. Naderhand zal hij me mee de keuken in nemen en voor ons koken. Het liefst maakt hij vis in folie, zeewolf of kabeljauw met garnalen, prei en kruidenboter. Als hij kookt, luistert hij altijd naar een cd. Hij houdt van wat hij lichte muziek noemt. Klassiek licht zijn Mozart en Grieg, banaal licht is Robbie Williams, die hij naar eigen zeggen draait om met zijn leerlingen op één lijn te komen. Hij zegt dat heel serieus, zonder eraan te denken dat Robbie Williams onder jongeren allang niet meer populair is. Hij schudt alleen zijn hoofd als ik naar de Stones luister, hij is nooit een Stones-man geweest, integendeel, hij komt zelfs soms met argumenten tegen hen. 'De Stones zijn een door en door gecommercialiseerde tourneemachine en Mick Jagger is een cynische zakenman met een grote mond,' zegt hij soms. Hij vindt desnoods de Beatles leuk en dan alleen de aardige, melodieuze liedjes. Hij is een aardige, melodieuze man, hij is niet week, zoals ze dat noemen, maar hij heeft een fingerspitzengefühl, een gevoel voor hoe het met anderen gaat. Andreas miste dat gevoel, de situatie van anderen kon volledig langs hem heen gaan, soms moest ik schreeuwen om hem te laten zien dat ik me ellendig voelde. Dag kan eruitzien alsof hij in gedachten verzonken is, alsof hij er niet bij is en zich eigenlijk wat afzijdig houdt, maar opeens richt hij zijn blik op je en vraagt: 'Voel je je ellendig, ben je bang, maak je je zorgen?' en hij heeft het vrijwel altijd bij het rechte eind. Misschien heeft hij dat talent ontwikkeld doordat hij het gewend is de individuele leerlingen in een klas in de gaten te houden. Hij kan goed zien hoe anderen zich voelen, terwijl hij tegelijkertijd heel goed kan doen waar hij zelf zin in heeft. Ik geloof dat ik dat nu juist zo aantrekkelijk vind, dat hij behoeften heeft, maar niet de behoeften die ik gewend ben. Andreas wilde alle praktische dingen samen doen, we moesten samen poetsen en samen boodschappen doen, dat wat hij de zaterdagse boodschappen noemde en wat hij van huis uit gewend was, dat zijn vader en moeder samen met een boodschappenbriefje naar de winkels gingen. Voordat Dag zoiets zou doen, zou je hem vol drugs moeten stoppen. Nu ligt hij misschien al in bad, terwijl hij zijn hoofd leegmaakt, zoals hij dat noemt.

Dat probeer ik ook. Ik trek de deken omhoog, doe mijn ogen dicht en voel mijn lichaam steeds zwaarder worden, ik raak in de toestand waarin droomfiguren tevoorschijn beginnen te glijden, maar weer verdwijnen omdat mijn spieren zich spannen en mijn bewustzijn wordt ingeschakeld. Ik glij landschappen in en uit, en gezichten en stemmen komen duidelijk over, maar met de merkwaardigheid van de droomwereld, waarover het halfwakkere deel van mijn hersens blijft nadenken. Tot de dromen het helemaal overnemen, ik ben op een zomers eiland, in een zomerhuisje. Daar wordt gefeest en ik ben verantwoordelijk voor de bediening, maar kan geen schalen vinden, eten is er ook niet, er staan alleen wat blokjes kaas op het aanrecht. Iemand roept om wijn, ik draai me om en zie dat Andreas en Dag er allebei zijn, de zonen van Dag ook. Dat is pijnlijk. Ik probeer in een keukenkastje te kruipen, dat zit bomvol muizenvallen en ik ben bang dat ik er met mijn vingers in kom. Er zit een deur in de wand, ik doe hem open en daar staat Ninni in een hemelsblauwe jurk. Ze draait in het rond en zegt dat ze me niet genoeg kan bedanken en dat ze er nog nooit zo mooi heeft uitgezien. Ze ziet eruit als een schoolmeisje dat naar het schoolbal gaat, haar tulen bloes schittert van de sterren in de stof. Ik probeer uit te leggen dat niet ik die jurk heb genaaid, dat ik met een volwassen jurk bezig ben, niet met een kinderjurk, maar Ninni weigert te luisteren. Ze is zo blij, zo blij en haar blijdschap slaat op mij over. We gaan een grote naaikamer binnen met rijen naaimachines en rollen stof langs de wanden. Daar staat oma's oude trapmachine, die glimt zwart, er staat 'Singer' op met een krullend gouden schrift. Ik zet mijn voet op de treeplank en de machine begint te zoemen, op hetzelfde moment hoor ik oma's stem en het lijkt volstrekt natuurlijk dat ze terug is op aarde. Ninni, oma en ik lopen langs de rollen stof, de stoffen glimmen en schijnen met felle kleuren en het is heerlijk om ze aan te raken.

Oma glimlacht en kijkt me aan, dan zegt ze dat het nooit te laat is om weer kind te worden.

Ik open mijn ogen en haar woorden zijn zo helder alsof ze ze in werkelijkheid heeft uitgesproken. Ik kijk op de klok, ik ben maar twintig minuten weg geweest, maar ik moet zo diep hebben geslapen dat het wel uren lijken. Het is warm en lekker onder de deken. Ik voel de verleiding om mijn ogen te sluiten en me door slaap te laten overmannen, maar ik weet uit ervaring hoe het met mijn rug zal zijn als ik te vast op die harde bank slaap, dus ik richt me op. De kaars weerspiegelt in het raam. Ik zit naar de vlam te kijken, alles is stil en rustig, alles is zoals het hoort en toch is er iets mis.

Ik begrijp niet wat dat kan zijn, maar binnen enkele seconden komen mijn zintuigen in opstand. Het moet wel de nachtelijke duisternis zijn of doordat ik droom over oma, die ik zo vaak mis. Het was geen nare droom, hij was troostend en mooi. Niet de droom was verkeerd. Ik heb een geluid opgevangen dat hier niet hoort te zijn, ik kom overeind en wat ik zie voelt als een steek in mijn borst.

Er staat een man in de kamer.

Er staat een man tegen de wand bij de tuindeur.

Dat droom ik niet, hij staat daar en ik heb hem nog nooit eerder gezien.

Dat is zo verkeerd als het maar kan zijn, hij hoort hier niet, ik begrijp niet hoe hij binnen heeft kunnen komen en de adrenaline in mijn lijf schiet omhoog. Ik wil hem vragen weg te gaan, ik wil hem de voordeur wijzen, maar iets aan zijn blik klopt niet. Hij lijkt niet dronken, niet onder invloed, niet verward, niet agressief, ik weet niet wat er mis is met de manier waarop hij staart, maar hij bezorgt me hetzelfde gevoel als toen ik een keer alleen in het bos liep en een hond zonder baasje tegenkwam die kwispelde en gromde tegelijk.

Ik moet nu geen onverwachte bewegingen maken, ik moet niet schreeuwen en ik moet niet laten zien hoe bang ik ben, ik moet rustig ademhalen.

'Wat wil je?'

Hij geeft geen antwoord, hij staat daar maar te staren. God-dank zit ik niet in mijn pyjama of badjas, maar heb ik al mijn kleren aan. Ik leg de deken opzij en sta op, mijn hart bonkt zo dat het wel zichtbaar moet zijn. Hij heeft geen schoenen aan. Waar zijn zijn schoenen? Hoe is hij binnengekomen? Dat hij hier op zijn kousenvoeten staat, jaagt me nog meer angst aan, zonder dat ik weet waarom. Hij draagt blauwe sokken en een grijze broek, en wie hij ook is, hij hoort hier niet, alleen al het feit dat ik hem zie lijkt krankzinnig.

'Sorry, maar ben je niet verkeerd?'

Even hoop ik zo intens dat dat het geval is dat ik het bijna ge-loof. Hij ziet er niet uit als een dief en hij maakt geen afstotelijke indruk, hij heeft een kogelrond gezicht, maar zijn blik bezorgt me rillingen. Wat is er met die blik? Hij geeft me ook nu geen antwoord, hij kijkt me alleen aan en ik begrijp intuïtief dat ik hem niet moet laten merken hoe sterk mijn reactie is op het feit dat hij daar op kousenvoeten staat.

'Wil je iets hebben?'

'Ja.'

Ik weet niet waar ik het ergst van schrik, dat ik zijn stem hoor, dat hij iets wil of dat hij daar in donkerblauwe badstof sokken staat. Waar ik van schrik is dat hij daar gewoon staat. Dat het is gebeurd, dat waar ik vaak over heb gelezen. Dat iemand het huis is binnengedrongen. Hij moet door een raam zijn geko-men, door het raam van de benedenverdieping, daar heb ik wel eens aan gedacht, hoe gemakkelijk het moet zijn om dat raam op de een of andere manier te openen. Ik probeer te voelen of er koude lucht van beneden af komt, maar ik voel niets.

'Wat wil je hebben?'

'Een glas water.'

Ik wil zo graag dat het om een futiliteit gaat dat ik maar nau-welijks mijn opluchting kan verhullen. Een zieke man is mijn huis binnengedrongen en hij heeft water nodig. Zo had het kunnen zijn, maar zo is het niet, dan zie ik aan zijn gezichtsuitdrukking, hij glimlacht scheef om zijn eigen woorden. Alsof binnendringen in een vreemd huis voor zoiets onbenulligs als een glas water het laatste is wat hij zou verzinnen. Ik ben degene die water moet hebben, ik voel hoe droog mijn mond is na het slapen. Zijn blik wijkt niet, hij blijft staren. Ik heb zin hem te vragen weg te gaan en hem in de richting van de deur te duwen, maar ik besef dat ik het hoofd koel moet houden.

'Je kunt best wat water krijgen, maar dan moet je gaan. Wij gaan nu naar bed.'

Zijn mondhoek vertrekt weer, alsof ik iets al te stoms zeg. Het is tien minuten voor middernacht, het is niet stom om te zeggen dat we naar bed gaan. Misschien denkt hij dat ik alleen thuis ben? Hij kan niet weten wie of hoeveel mensen er boven zijn.

'Ik begrijp niet wat je wilt, dus ik denk dat je maar met mijn man moet praten.'

'De oude of de nieuwe? Je hebt ze hier toch niet allebei?'

Hoe weet hij dat er een oude en een nieuwe is? Er staat geen mannennaam op ons naambordje. Andreas wilde niet alleen dat ik een alarminstallatie zou nemen, hij reageerde toen ik een nieuw bordje kreeg zonder zijn naam erop. Hij zei dat dat het domste was wat ik kon doen, een naambordje nemen met maar twee vrouwennamen. Hij vertelde over de VS en grote steden in Europa, waar het steeds normaler was geworden dat alleenstaande vrouwen een mannennaam op hun naambordje lieten zetten. Hij zei dat zelfs in Zweden de politie vrouwen aanraadde een mannennaam op de deur te hebben staan. Ik luisterde niet naar hem, ik dacht dat hij het over zijn eigen kwetsbare ziel had, dat hij zich geprovoceerd voelde dat hem een van de zichtbare bewijzen dat hij Regines vader is, werd ontnomen.

Hoe kan een vreemde man ook maar iets van ons weten?

Hij hoeft niets te weten.

Hij kan gokken, net zoals ik dat deed.

Hij kan banger zijn dan hij lijkt, net als ik.

Die mogelijkheid vermindert mijn angst niet, integendeel; als hij doorheeft dat ik heb gegokt, kan hij ook begrijpen dat ik de enige volwassene hier ben. Dan weet hij dat ik bang ben en dat kan hem triggeren.

Labiele mensen worden getriggerd door andermans angst.

Ik kan niet weten of hij labiel is.

Natuurlijk is hij dat. Iemand die tegen middernacht het huis van een ander binnendringt, is allesbehalve stabiel.

Mijn mobieltje ligt op tafel. Ik wil het pakken, maar durf niet. Ik moet volkomen rustig blijven om hem niet te provoceren, ik moet geen beweging van zijn kant uitlokken. Hij volgt mijn blik, hij kijkt naar het mobieltje. Hij glimlacht nu niet scheef, hij trekt zijn wenkbrauwen samen en zijn mond versmalt.

'Hoe noemde je mij ook weer?'

'Wat?'

'Welk woord gebruikte je voor mij?'

'Ik heb geen woord voor jou gebruikt.'

'Nee? Hoe noemde je mij een paar uur geleden?'

Het is mijn beurt om hem aan te staren.

'Heb jij mij sms'jes gestuurd?'

'En wat heb jij gedaan? Je noemde mij een idioot.'

Hoe durft hij hierheen te komen nadat hij mij zo'n sms heeft gestuurd? Ik wil mijn mobieltje pakken, maar hij buigt bliksemsnel voorover en pakt hem voordat ik dat kan. Pas nu merk ik dat hij naar alcohol stinkt. Hij trekt zich terug naar de tuindeur en begint te toetsen. Ik word meteen woedend, mijn mobieltje is privéterrein, hij heeft geen recht daarop te kijken.

'Wat denk je verdomme dat je je kunt permitteren?'

'Wat vind je van dat bericht waarin alleen "psss, psss, psss" staat?'

Hij zegt het met een kinderlijke stem, als een jongen die zijn kat lokt. Hij lacht een beetje, alsof hij verbaasd is over zijn eigen vondst. Hij is ergens in de buurt geweest en heeft me toen die sms'jes gestuurd, hij heeft over Regine en mij gefantaseerd, hij is volkomen over de schreef gegaan. Het is één ding om ergens met smerige gedachten te zitten, het is iets anders om de persoon over wie je fantaseert op te zoeken. Dat laatste is gevaarlijk, het is ziek. Ik moet doen alsof ik niet begrijp hoe ziek dat is, ik moet het meespelen, wat hij ook zegt. Ik moet hem hier zo snel mogelijk weg zien te krijgen. Zo kalm als ik kan zeg ik dat ik mijn mobieltje terug wil en dat hij moet gaan als ik hem niet ergens mee kan helpen.

'Ik ga niet.'

'Wat ga je dan doen?'

'Hier zijn.'

'Hier zijn?'

'Ja.'

'Begrijp je niet dat hier meer mensen zijn? Ik ben niet alleen thuis.'

'Dat weet ik.'

'Wil je met mijn man praten?'

'Er is hier geen man.'

'Jawel, dat is wel zo.'

'Niet waar. Alleen Regine en jij.'

Haar naam uit zijn mond horen is zo schokkend dat ik weiger het te geloven. Een vreemde man staat op kousenvoeten met mijn mobieltje in zijn hand en zegt 'Regine' op zo'n vanzelfsprekende manier alsof hij haar kent. Kan hij haar kennen? Van school of het dansen of uit de buurt, uit een winkel of kiosk of een gezin waar ze op bezoek is geweest? Hij ziet er gewoon, bijna saai uit met zijn dunne haar en zijn grijze broek, terwijl er tegelijkertijd geen twijfel over bestaat dat er iets met hem is, iets meer dan dat hij heeft gedronken. Er moet een normale reden voor bestaan dat hij haar naam kent, hij kan de gekke oom van een schoolvriendin zijn, hij kan iemand zijn met wie ze in de bus heeft gepraat, ze is altijd open en vrolijk tegenover anderen.

'Kom je om met Regine te praten?'

'Ja.'

'Regine slaapt. Je kunt morgen met haar praten.'

Hij lacht op dezelfde manier als om het kattenbericht, de ronde trekken geven hem een babyface-uitdrukking, maar dat maakt me alleen maar banger.

HENRY

Haar ogen worden zo stom als ze ze openspert, alsof de Kerstman bij haar op bezoek is, hoewel ze altijd dacht dat de Kerstman niet bestond. Ze heeft zich vast opgemaakt om er mooier uit te zien, zoals op van die foto's in tijdschriften. Lange wimpers die zwart zijn van de mascara, strepen boven het ooglid en lichte en donkere schaduwen. Dat is best als ze ontspant, maar ze ziet er dwaas uit als ze haar ogen openspert zonder dat ze zich daarvan bewust is.

Ze heeft rimpels. Zowel onder haar ogen als om haar mond. Dat zou iemand haar moeten vertellen, zodat ze inbindt. Ze denkt dat ze jong is omdat ze zich jong kleedt, maar ze komt zelfs niet in de buurt van jeugdigheid, ze is ouder dan ik. Ze doet alsof ze nog net zo knap is als vroeger, maar ze is aan het verschrompelen, daar gaat het om bij rimpels, om verschrompelen. Dat er onvoldoende vocht is om van binnenuit te vullen, net als bij gevallen fruit. Moeder begon al vroeg te verschrompelen, zelfs haar haar werd dunner, ze stond zich er voor de spiegel over te beklagen dat de borstel zo vol haren zat. Dat was in de tijd dat ze hele dagen achtereen op de bank begon te liggen, ze lag daar als ik uit school thuiskwam, en ik kon pas mijn huiswerk gaan maken als ik ijswater op kamilletheezakjes had gegoten en die op haar ogen had gelegd.

Het kwam doordat ze niet het kind had gekregen dat ze in plaats van mij wilde hebben.

Daar lag ze dagenlang over na te denken.

Ondertussen ging vader steeds meer op in zijn tochten met

de metaaldetector, waarbij hij mij meenam. Er was altijd een café in de buurt en vaak was datzelfde mens daar en zij leek niet bepaald op gevallen fruit. Ze had lange, blonde krullen en een grote, rode mond. Ze droeg een jas met een bontkraag, die zat strak in haar taille en liet zien dat haar rondingen op de juiste plaats zaten. Daaronder droeg ze een zwarte, strakke broek. De eerste keer dat het me opviel dat vader die vrouw kende, was in restaurant Østmarksetra. Ze had belangstelling voor de detector alsof het een wonderapparaat was en na een tijdje liep ze met vader een pad op, terwijl ik daar met mijn sinas zat. De volgende keer zag ik haar in een café met de naam Rodeløkken vlak bij het kleine, witte kasteel dat geen fantasiekasteel is, maar dat onder aan het meer ligt met paden en stranden waar vast schatten verborgen liggen, aangezien zo veel koninklijke lieden daar de bloemetjes buiten hebben gezet. Als vader en ik langs het meer liepen te zoeken, kraakten er mosselen onder onze voeten en dat is een van de ergste geluiden die je kunt bedenken omdat je de scherpe schelpenranden voor je ziet en je je afvraagt hoe het zou zijn om op blote voeten te lopen en de ene snee na de andere in je voetzolen te krijgen. Als je daaraan denkt, is het alsof je op blote voeten loopt, ook al heb je schoenen aan, het geluid snijdt.

Ik wilde naar huis, maar vader wilde blijven. Hij zei dat café Rodeløkken de lekkerste chocoladetaart van de stad had. Dat was waar, die was lekker, met een dikke laag glazuur, vanbinnen een aantal lagen crème en zachte cake. Met de mond vol taart ging alles beter, maar toen was zij daar weer. Ik begreep niet waar ze vandaan kwam, dat mens met de krullen en de rode lippen, maar Elisabeth Sørensen en zij lijken op elkaar. Dat is me nog niet eerder opgevallen, niet voor zover ik weet, maar ik zie het nu, ook al wil ik dat niet. Het haar is anders, maar het zijn dezelfde rode lippen, net zo gevuld. Elisabeth Sørensen is ook over de rest van haar lichaam goed gevuld, zowel haar trui als haar broek zit strak op de plaatsen waar dat hoort.

In café Rodeløkken waren de chocoladetaart en dat vreemde mens, toch keek ze me aan alsof ze iets van me wist, net zoals Elisabeth Sørensen dat nu doet.

'Dus dát is de kleine koning Henry,' zei het mens met de krullen en ze probeerde haar glimlach te verbergen op een manier die ik nooit zal vergeten, vooral doordat vader zo'n knalrood gezicht kreeg dat er geen twijfel mogelijk was dat hij haar dingen over mij had verteld die je niet verder hoort te vertellen als je iemands vader bent.

ELISABETH

Hij weet van Regine. Hij weet dat alleen Regine en ik hier wonen. Hij heeft mijn mobieltje gepakt en weet dat Regine onbeschermd boven ligt. Hij kan niet weten dat er geen man thuis is. Als Dags zoon niet met hem naar huis was gegaan omdat er iemand mee moest naar de orthodontist, had die hier kunnen zijn. Hij had boven kunnen liggen en dan had ik maar hoeven schreeuwen, dan was hij aan komen stormen.

Niemand kan van buiten komen en weten dat alleen Regine en ik hier zijn, dat is onmogelijk.

Ik moet hem laten zien dat ik dat weet en dat ik niet bang ben.

Er zitten schrammen op zijn handen, dunne strepen die rood zijn van het bloed en die nog niet zijn genezen. Misschien heeft hij met een kat gespeeld en is hij toen op het idee gekomen mij een kattenbericht te sturen? Mannen die met katten spelen verzinnen zoiets niet, mannen die met katten spelen zijn aardig. De laatste keer dat ik dat soort schrammen opliep, was toen ik de bramenstruiken in de hoek bij de tuindeur loswoelde. Heeft hij daarin gezeten? Heeft hij de tuindeur losgewrikt met een of ander werktuig en hem daarna weer dichtgedaan?

'Hoe ben je hier binnengekomen?'

'Wat denk je?'

'Door die deur achter je?'

Hij krijgt dezelfde uitdrukking, alsof hij zich op een kinderlijke manier amuseert. Hij vraagt of ik denk dat hij Superman is. Als die blik er niet was geweest, had die vraag me gerustgesteld, het is een doodgewone vraag binnen de gedachtegang van de meeste mensen, maar zijn blik straalt afwezigheid uit. Zijn blik doet niet mee, zonder dat ik weet wat dat betekent. Hij is hier, maar hij lijkt ook ergens anders te zijn en dat maakt me ongelooflijk bang. Dat mag hij niet zien. Ik moet hem laten zien dat ik hier woon, dat ik beslis, dat ik het hier voor het zeggen heb.

'Zal ik je vertellen waarom ik weet dat er hier geen man is?'

Ik antwoord niet, maar kijk hem aan om hem de indruk te geven dat hij het mis heeft.

'Er staan geen herenschoenen in je gang.'

'Schoenen hoeven niet alleen in de gang te staan.'

'Er hangen hier ook geen herenjassen.'

Hij heeft in de gang om zich heen gekeken. Misschien is hij hier al sinds ik in slaap viel. Hij kan rond hebben geslopen. Hij kan niet boven zijn geweest, dan zou Regine wakker zijn geworden. Dat is niet zeker, soms slaapt ze zo diep dat je haar onmogelijk wakker kunt krijgen. Op mijn kamer slaap ik zo licht dat ik van het minste geluid wakker word, maar hier kan ik in een diepe slaap zakken. Dat komt doordat de dingen hier beneden veiligheid bieden. Dat dacht ik, maar die gedachte was fout. Hij kan hier al een hele tijd naar me hebben staan kijken zonder dat ik de mogelijkheid had me te beschermen. Die wetenschap is even walgelijk als wanneer ik een dik insect in mijn gezicht zou krijgen.

'Jij bent een idioot.'

'Wablief?'

Ik zie dat hij driftig wordt van mijn toon. Ik hoor het zelf, hoeveel agressie die beschaafde arrogantie kan oproepen. Ik heb dat eerder gehoord, in de stad, wanneer dronken relschoppers beleefd worden toegesproken in de rij op de taxistandplaats, het maakt het alleen maar erger, het leidt tot geschreeuw en vuistslagen. Ik ben bang. Ik moet hem niet laten zien hoe bang ik ben. Ik moet het tegenovergestelde laten zien. Dit is toch ongelooflijk, dat een dwaas in een blauwe anorak met witte rits denkt dat hij op kousenvoeten in mijn woonkamer kan staan, in mijn huis, en mij kan uitschelden.

'Luister eens, ik heb hier geen zin meer in. Als je nu verstandig bent, dan vertrek je langs dezelfde weg als je bent gekomen voordat ik gedwongen ben iets te doen.'

'Wat dan?'

De politie bellen, denk ik, wetend dat hij mijn mobieltje heeft, maar ik heb ook een vaste telefoon. Hij kan me niet tegenhouden om naar de telefoon te lopen. Of toch wel, hij kan me heel simpel tegenhouden en ik voel het in mijn hele lijf. Ik sta onbeweeglijk en voel hoe tenger ik ben vergeleken met hem en dat is schokkend. Ik heb mijn eigen fysieke beperkingen nog nooit zo gevoeld. De man die tegenover me staat is niet gespierd, ik ben waarschijnlijk veel gespierder dan hij. Groot is hij ook niet, maar hij is stevig, de anorak zit strak over zijn buik en hij heeft brede dijen. Ik zie dat ik niet langs hem heen kom zonder een list te verzinnen.

'Ben je op zoek naar geld?'

'Nee.'

'Waarom ben je dan hier?'

Ik wil zijn antwoord niet horen. Ik wil niet weten wat ik in mijn spieren, in mijn maag, in mijn nek voel. Ik wil niet zien wat hij doet. Hij steekt zijn hand in zijn jaszak en houdt een sleutelring met een groene plastic kikker omhoog. Ik heb geen plastic kikker aan mijn sleutelbos, maar ik heb twee precies dezelfde sleutels. De hoofdsleutel en de reservesleutel. Hij laat ze bungelen zodat ze rinkelen.

'Ben je met de sleutel binnengekomen?'

'Begrijp je niet wat voor idioot je bent?'

'Heb je de sleutels gepakt die buiten liggen?'

'Hoor je niet wat ik zeg? Begrijp je niet wat voor idioot je bent?'

Ik snap niet hoe ik dat kan hebben doen. De sleutels van ons huis dag en nacht buiten laten liggen, ik heb zelfs niet gecontroleerd of ik ze 's nachts wel naar binnen heb gehaald. Ik heb dat in koppige goedgelovigheid gedaan. Ik ben altijd te koppig en te tegendraads geweest, als ik eenmaal een besluit heb genomen, dan hou ik me daaraan, wat anderen er ook van zeggen. Andreas heeft me gewaarschuwd, maar ik wilde niet luisteren, en nu ligt Regine daarboven onbeschermd. Als ze wakker wordt, komt ze in alleen haar pyjama naar beneden. Dan sta ik hier zonder te weten wat ik moet doen.

'Ben je met mijn sleutels binnengekomen?'

'Niet die van jou. Die van mij. Ik heb ervoor betaald.'

'Aan wie?'

'De sleutelmaker.'

'Heb je mijn sleutels gepakt en laten namaken?'

'Inderdaad.'

De boosheid die nu bovenkomt, heb ik in geen jaren gevoeld. Niet dat soort boosheid; ik weet nog precies wanneer ik die voor het laatst heb gevoeld. Toen ik twaalf was en de twee grootste rotjongens van de klas een eksterjong hadden gevangen, eerst toonden ze het aan mij zodat ik zou zien hoe lief het was, toen goten ze er aanstekerbenzine overheen en staken het in brand. Ik herinner me de geur van verbrande veren en wist dat het te laat was, maar kon daar niet blijven staan zonder iets te doen. Ik vloog de jongen die het eksterjong vasthield aan en wist zijn wangen open te krabben, ik bezorgde hem lange, diepe schrammen, maar het hielp geen zier.

Nu moet ik niet zoiets verzinnen, hij kan me zo neerslaan. Zo kalm als ik kan vraag ik waarom hij een kikker aan mijn sleutels heeft gehangen.

'Daar heb je niets mee te maken.'

Dat klopt helemaal. Ik heb niets met hem te maken, ik wil hem hier geen seconde langer hebben. Ik heb zin om te schreeuwen dat hij moet maken dat hij wegkomt. Had ik net zo'n huis als vroeger, een appartement met buren aan alle kanten, dan had ik alleen maar zo hard hoeven te schreeuwen als ik kon, of op de wand hoeven te bonken, en dan zouden de buren hebben gereageerd. Ze zouden aan komen rennen. Hier komt niemand. Ik moet niet schreeuwen, ik moet rustig en kalm blijven. Ik moet beslist Regine niet wakker maken. Ik weet wat hij kan gaan doen als ze naar beneden komt. Die gedachte gaat als een rilling door mijn lichaam. Ik heb geen idee wat hij zal doen, maar ook al doet hij niets, dan toch is het erg; dan ziet Regine dat ik niet in staat ben op haar te passen. Dan ziet ze hoeveel al mijn ideeën over kracht en zelfstandigheid waard zijn. Ik heb gelachen om mensen die overal alarmstickers plakken. Ik heb gelachen om vriendinnen die niet alleen naar huis durven lopen en die met een honkbalknuppel onder hun bed slapen. Ik heb hooghartig gelachen en nu sta ik hier met iemand die door de duisternis is gekomen en bij ons is binnengedrongen.

'Waar ken je Regine van?'

Zij gezicht wordt raar, het kinderlijke keert terug. Ik zou gerustgesteld moeten zijn, maar ben dat niet. Ik weet niet waarom, maar iets aan hem maakt dat ik nadenk bij de geringste beweging die ik maak. Hij ziet er niet gevaarlijk uit, integendeel, de ronde wangen en de enigszins uitstekende bovenlip zouden hem onnozel kunnen laten lijken als die blik er niet was geweest. Dat kan komen doordat hij heeft gedronken, hij kan veel hebben gedronken, ook al staat hij stevig en maakt hij geen dronken indruk. Hij kan een van die mensen zijn die steeds stijver worden naarmate ze meer drinken. Hij kan gewoon een ongevaarlijke gek zijn die in zijn eigen wilde verzinsels verstrikt is geraakt.

De sleutels van andere mensen stelen, ze laten namaken en binnendringen, is geen wild verzinsel. Dat vereist beraad en voorbereiding, daarnaast vereist het misschien iets waaraan ik niet durf te denken.

'Ik wil een paar foto's zien die je daar hebt,' zegt hij en hij knikt in de richting van de la met foto's.

HENRY

Ze ziet er nu nog dommer uit, ze ziet eruit alsof ze van de maan naar beneden is gekukeld. Dat ik veel van haar weet, terwijl zij niets van mij weet, voelt goed in mijn hele lijf. Ik voel het op de plek waar het het lekkerst is. Ze staat met haar wijsvinger tegen haar duim te wrijven, zodat de huid een knarsend geluid maakt, daar moet ze mee ophouden, het is irritant om naar te luisteren. Ze staat zich op te winden, dat zie ik. Niemand heeft het recht om boos op me te zijn, ze moet niets proberen, dan ben ik gedwongen haar op de bank te gooien waarvan ze zojuist overeind is gekomen.

Ze lag op haar zij met beide handen onder haar hoofd te slapen.

Af en toe bewogen haar oogleden en één keer schokten haar voeten net als bij honden wanneer die dromen.

Ik kon haar zo nauwkeurig bestuderen als ik wilde zonder dat ze wist dat ik daar stond, en dat bezorgde me een nog fijnere jeuk.

Ik moet aan Regine denken, ik wil Regine zien. Regine die recht boven ons ligt, op haar kamer, onder de poster van Che Guevara, samen met de versleten teddybeer. Ik wil naar Regine, maar nu staat haar moeder daar en stoort me. Haar mond beweegt, alsof ze iets wil zeggen maar niet weet wat. Ze heeft mooie lippen. Dat weet ze vast zelf ook wel, dat ze zoenlippen heeft, maar ze weet niet hoe ik in vuur en vlam kan raken.

Het was vlak voor mijn verjaardag, ik weet niet meer hoe oud ik werd, alleen dat ik erg gespannen en alleen thuis was. Omdat ik zo benieuwd was naar wat ik zou krijgen, doorzocht ik alle laden. Onder vaders pyjama's lag een cadeau dat in glimmend, blauw papier met zilveren sterretjes en een zilveren strik was verpakt. Het pakje was zacht met iets hards vanbinnen en ik werd zo enthousiast dat ik het niet kon laten liggen. Vader wist hoe graag ik een fiets wilde. Ik had die in de etalage van de sportwinkel aangewezen, er zat een lang, zwart zadel op, een beugel aan de achterkant en een speedwaystuur. Misschien had hij geen tijd gehad hem te kopen, daarom had hij geld voor een fiets in een paar hemden gestopt om me voor de gek te houden. Wat dat harde was begreep ik niet, maar ik dacht dat het iets met de bel of de sleutel van het fietsslot te maken kon hebben. Voordat ik het papier eraf peuterde, controleerde ik nauwkeurig hoe dat was gevouwen, zodat ik het weer op de juiste manier terug kon brengen.

In het blauwe papier zat zijdepapier en in het zijdepapier lag een parfumflesje met een groen kwastje en een paar zwarte onderbroeken van het type dat damesslipjes heet, met rode rozen langs de kanten rand.

De slipjes waren niet voor moeder, dat begreep ik, moeder droeg geen kant en rozenversieringen. Het zwarte kant was voor de vrouw die schamper had geglimlacht en mij kleine koning Henry had genoemd, zodat vader knalrood werd en daarna zo geïrriteerd dat hij me stevig bij mijn arm pakte en me wegtrok uit het café met de lekkerste chocoladetaart van de wereld en langs de paarden en koeien van de koning, langs de zeilboten van de rijkelui en naar de bushalte, de hele weg met de metaaldetector onder de arm en met samengeperste lippen, alsof ik het was die iets verkeerd had gedaan. Het pakje was voor de vrouw op wie Elisabeth Sørensen leek, ook al is zij blond en was de slipjeskoningin donker. Moeder wist niets van haar, moeder had geen idee dat er een mens bestond dat verscheen op de plek waar vader en ik tochten maakten en voor wie vader een parfumflesje met een kwastje en ondergoed kocht. Terwijl moeder op de bank lag te klagen over het kind dat ze niet kreeg, liep de slipjeskoningin met een geheim cadeau onder haar rok rond.

's Avonds zag ik voor me wat vader en de slipjeskoningin aan het doen waren en ik moest me onder het dekbed aftrekken, maar dat was eerder smerig dan lekker.

Ik weet niet of moeder iets doorhad, maar in die periode lag ze wel altijd op de bank als ik van school kwam. Er werden geen smørrebrød en ragoutbakjes met vispaté en garnalen meer gemaakt. Ook al was de dag al een heel eind gevorderd, toch lag ze in een blauwe gewatteerde ochtendjas met witte draden die in de zoom waren losgeraakt, en er was een knoop weg. Ze lag daar met de zakdoek in haar ene hand en mijn hand in de andere, ze lag daar met bruine panty's die op de tenen waren gestopt en ze zei voor de duizendste keer dat het was alsof de krachten uit haar lichaam stroomden en dat ze niet helder kon denken omdat er een deksel op haar hoofd leek te zitten. Als ze dat zei, zag ik onze pannen voor me, die waar we groentesoep in maakten, de gestolde vetrand met stukjes wortel. Ik zag voor me dat een van die pannendeksels op haar dunne haar lag. Ik haatte het als ze daar lag te praten over dat vader in zijn eigen wereld leefde, maar dat zij en ik elkaar moesten steunen en dat niemand ons pijn kon doen zolang we in ons eigen huis waren.

'Wij hebben onze eigen schuilkelder, wij beiden, Henry,' zei ze, en als ze 'wij beiden, Henry' zei, duurde het niet lang of ik moest schoppen. Dat soort dingen moest ze niet zeggen, ze moest vragen of ik runderrollade of salami wilde en of we chocolademelk zouden gaan maken. Ik werd zo boos dat ik haar wilde slaan. Of ik wilde dat ze zou opstaan en vader in het gezicht zou slaan als dat nodig was. Ik wilde dat ze hem hard zou slaan en hem een van die mannen liet worden die zich niet met oude munten en kruidenbrouwsels bezighielden, maar die aan het Østensjøvannet hun auto stonden te wassen en met andere mannen praatten met de draagbare radio aan. En als er autoraces of voetbalwedstrijden waren met luid schreeuwende commentatoren moest hij daarvan in de ban zijn en niet van iets anders eigenaardigs waar niemand belangstelling voor had.

Ik kon lang tussen het riet naar de mannen kijken die hun auto wasten. Sommigen hadden hun vrouw bij zich, die hielpen met wassen, zaten op een campingstoel over het water uit te kijken of haalden eten tevoorschijn uit een aparte box met uittrekbare laden en die op een gereedschapskist leek. Ik ging dichterbij staan en deed alsof ik me bezighield met de vogels, maar ik wilde zien wat er op hun brood zat.

Op een keer zag ik een gezin met een zoon die iets ouder was dan ik. Zijn vader droeg een geruit overhemd waarvan de mouwen over bruine armen waren opgerold, hij rookte pijp met een tabak die naar karamel rook. Zijn moeder droeg een ribfluwelen broek met brede strepen en omgeslagen pijpen, vooral dat laatste weet ik nog goed. Om haar taille zat een riem, ze droeg een witte bloes en ging eigenlijk gekleed in mannenkleren, maar voor de rest zag ze er erg als een vrouw uit. Hun zoon had een vishengel bij zich, hij wierp hem uit en ik was zo dichtbij dat ik kon horen waarover hij praatte. Hij zou de grootste snoek van Noorwegen aan de haak slaan, dan zou er een foto van hem worden gemaakt en zou hij in de krant komen. Ik begreep dat hij van elders uit de stad moest komen, omdat iedereen die in de buurt woonde wist dat de dikke snoeken tussen het riet in het Chinese deel van het meer lagen te loeren. Zijn moeder wist dat niet, ze zei dat hij best wel eens een reuzensnoek zou kunnen vangen. Ze vroeg hem een keer of zij mocht werpen en toen gooide ze de hengel in zo'n mooie boog dat ik het snoer kon horen suizen, en haar man, die in het ondiepe water met naar beneden gerolde rubberlaarzen een emmer stond te vullen, zei dat ze ook op dat terrein de meesten kon verslaan. Ze lachte en gaf de hengel terug, toen pakte ze een thermosfles koffie en een plastic tas met bolletjes die geen platgedrukte gekochte bolletjes waren, maar kleine ronde met rozijnen. Ik stond zo dichtbij dat ik kon zien dat ze bestreken waren, zodat ze aan de bovenkant geel en glimmend waren en daardoor werden ze extra aanlokkelijk. De zoon ving geen snoek, maar hij kreeg het ene bolletje na het andere, en onder het eten frunnikte zijn moeder aan zijn nekhaar en ze glimlachte een keer naar de vader die met de pijp in de mond azijn in het spoelwater voor de auto stond te gieten en hij glimlachte terug, daarna knipoogde hij naar haar. Hij knipoogde naar zijn vrouw en ze keek niet weg, ze werd niet boos en zei niet dat hij stom, brutaal of smerig was. Hij knipoogde en zij glimlachte en keek hem een seconde lang in de ogen en ik was niet dom, ik begreep wat dat betekende.

Ik stond vlakbij, maar onzichtbaar voor hen, en ik rook de geur van koud azijnwater, koffie en tabak met karamel. Ik hoorde de eenden snateren en de meeuwen krijsen, en de meerkoeten kwamen met hun scherpe geluiden. Het was geen zomer meer, maar ook nog geen herfst, het waren de dagen waarop de waterjuffers in het rond zwermden als een armada, klaar voor de aanval. Er kwam een akelig trilgeluid van de vleugels als ze vlak langs mijn oor schampten. Ik voelde hoe het zou zijn geweest om met een hengel te staan, rozijnenbolletjes te eten en door het haar te worden gestreken, terwijl ik wist dat moeder achter mijn rug naar vader knipoogde.

Bij ons thuis was dat niet zo, moeder en vader knipoogden nooit naar elkaar.

Een van de waterjuffers kwam zo dichtbij dat ik schrok, zonder nadenken haalde ik mijn vingers hard over een van de hoogste rietstengels en het was alsof ik me aan papier sneed. De stengels waren messcherp en haalden elke vinger aan mijn rechterhand open. Ik wist dat het pijn zou doen, maar niet dat het zo veel pijn zou geven. Het bloedde niet zo erg als wanneer je je op andere plekken snijdt, het bloed was lichtrood, zoals wanneer je het met vleessap mengt, maar het schrijnde zo dat ik nergens anders aan kon denken, het schrijnde zo dat ik mijn hand zo hard mogelijk moest dichtknijpen.

Nu doe ik hem open.

Nu steek ik het zilveren dingetje naar voren dat in mijn zak zat.

ELISABETH

Híj heeft het sterrenkompas van Andreas weggepakt. Hij is hier eerder geweest, dan moeten de afdrukken van modderige gymschoenen op de bovenverdieping van hem zijn. Hij heeft onze sleutels nagemaakt, hij heeft de laden doorwoeld, hij heeft gestolen en nu laat hij zien wat hij heeft gestolen voordat hij het in de zak van zijn anorak terugstopt.

Ik begrijp niet wat er gebeurt, maar wat ik wel begrijp is dat ik sneller moet denken dan ik voel.

Ik kan geen woord uitbrengen, er vliegen alleen herinneringen door mijn hoofd. De dag dat Andreas het kompas kocht, waren we in Pera Palace geweest, we hadden theegedronken en gebak gegeten, we liepen door de gangen op de eerste verdieping en we keken naar de deuren waar al die oude beroemdheden een eigen naambordje hadden, Agatha Christie, Greta Garbo en Charlie Chaplin. Regine was nog maar net veertien en verveelde zich in die ouderwetse omgeving, we gingen naar de bazaars zodat ze sieraden voor zichzelf en haar vriendinnen kon kopen. We liepen van het ene stalletje naar het andere, ten slotte waren we dizzy van de tierelantijnen, de muziek en de kruidengeuren, er waren zo veel geuren, zo veel geluiden en zo veel visuele indrukken dat het claustrofobisch begon te worden, we liepen door de labyrintische gangen op zoek naar de uitgang. In plaats daarvan kwamen we in een stalletje terecht dat veel exclusiever was dan de andere en waar de verkopers niet probeerden je iets aan te smeren, geen van die gebruikelijke trucjes met theedrinken en vragen over ons vaderland. Er waren planken met rood fluweel en op het rode fluweel lagen oude zilveren spullen, sieraden, messen en andere voorwerpen. Andreas raakte zo gefascineerd door het sterrenkompas dat hij het wilde hebben, wat het ook kostte, hij wilde de enige in Noorwegen zijn die juist dat type kompas had.

Pas toen de deal was gesloten, bood de verkoper thee aan en begon te praten over onze stervoetballer, Ole Gunnar Solskjær, hij was een van de vele mensen op de wereld die alle doelpunten van Solskjær kende.

Ook door dat gesprek heeft het kompas speciale waarde voor Andreas, hij zal tegen het plafond vliegen als hij hoort dat het is gestolen door het simpele feit dat ik de sleutels buiten heb laten liggen. De reactie van Andreas kan me geen barst schelen, dit gaat niet om hem, het gaat erom dat ik me niet veel langer zal kunnen beheersen.

'Als je op zoek bent naar waardevolle spullen, dat ding daar heeft geen enkele waarde. Het is maar een oud sterrenkompas. Je kunt het niet verkopen.'

'Ik ga het niet verkopen.'

'Je moet wel beseffen dat ik hier aangifte van ga doen.'

'Praat niet zo hard, je maakt Regine wakker.'

'Kun je me alsjeblieft vertellen wat je hier te zoeken hebt?'

'Ik wil naar Regine.'

'Regine is hier niet.'

'Ze ligt op haar kamer.'

'Daar weet jij niets van.'

'De rode parfum staat op haar kast.'

Ik kan niet geloven wat ik hoor. Ik kan hem hier geen seconde langer verdragen. Ik kan hier niet aan meedoen. Ik moet naar buiten, maar het laatste wat ik moet doen is het huis verlaten. Hij mag niet naar boven. Wat er ook gebeurt, ik moet zorgen dat hij hierbeneden blijft en Regine boven, hij mag de trap niet op, dan heb ik geen controle, dan weet ik niet wat hij kan gaan doen.

'Waarom heet ze Regine?'

'Waarom vraag je je dat af?'

'Omdat het ouderwets is.'

'Ze is vernoemd naar haar oma. Ga nu alsjeblieft. Ik zal niemand vertellen dat je hier bent geweest. Geef me alleen wat je hebt gestolen en vertrek.'

'Beleefde meisjes en brutale meisjes.'

'Waar heb je het over?'

'Brutale meisjes komen zo ver als ze willen. Dat staat onder de foto op je kamer.'

'Wanneer ben je daar geweest?'

'Je houdt van wijn. Als dat niet zo was, had je geen foto van jezelf met een wijnglas.'

Het gevoel vuil te zijn komt onmiddellijk opzetten, het is alsof ik iets vettigs en ranzigs heb aangeraakt. Niemand mag op die manier bij me binnenvallen, niemand mag mijn huis binnendringen en niemand mag mijn dochter bedreigen. Hij kan er zo zwaar en gezet uitzien als hij wil, hij moet weg. Ik doe een stap naar voren, wil hem wegduwen en bij de vaste telefoon komen, maar hij houdt me tegen. Hij slaat niet, hij duwt me terug. Hij duwt zo hard dat ik half over de leunstoel val en met mijn elleboog tegen de leuning stoot. Ik krijg een schok door mijn telefoonbotje en dat doet zo'n pijn dat ik woedend word. Ik moet mijn woede niet laten zien, dan raken mijn hersens aan de kook en dat is het laatste waar ik nu behoefte aan heb.

Nog even en ik barst in tranen uit.

Dat moet ik ook niet doen; ik herinner me dingen die ik heb gelezen, reportages over mannen die huizen zijn binnengedrongen en degene die thuis was hebben overrompeld, pas wanneer de huiseigenaar begint te schreeuwen of andere gevoelens uit, verliezen ze de grip en grijpen naar geweld. Het gaat niet om huiseigenaren, het gaat om jonge meisjes of volwassen vrouwen die alleen thuis en zich van geen kwaad bewust zijn, maar opeens glas horen rinkelen. Deze kerel heeft iets veel ergers gedaan dan een kelderraam inslaan, hij heeft zich onze sleutels toegeëigend. Hij is het huis binnengedrongen hoewel hij moet hebben vermoed dat ik hier kon zijn. Ik begrijp niet hoe hij heeft gedacht, maar daar moet ik achter zien te komen, ik moet een weg naar zijn gedachten zien te vinden.

'Wil je een glas water?'

'Wat moet ik daarmee?'

'Dat zei je toen je hier kwam. Ik dacht dat je misschien dorst had.'

Hij antwoordt niet. Hij staart me alleen aan. Hij heeft een onregelmatig geknipte pony en muisgrijs haar dat dicht tegen zijn schedel aan ligt. Pas nu zie ik dat er een piepklein stukje papier op zijn ene wang zit, net zoals Dag dat vaak heeft. Hij heeft zich in de badkamer staan scheren, toen heeft hij zich gesneden en daarna heeft hij een klein stukje papier gepakt en tegen zijn wang gedrukt om het bloeden te stelpen. Dat is een gebruikelijk iets voor mannen die zich met een scheermes scheren. Vader deed dat ook en moeder zorgde er altijd voor dat hij het papiertje verwijderde voordat hij wegging. Het gaat om ijdelheid, of om jezelf goed verzorgen. Een man die een minipleister van papier maakt kan toch niet zo gevaarlijk zijn? Hij heeft zichzelf in de spiegel gezien en bedacht dat hij niet met bloed op zijn wang naar buiten wil, en toen is hij het helemaal vergeten omdat zijn gedachten door iets heel anders in beslag werden genomen.

Door ons huis.

Door Regine in ons huis.

Door Regine en hem samen in ons huis.

Mijn elleboog doet pijn, mijn keel knijpt dicht. Wat denkt hij voor elkaar te krijgen? Hij heeft al een heleboel voor elkaar gekregen, hij heeft onze sleutels gestolen en is hierbinnen geweest zonder dat de buren hem hebben gezien, zonder dat zij hebben gereageerd. Wat heb je aan zulke achteloze buren? Ik had hier nooit naartoe moeten verhuizen, ik had nooit een huis in een wijk als deze moeten kiezen, hier is iedereen met zichzelf en zijn tuin bezig. Niet alleen hier, dat geldt voor iedereen die ik ken. De man met wie ik getrouwd ben geweest komt hier alleen om oude spullen op te halen. Mijn vriend heeft amper tijd om me te zien omdat hij bezig is de waarden uit zijn verleden veilig te stellen. Mijn vriendinnen zijn altijd aan het werk en bellen hooguit om de veertien dagen. Mijn collega's zijn altijd aan het lezen en verdiepen zich in manuscripten alsof boekfiguren werkelijk bestaan. Niemand heeft een flauw vermoeden dat ik hier sta met een vreemde man die naar whisky ruikt, die schrammen op zijn handen heeft en die heeft gecontroleerd of mijn dochter een rood parfumflesje op haar kamer heeft.

Ik kan dit niet verdragen.

Iemand moet me helpen.

Ik laat mijn blik over de boekenplanken glijden, alsof de boeken hulp kunnen bieden. John Cheever en Raymond Carver staan naast elkaar, Carver is mijn geldautomaat. In plaats van geld in mijn laden te hebben, leg ik het altijd in Carvers *Short Cuts*. Daar begon ik mee omdat Carver zei dat zijn reden om novelles te schrijven van financiële aard was, dat hij zo krap bij kas zat en zo veel gezeur van kinderen om zich heen had dat hij in de auto moest zitten schrijven; dan had hij zo weinig plaats en voelde hij zich zo beroerd dat hij snel en kort moest schrijven. Carver die schreef en dronk en stierf toen hij ophield met drinken. Telkens als ik geld tussen Carvers kaften stop, is dat met het gevoel van een post mortem gebaar naar een van mijn lievelingsauteurs. Er ligt daar nu veel geld, dat heb ik van moeder geleerd, de drang om stapels contanten weg te stoppen in plaats van alles op de bank te zetten. De paar mensen die dit weten hebben me altijd gewaarschuwd, er kan brand komen of worden ingebroken, dan is alles weg, en toch geeft het me zekerheid dat ik ergens contanten heb liggen. Misschien moet moeder me nu maar helpen, misschien dat een van die irrationele adviezen van haar me hier uit kan halen.

Ik heb overuren gedraaid voor dat geld, dat heb ik voor Regine bestemd. Ik ga er haar kapper en kleren mee betalen, die Fornarina-broek die ze graag wil kost veertienhonderd kronen.

Als er iets met haar gebeurt, heeft ze geen nieuwe broek nodig.

Alleen al die gedachte is voldoende om een golf van misselijkheid te voelen opkomen. De man die tegenover me staat ziet er ongevaarlijk uit, dat is vaak zo bij mensen met een rond gezicht, alsof de kinderlijke trekken weigeren hen te verlaten, maar dat kan op zich een teken van gevaar zijn.

'Mag ik je iets laten zien?'

'Wat dan?'

'Alleen een van de boeken achter je.'

'Waarom zouden die boeken van jou me interesseren?'

'Er zit iets in een van die boeken.'

'En wat moet ik daarmee?'

'Dat wil ik je juist laten zien.'

Hij doet een stap opzij en ik ruik een zwakke zweetlucht, gecombineerd met iets wat hij moet hebben gegeten. Iets met ui erin? Ik probeer mijn zintuigen uit te schakelen en sluip langs hem heen. Ik probeer te verbergen dat mijn handen beven en dat ik de situatie waarin ik zit, haat. Zijn blik zit in mijn nek en ik merk hoe hij me volgt, hij is zeker bang dat er iets ligt wat hem kan beschadigen. Hij is ook bang. Dat moet wel. Hij moet wel wensen dat hij hier weg was, ver weg, terug naar waar hij was voordat hij zoiets idioots verzon als ergens binnendringen waar hij niets te maken heeft.

Ik sla *Short Cuts* open en laat hem de bankbiljetten zien. Vijfduizend kronen. Het is geen vermogen, maar genoeg om te verliezen en veel om te krijgen.

'Neem ze maar, dan kun je gaan.'

Hij opent zijn mond en wil iets zeggen. Ik heb boven ook nog twee briefjes van duizend liggen, in de la tussen mijn nachthemden, maar ik kan hem niet naar boven laten gaan. Ik ben zo bang dat hij meer zal eisen, dat ik de bankbiljetten voor me uit hou en zo indringend mogelijk zeg dat ik hier geen werk meer van zal maken als hij het geld maar aanneemt en vertrekt.

Eerst wordt zijn gezicht donkerrood, dan worden zijn ogen zwart, en daarna schreeuwt hij: 'Wie denk je verdomme wel dat je bent?'

HENRY

Er zouden garnalenkoppen onder haar kleren moeten zitten, garnalenkoppen met scherpe randen en stekelige voelhoorns die onder de strakke kleren uit zichzelf bewegen, net als haverpluimen. Die gaan naar het hart, ik weet hoe dat voelt. Ik zou haar aan haar arm naar de benedenverdieping moeten slepen, daar zijn vast genoeg hokken waarin ik haar kan opsluiten.

Haar buitenspel kan zetten.

Dat zou ik moeten doen.

Die hooghartige tante buitenspel zetten.

Zij is zo iemand die denkt dat geld alles kan oplossen, ze denkt dat ze bankbiljetten tevoorschijn kan bladeren om me weg te krijgen. Ze denkt dat ze me een smerige stapel biljetten kan geven zodat ze me niet meer hoeft te zien. Ze is als een van die smeerlappen die in een mooie auto door achterstraten rijden en kleine meisjes betalen om zich te laten pijpen. Ik heb zoiets nooit gedaan, nooit, dat zou niet in me opkomen. Ik heb de uitgeputte achterstraatjunkies gezien, het zusje van Roald van De Oase was een van hen, ze heette Vesla en is maar achtentwintig geworden. Met zijn moeder, broer en buren waren we met ons twaalven bij de begrafenis, maar als haar klanten waren gekomen, zou de kapel zijn ontploft. Ik ben in die straten geweest en heb de zwarte hoeren uit Nigeria ook gezien. Ze komen heel dicht bij je en vragen '*Wanna fuck, mister?*'. Net als in de film.

'Wanna fuck, mister?'

Ik voel het in mijn lijf, het blijft nog een hele tijd als een echo hangen, maar waar en hoe zou dat moeten?

Hoe zou het moeten beginnen?

Staand?

Onder een viaduct tussen spuiten, afval en schroot?

Tussen de containers op de kade of op een van die afwerkplekken waar de kranten over schrijven, met kakkerlakken en schimmel op de wanden?

Ik wil het niet zo.

Ik wil het schoon, mooi en fijn hebben. Ik wil dat het stil is en dat het glimt. Ik wil het beddengoed met harten hebben dat Regine over zich heen heeft. Regine die zich zojuist tegen een jongen heeft aangedrukt die niet zo donker is als de hoeren uit Nigeria, maar wel zo donker dat je hem daarom een neger zou noemen. Je mag geen 'neger' meer zeggen, in de kranten staat dat alleen conservatieven nog 'neger' zeggen. 'Woestijnneger' is vast dubbel zo erg als alleen 'neger'. Elisabeth Sørensen zegt ongetwijfeld geen verkeerde woorden. Ik herinner me hoe de Kop zich uitdrukte toen hij de krantenfoto van de minister-president zag die in de optocht op onze nationale feestdag trots voor de Pakistanen ging staan.

'Voor sommige mensen gaat er niets boven een zwarte kerel in het knoopsgat,' zei de Kop.

Elisabeth Sørensen heeft vast graag een buitenlander in haar knoopsgat. Als dat niet zo was, zat haar kamer niet vol maskers met veren en links en rechts Boeddhabeelden. Eigenlijk ziet het er hier niet uit, er slingeren halters op de grond en de cd's liggen zonder hoesje zodat er vlekken en krassen op komen. Er ligt een hoesje midden op het vloerkleed, het is rood en zwart met de afbeelding van een plateauschoen en een laars die op mijn wandellaarzen lijkt.

Als Regine die donkere jongen niet had gekust, had ik niet door het bos hoeven hollen, was ik niet uitgegleden in de modder en had ik me niet aan de struiken opengehaald. De wonden schrijnen niet, ze tintelen en steken op een prettig aanvoelend pijnlijke manier. Terwijl ik door het bos holde, was Elisabeth Sørensen misschien muziek aan het luisteren. Als ik in het donker wandel, kijk ik altijd huizen in waar mensen vergeten dat ze van buitenaf te zien zijn, dan zie ik vaak vrouwen met zichzelf dansen. Nooit mannen, alleen vrouwen. Ze draaien en kronkelen en strekken hun armen boven hun hoofd, terwijl ze dingen doen met hun mond en hun haar achterover gooien, alsof ze op tv zijn of een video-opname maken.

'Zeg dan wat je wilt!'

Ze is niet knap als ze haar lippen zo verstrakt, de pezen van haar hals steken naar buiten en ze lijkt mee te doen aan een grimasshow. Als ze zich op zo'n manier lelijk maakt, wil ik haar gezicht niet zien, dan moet ik verder naar beneden kijken. Daar is het mooi. Daar zijn mooie rondingen. Mijn beide handen daar leggen zou niet verkeerd zijn. De reden dat ik vroeg om de foto's te mogen zien die ze in de la onder de cd-speler heeft liggen, was dat ze zou begrijpen dat ik wist waar haar spullen lagen, maar ook omdat ik foto's van haar van een paar jaar geleden wilde zien. Ik ben niet in de ban van haar, dat ben ik van Regine, maar die ellendige moeder mengt zich in de beelden in mijn hoofd. Op een keer holde ik van school naar huis en omdat ik dacht dat moeder sliep, stak ik de sleutel zo voorzichtig in het slot dat ik zonder geluid binnenkwam. De jas van vader lag over de stoel in de gang en zijn schoenen stonden keurig naast elkaar. Ik sloop langs de gangspiegel en de ingelijste foto van de grote muntententoonstelling in Stockholm in 1965, waarbij vader aanwezig was omdat hij een muntstuk van vijf øre had waarop het profiel van koning Olav verkeerd was afgedrukt, zodat het leek alsof de koning een knobbel op zijn voorhoofd had, en vader dacht dat hij daar rijk van zou worden. Hoe dom kun je zijn?

De slaapkamerdeur stond op een kier. Ik kon niets zien, maar ik hoorde moeders stem, die piepte en zei 'nee, nee, dit wil ik niet, smerig varken'. In de la lag het pakje met de zilveren strik waarvan ik dacht dat het voor mij was, maar dat voor de slipjes-koningin was, zij die alles kapot had gemaakt. Op het aanrecht stond een glas met aspirine, samen met een half geschilde aard-appel met gaten van uitlopers waar er was geschild.

Ik sloop naar buiten, ging naar de fietsenkelder en draaide de ventielen uit de mooiste fietsen, daarna liep ik drie rondjes om het blok en rekende uit dat dat 3215 stappen waren. Ver-volgens was ik urenlang aan het Østensjøvannet, waar destijds geen wandelpaden maar alleen overwoekerde paden waren. Op sommige plaatsen was de begroeiing zo dicht dat ik door al dat groen niets kon zien, het was alsof ik diep in de bush was ach-tergelaten.

'Ik wil een foto van je uit de zomer zien.'

'Wat?'

'Ik wil een foto van je van de zomervakantie zien.'

'Waarom?'

'Omdat ik je in bikini wil zien.'

ELISABETH

Regine hoest, ik hou mijn adem in. Ze klaagt al dagenlang over gekriebel in haar keel, als ze ziek wordt, begint het altijd met haar keel, dat is haar zwakke punt. Gisteravond moest ze opstaan, thee met honing drinken en zuigtabletten meenemen naar bed voordat ze weer kon slapen.

Hij hoort haar ook, er gaat een schok door hem heen en kijkt in de richting van de bovenverdieping. Als hij nu naar de trap loopt, moet ik het zwaarste ding pakken dat ik heb om naar hem te gooien. Het zwaarste dat ik heb ziet er licht uit. Dat is een vierkant imitatieboek met een omslag vol kalligrafische letters in bladgoud; dat heb ik gekocht op een boekenbeurs en ik heb me er op weg naar huis een breuk aan getild. Het is van marmer en kan niet open, iemand die het in zijn nek krijgt moet wel stoppen. Het is ziek om dit soort gedachten te moeten hebben; toen ik het boek kocht, was ik omringd door esthetiek. Architectuur, literatuur, sculpturen, beeldhouwkunst, gesprekken, discussies, zelfs de gedekte tafels en de maaltijden, alles ging om esthetische lijnen, die worden geschapen door samenhang en schoonheid. Dit is zo lelijk als maar mogelijk is, een vreemde kerel die mijn sleutels en mobieltje heeft gepakt en die me omver heeft geduwd zodat mijn elleboog pijn doet. Een vreemde kerel die vraagt om een foto van mij in bikini te mogen zien, dat is gewoon zo walgelijk, staat zo ver van alles wat met mijn leven te maken heeft.

Ik heb hier nooit om gevraagd, me er nooit op voorbereid, nooit gedacht dat het kon gebeuren.

Regine hoest daarboven nog een keer. Ze moet niet hoesten, ze moet stil zijn, zodat hij haar vergeet. Natuurlijk vergeet hij haar niet als zij de reden is dat hij zover is gegaan dat hij onze sleutels heeft nagemaakt. Dat hij dat heeft gedaan, bezorgt me zo'n angst als ik nog nooit ook maar bij benadering heb meegemaakt. Wat er ook met mij gebeurt, ik moet beletten dat hij naar haar gaat. We hebben boven geen sleutels, ik heb ze uit de deuren gehaald en in de een of andere la gelegd. Ik zag het nut niet van sleutels voor de slaapkamers, aangezien Regine en ik geen geheimen voor elkaar hebben. Ik ben een goedgelovige idioot geweest. Hoe stom ik ook ben geweest, ik moet nu op mijn dochter passen. Ik wil naar haar toe, ik wil mijn armen om haar heen slaan en haar laten zien dat alles goed komt.

Hij luistert naar de bovenverdieping en zijn ogen staan bijna vol verbazing.

'Is ze ziek?'

'Ja, ze heeft hoge koorts. Ze heeft besmettelijke streptokokken en ligt al een aantal dagen in bed.'

Hij opent zijn mond en doet hem weer dicht, er komt geen woord, maar hij doet een stap naar voren en lijkt zich zo op te winden dat ik zeker weet dat hij me gaat slaan. Ik deins naar achteren, weg van de bank, de hoek met de boeddha in. Hij rukt het Carver-boek naar zich toe zodat de briefjes van duizend op de vloer vallen. Hij vouwt de pagina's open, scheurt het boek in tweeën en laat het met de coverfoto naar boven vallen. Ik heb die omslag altijd zo mooi gevonden, nu zie ik hoe lelijk die is.

Het kleine huis zonder buren op een donkere herfstavond nadat de bladeren van de bomen zijn gevallen.

Het geïsoleerd liggende huis met daarin mensen om wie je je niet hoeft te bekommeren voordat in alle kranten staat wat er is gebeurd.

Als hij zich naar voren buigt, weet ik zeker dat hij gaat slaan, maar hij smakt alleen maar met zijn lippen, hij blijft maar smakken, in zijn ene mondhoek zit schuim en zijn neusvleugels hebben blauwe aderen, dat is onsmakelijk. Hij schreeuwt niet, hij steekt zijn hoofd naar voren en lijkt op een schildpad, hij praat zo zacht en mijn hartslag is zo luid dat het nauwelijks tot me doordringt wat hij zegt. Iets over dat ik een verdomde bloedzuiger ben en dat ik mijn briefjes van duizend kan stoppen in waar het volgens mij allemaal om gaat en hij vraagt of Regine vanmiddag vanwege die hoge koorts en besmettelijke streptokokken aan het dansen was, dat ze in een veel te dun topje naar het dansen HOLDE en naar huis werd gebracht door een dikke, zwarte kerel in capuchontrui die vast veel ouder is dan zij en die nog maar een paar uur geleden zich tegen haar aan stond te wrijven en zijn tong bij haar naar binnen werkte.

Ik heb nog nooit iemand zo'n walgelijke uitdrukking over kussen horen gebruiken, maar hij moet niet zien dat ik ril van afschuw. Ik nam het risico dat hij niet wist wie Regine was, of dat hij haar lang geleden had gezien. Ik had dat risico nooit moeten nemen. Ik had niet moeten liegen. Hij ziet dat het er nu niet best met me voor staat, dat ik de controle kwijt ben en dat ik geen flauw idee heb wat hij zal gaan doen. Hij zegt iets over een vos op een schoolplein en dat hij, als hij dat had gewild, die vos had kunnen aanraken, maar dat deed hij niet en dat was verkeerd omdat de vos dat leuk zou hebben gevonden. Hij moet veel verwarder zijn dan ik in eerste instantie dacht, hij praat zo zacht dat ik het bijna niet kan horen, hij zegt iets over degenen die hun lunchpakket in de afvalbakken op het schoolplein gooiden en over kinderen die eten uit de schoolkeuken jatten en het leuk vonden om vis in andermans gezicht te smeren. Dan begint hij zijn anorak uit te trekken. De rits zit vast, hij rukt en trekt zodat het haakje met een scheurgeluid meegeeft en hij wurmt zich uit het ding zoals boze jongens zich uit hun kleren wurmen. Het is erg genoeg dat hij daar op kousenvoeten staat, ik wil niet dat hij ook maar íéts uittrekt, maar hij wurmt zich uit de anorak en laat die met een klap van het kompas dat hij heeft gestolen op de vloer vallen. De aan stukken gescheurde Carver-omslag ligt daar, de briefjes van duizend liggen daar, zijn blauwe anorak ligt daar, even verderop ligt een van de haarspelden die Regine luizen noemt. Hij valt bijna in het niet bij de strepen tussen de vloerplanken, maar dat is het ding waarop ik me moet focussen.

Regines haarspeld die een deel van haar lange haar op zijn plaats moet houden.

Het lange haar dat ze graag door mij laat verzorgen en dat ik zo graag tussen mijn handen heb.

Ik kan maar amper een woord uitbrengen: 'Heb jij wel eens meegemaakt dat iemand bij jou is binnengedrongen?'

Hij antwoordt niet, maar de samengeperste lippen zeggen me dat hij dat nog nooit heeft meegemaakt.

'Denk je niet dat je gelogen zou hebben om op jouw spullen te passen?'

'Jij past niet op!'

'Ik pas zo goed mogelijk op.'

Hij schreeuwt niet, hij praat nog net zo zacht, alleen wat meer verbeten. Hij zegt dat hij alle zijden kussens op mijn bed en al die verdomde kaarsen heeft gezien, hij zegt 'kaarsen' met een uitgerekte a. Hij zegt dat hij eerst foto's van mij in bikini wil zien en hij had wel iets ergers kunnen vragen, maar dat hij het woord 'eerst' gebruikt, maakt me zo bang, zo bang.

Ik heb veel foto's van mezelf in bikini, foto's van Regine en mij, foto's van gelukkige momenten op stranden op vele plaatsen in de wereld en ik weet niet wat ik het minst kan verdragen, dat hij foto's van mijn lichaam of van mijn gelukkige momenten wil zien.

'Kom met een foto. Geen badpak. Bikini,' eist hij.

Hij staat daar in die blauwe badstof sokken, in een grijze broek en een wit overhemd dat tot bovenaan is dichtgeknoopt. Hij is zo gekleed dat hij achter de balie van een kantoor zou kunnen zitten, hij heeft niet het recht om te vragen of hij strandfoto's van mij mag zien. Hij heeft niet het recht überhaupt ergens om te vragen, maar door zijn blik durf ik niet te protesteren. Als je nu geen foto pakt, ga ik naar boven, zegt die blik. Het kost een seconde om de vaste telefoon van de wand te grissen. Zoiets gebeurt alleen in een film. Of nee, toch niet, ik heb er net over gelezen in een reportage over een overval in een woonwijk niet ver hiervandaan. Daar deed een vrouw van mijn leeftijd niets-vermoedend open toen er werd aangebeld, in de interviews na afloop herhaalde ze dat 'nietsvermoedend' een aantal keren, alsof ze maar moeilijk kon geloven wat er was gebeurd. Ze werd omver geduwd, daarna gekneveld en vastgetapet, ze zei dat die tape strak over haar mond het ergste was dat zo ooit had mee-gemaakt en dat ze er zeker van was dat ze zou worden gewurgd. Het was al claustrofobisch om het te lezen, maar die overvallers waren op zoek naar geld en sieraden, naar niets anders dan geld en waardevolle voorwerpen.

Min belager wilde mijn geld niet, hij werd woedend toen hij het zag. Hij wil iets anders. Hij kan krijgen wat hij wil, als hij maar bij Regine vandaan blijft. Haar kamer ligt boven de keu-ken, we zijn nu aan de andere kant van het huis, als ze diep slaapt, hoort ze niets hiervandaan. Ik open de la en voel zijn blik in mijn rug, ik wil die blik niet op me hebben. Hij is op mijn slaapkamer geweest, Joost mag weten wat hij daar heeft gedaan. Het is een walgelijk besef. Hij heeft mijn bed gezien, hij heeft gezien wat aan mij en de man die ik wil hebben is voorbehouden. Dag. Waarom is hij hier nu niet? Omdat hij op zijn eigen kind moet passen. Zo is het, wij volwassenen passen op onze kinderen zolang we kunnen, maar niemand past op ons. We kunnen bidden wat we willen, maar het is niet zoals we op de zondagsschool hebben geleerd. Er is niemand. Er is niemand die het verhindert, niemand die ingrijpt, niemand die iets verandert, geen goddelijke engel die zijn hand boven ons houdt en het beste met ons voorheeft.

Ik buig me over de la met alle foto's en het voelt alsof iets van binnenuit een gat knaagt. De la ligt vol nieuwe en oude enveloppen vol foto's. Het lijkt er een chaos, maar net als met boeken heb ik volledig overzicht over de volgorde en weet ik wat er in welke enveloppen zit. Ik weet dat de meest recente strandfoto's, die van de kust van Amalfi, in de envelop zitten waar een gele zon op staat. Ik kan een van de andere enveloppen pakken, die met winterfoto's waarop ik volkomen gekleed sta, ik kan beginnen te bladeren en doen alsof ik niet weet wat waar ligt, maar ik durf hem niet nog meer te provoceren. Ik merk de zwakke zweem van zweet en uiengeur samen met de alcoholkegel van zijn adem. Ik heb geen idee hoeveel hij heeft gedronken en durf niets anders dan hem de envelop te overhandigen.

'Jij moet de foto's pakken.'

Hij geeft me de envelop terug. Ik weet waar hij op uit is, wat voor kerel hij is, wat hij eigenlijk wil. Is dit een soort ziek voorspel? Ik beef, maar wil niet beven, ik blader langs de restaurantfoto's uit Sorrento en herinner me de charmante manier waarop de ober Engels sprak. *I am* klonk als *I ham*, ik ham. Ik pak de foto waarop ik op de pier in Amalfi sta en glimlach net zo gespannen als ik altijd doe wanneer ik in badkleding word gefotografeerd.

'Hier is er een in bikini.'

Hij pakt hem aan, maar kijkt er pas naar als hij een paar stappen van me vandaan heeft gezet. Hij staat een hele tijd te turen alsof hij bijziend is, of alsof hij iets wil zien wat hij niet meekrijgt.

Ik zoek verder en word alleen maar banger. Misschien wil hij me aan een test onderwerpen, misschien wil hij alleen kijken hoe lang ik kan voorkomen dat hij de foto's van Regine te pakken krijgt. Er zijn er veel van haar, daar is ze bij een oude Romeinse fontein, daar staat ze een ezel te aaien, daar staat ze voor een menubord met pizza's. In haar witte jurk, in de veel te korte rok, in de strakke shorts. Dat is de verkeerde mode, dat is al lang zo, die is te vrijmoedig voor pubers, te onthullend, te bloot, te prikkelend en opruiend voor mensen met gekke dingen in hun hoofd.

Hij kijkt nog steeds naar de foto van mij en ik heb zin iets naar zijn hoofd te gooien, hem te schoppen, tegen hem te schreeuwen dat hij weg moet gaan, naar buiten, naar huis, naar waar hij thuishoort, waar dat ook moge zijn, dat is alleen niet hier.

'Meer met die ene bikini,' zegt hij.

Het is die zwarte die ik in het vliegtuig had gekocht en die een beetje te klein was, zodat het lijkt alsof ik net iets te dik ben. Om die reden, maar niet alleen daarom, had ik zin die serie foto's te verscheuren. Ik herinner me diezelfde avond, toen ik onder het beddengoed ging liggen dat zanderig aanvoelde van het zeeppoeder, en de kamer was precies zo onpersoonlijk en koud als charterkamers kunnen zijn, het rook licht naar rioolwater vanuit de badkamer en er stroomde water uit de koelkast, zodat we daar kranten voor moesten leggen. Het was ver na middernacht, ik lag alleen en begreep waarom Andreas niet binnenkwam, maar op het terras zat te drinken met een Engels stel om wie we eerder die dag hadden gelachen omdat ze gekleed waren alsof ze samen met Livingstone op weg waren naar de tropen. De enige reden dat mijn man daar buiten in het donker zat te praten met twee gekken in plaats van naar bed te gaan, was dat hij voelde wat ik voelde, dat we een echtpaar waren dat geen zin meer had tegen elkaar aan te liggen en dat was naar om te weten, omdat we ooit zo verliefd op elkaar waren.

'Ik vind die foto's van mij niet mooi.'

'Waarom niet?'

'Omdat het niet goed met me ging toen ze werden genomen.'

'Waarom ging het niet goed met je?'

'Omdat… Omdat ik niet lekker in mijn vel zat.'

'Lekker in mijn vel,' zegt hij me na en hij lacht een beetje. Hij krijgt weer die kinderlijke uitdrukking, zijn haar is zo dun dat het tegen zijn schedel geplakt ligt, het is onregelmatig geknipt. Hij heeft mollige maar brede handen. Ik kan het niet aanzien hoe opengehaald ze zijn, dat maakt me nog angstiger.

'Pak ook een foto van Regine.'

'Je hebt haar gezien. Je weet toch hoe ze eruitziet.'

'Ik wil een foto.'

Ik wil niet, het voelt alsof ik ben wat hij beweert, onverant-woordelijk, ongeschikt om op te passen. Het zal ook voelen als-of ik mijn eigen kind verraad. Foto's zijn niet slechts foto's, dat is de reden dat mensen in andere culturen soms woedend of bang worden als je het fototoestel tevoorschijn haalt, omdat fo-to's meer laten zien dan het lichaam, meer dan het klaarblijke-lijke. Foto's kunnen de ziel tonen, het laatste wat ik wil is hem de ziel van mijn dochter laten zien, hem daar naar een foto van Regine laten kijken terwijl zij nietsvermoedend ligt te slapen, net nog gekust en lief met haar zachte wangen en met de over-tuiging waarmee ze met willekeurig wie de strijdt aanbindt om te bewerkstelligen dat de wereld voor iedereen rechtvaardig is. Ik kan hem geen foto's van haar geven, dat voelt als verraad, maar ik durf niet anders. Ik kies er een waar ze de meeste kle-ren aanheeft, waar ze in haar witte jurk een ezel staat te aaien die zijn kop laat hangen.

Hij kijkt ernaar, dan slaakt hij een kreet en zakt op de bank neer. Ik weet niet wat dat geluid te betekenen heeft, maar er ge-beurt iets met zijn gezicht. Hij praat nog net zo zacht, maar veel sneller, hij zegt iets over iemand die die naam verdiende. Ik be-grijp niet wat hij bedoelt, hij herhaalt alleen dat ze het verdien-de om juist die naam te krijgen.

'Is er iemand in jouw familie die Regine heet?'

'Ben je dom? Er is toch zeker niemand in mijn familie die Regine heet!'

'Heb je een zuster?'

'Nee, goddank.'

'Hoe heet je moeder?'

'Dat gaat je niets aan. Ze is dood.'

'Mijn moeder ook.'

Hij antwoordt niet, hij staart alleen naar de foto van Regine, terwijl hij afwezig aan de franje van het wollen kleed zit te draaien. Dan legt hij de foto's van haar en mij naast elkaar op de glazen tafel. Hij houdt zijn hoofd scheef en voert een vergelijking uit, een beoordeling, de een of andere overweging, en ik voel dat ik het niet aankan, ik kan het niet aan om aan die overweging van hem te zijn blootgesteld, maar waar die ook toe zal leiden, ik vind alles goed als hij maar bij mijn kind vandaan blijft. Ik moet iets zeggen waardoor hij dat inziet, dat ze maar een kind is met wie hij niets te maken heeft.

'Mijn moeder was zo lief. Dat is Regine ook. Dat is ze al van kinds af aan. Ze is nog steeds klein. Zo klein dat ze van haar vader 's avonds niet laat buiten mag zijn.'

Hij trekt zijn wenkbrauwen samen en zijn bovenlijf verstijft, maar hij verplaatst zijn blik niet. Ik heb het gevoel dat mijn woorden hem provoceren, maar ik kan niet stoppen, ik moet doorpraten, hoewel ik geen idee heb wat ik moet zeggen.

'Weet je wat de oma van Regine deed vlak voordat ze overleed? Ze gaf haar bontjas aan een verslaafde bedelaar en ging in alleen haar wollen vestje naar huis.'

'Dan was ze knap eigenaardig.'

'Niet eigenaardig. Alleen aardig.'

Ik voel op wat voor dun koord ik me nu beweeg, hij kan me corrigerend vinden en ik merk hoe boos hij is, maar ik merk ook iets anders. Of ik zie iets anders, ik zie het stukje papier op zijn wang waar hij zich met scheren heeft gesneden. Dat moet hij vergeten zijn, hij weet niet dat hij daar zit met een stukje papier op zijn wang en dat dat de angel een beetje uit hem haalt. Het is irrationeel, maar dat piepkleine stukje papier dempt mijn angst. Ik vraag hem of hij wil horen wat Regine een keer heeft gedaan. Hij antwoordt niet, hij zit alleen naar de foto's te staren, maar zijn schouders zakken. Ik wil tenminste denken dat ze dat doen. Ik weet niet wat ik moet zeggen, maar ik moet me iets herinneren of iets verzinnen, het maakt niet uit of het waar is of niet, als ik hem maar weg kan halen van wat ik vrees dat hij zit te overwegen.

'Op een keer in de vijfde was er een jongen in haar klas die geen geld had om mee op schoolreis te gaan. Hij wilde niet verklappen dat zijn ouders zo weinig geld hadden, dus hij stal het geld op school. Niet van andere leerlingen, maar uit een kast. Dat werd ontdekt en de school wist dat het iemand uit 5a moest zijn. Regine begreep dat het Roy moest zijn. Zij nam de schuld op zich en moest het geld terugbetalen dat ze nooit had gestolen en ze kreeg dat jaar een onvoldoende voor gedrag, maar ze beweerde dat het dat waard was.'

'Dus jouw dochter is een engel?'

'Dat kun je best zeggen.'

'Terwijl jij een cynisch wijf bent.'

'Waarom denk je dat?'

'Omdat je denkt dat je mensen kunt kopen.'

'En wat denk jij dan wel? Dat je gewoon bij mensen kunt binnendringen en...'

Ik moet mijn mond houden, ik moet niet op die manier tegen hem praten, ik zie hoe hij verstijft. Tegelijkertijd lijkt hij aan heel iets anders te denken, de foto's liggen nog voor hem, maar hij kijkt erdoorheen, geen twijfel mogelijk, hij ziet iets anders, hij lijkt met zijn gedachten in iets anders verzonken te raken en ik ben bang voor wat dat kan zijn.

'Dat ding dat je van ons hebt gestolen. Dat lag in de boekenkast, nietwaar?'

'Ja.'

'Zal ik je vertellen wat dat is?'

Hij haalt zijn schouders op.

'Het is een oud sterrenkompas. Het klopt niet dat het waar-
deloos is. Het kost duizenden kronen. Het is alleen maar mooi
dat je dat gepakt hebt.'

'Waarom?'

'Het is niet van mij.'

'Van wie is het dan?'

'Van Regines vader.'

'Heb je het van hem gestolen?'

'Nee, hij heeft het hier laten liggen. Nu denkt hij dat ik het
niet goed heb opgeborgen.'

'En dat vind je mooi?'

'Ergens wel, ja.'

'Godverdomme.'

Dat is alles wat hij zegt, maar ik zie hem slikken. Ik heb geen
idee waarom hij zo reageert, ik sta alleen zo stil ik kan en durf
niets meer te zeggen, durf er niet aan te denken wat hij kan besluiten te doen.

HENRY

Het was op 17 mei, onze nationale feestdag, we waren naar de kinderoptocht wezen kijken en zouden naar een konditorei gaan om gebak te eten. Op weg daarheen bedacht vader dat hij moest bellen naar wat hij zijn zakelijke contact in Duitsland noemde, Hopstock und Hopstock.

'Op onze feestdag!' zei moeder klagend.

'In Duitsland is het toch geen feestdag,' zei vader.

Hij ging snel een telefooncel op Studenterlunden binnen en vroeg ons alvast te gaan. In de cel draaide hij ons zijn rug toe en boog zich als het ware over de hoorn, alsof hij fluisterde. Moeder vroeg me terug te gaan om te luisteren of hij Duits of Noors sprak. Ze had zich mooi gemaakt met een wit pakje en zo'n feestelijk strikje en ze had haar haar getoupeerd en er versteviging in gedaan zodat die als piepkleine druppels op haar dunne haar lag. Ik moest wel doen wat ze zei. Ik liep helemaal tot aan de telefooncel waarin vader stond in hoed en jas, over de hoorn gebogen.

'Maar je moet toch begrijpen dat ik op een dag als deze bij hen hoor te zijn,' zei hij.

Meer hoorde ik niet, ik wilde ook niet meer horen. Ik had een feesttoeter met papieren franje en daar blies ik zo hard op dat mijn lippen stijf werden.

'Sprak hij Noors of Duits?' vroeg moeder en ze leek zin te hebben me door elkaar te schudden. Moeder heette Edel, haar tweede naam was Gustava, maar dat mocht niemand weten omdat ze die naam zo lelijk vond. Met dat Gustava-gezicht keek ze me aan. Ik zei dat hij Duits sprak, ze keek me wantrouwig met onderzoekende ogen aan, maar ik herhaalde dat ik niet snapte wat hij zei omdat ik zo veel vreemde, Duitse woorden hoorde. Toen kwam vader achter ons aan gehold, hij droeg glimmend gepoetste schoenen en een rode stropdas en zei dat we nu echt lekker van taartjes zouden gaan genieten.

Ik weet niet waarom ik nu juist dat voor me zie, maar ik zie het heel duidelijk. Ik herinner me de smaak van karton en plastic van de feesttoeter en hoeveel dorst ik van het toeteren kreeg.

'Heb je bier?'

Elisabeth Sørensen knikt. Ze zou knap stom zijn als ze denkt dat ze dat zelf mag gaan halen. Alsof ik niet begrijp wat er gebeurt als ze nu de kamer verlaat, dan rent ze naar buiten en verzint een manier om de politie te bellen, dan komen ze me halen en sluiten me op. Ik vraag of het bier in de koelkast staat, ze knikt weer. Ik vraag haar met me mee te gaan naar de keuken en ze loopt dicht tegen de wand aan, alsof ik levensgevaarlijk ben. Dat maakt me woest, maar ik kan me nog net beheersen. Er hangen magneetjes op de koelkast, ik was zo stom om dat de vorige keer niet te zien. Een van Elvis en een van de maagd Maria. Er hangen briefjes onder, onbetaalde rekeningen of data voor iets belangrijks waar ze naartoe moeten. In de koelkast heerst niet bepaald overvloed, ik zie alleen frambozenjam, Noorse geitenkaas, een grapefruit, ham en tacosaus. Op de plek van de tacosaus had ze beter moeten schoonmaken, het flesje heeft gelekt en rode vlekken gemaakt. Gelukkig staan er een paar biertjes, ook een fles witte wijn, maar wijn is bocht. Ik pak twee flesjes bier en geef er een aan haar. Ze staat op het punt nee te schudden, ik zie het, maar dan pakt ze het aan terwijl ze met opengesperde ogen naar me kijkt. Ze moet stoppen met dat gestaar, ik wil dat ze zich ontspant. Ze opent de la en pakt een flesopener. Ik wip de doppen eraf, neem een slok en vraag haar naar de boekenkamer terug te gaan.

Ze loopt voor me uit langs het verenmasker, de schilderijen en de kast waarop haar vaste telefoon staat. Ik merk dat de aanblik van de telefoon haar in de verleiding brengt, maar ze onderneemt niets. Ze loopt de kamer met de boeken binnen en gaat met haar rug naar de boekenkast staan. Ik neem plaats op de bank waarop zij zonet heeft geslapen. Ze denkt nog steeds dat ik dom ben, ze is vlak bij de tuindeur gaan staan en het is niet moeilijk te begrijpen wat ze aan het uitdokteren is.

'Proost,' zeg ik en ik hef het flesje.

Ze durft niets anders te doen dan wat ik van haar vraag. Ze zet de opening aan haar mond en kijkt naar me. Ze is geen bier gewend, dat is duidelijk. Ze slikt alsof ze moet boeren en veegt daarna haar mond af.

'Ik heb mijn vis opgegeten.'

'Wat?'

'Ik heb mijn goudvis opgegeten.'

'Hoe heet je?'

'Waarom denk je dat ik veel dommer ben dan jij?'

'Ik vraag alleen hoe je heet.'

'Je wilt mijn postcode zeker ook?'

Ze doet iets onverwachts, ze gaat naast me op de bank zitten. Ze drukt het bierflesje tegen zich aan, maar ik ben bang dat ze het tegen mijn hoofd zal slaan en ben voorzichtig.

Ze zet het flesje op de glazen tafel en ik zie dat haar pols trilt.

'Waarom wil je graag lelijk doen tegen de man met wie je getrouwd bent geweest?'

'Omdat hij tegen me heeft gelogen.'

'Waarover dan?'

'Over een andere vrouw.'

'Die hij wilde in plaats van jou?'

'Ja.'

'Bij wie hij nu is?'

'Ja.'

'Je geeft vast niet veel om die nieuwe vent van je als je aan die oude loopt te denken.'

'Als je mensen jarenlang hebt gekend, is het moeilijk om ze uit je hoofd te zetten.'

Ik heb zin om hard te lachen, hoe zacht ze ook praat. Haar buik of haar keel rommelt, dat vind ik niet leuk, maar ik zal proberen dat te vergeten. De kaars brandt in de kandelaar, het is volkomen stil, geen geluid, eindelijk kan ik me ontspannen en rustig zitten zonder met die verdomde fotoapparatuur te lopen zeulen en overal vogelgekwetter te horen. Een koud biertje heeft nog nooit zo lekker gesmaakt als hier op de bank in het rode huis.

Elisabeth Sørensen lag net te slapen, maar nu zit ze hier bij mij. Ze ruikt naar parfum en ik heb haar in bikini gezien, ik kan aanraken wat ik heb gezien, maar ik zal wachten. Ze heeft mooie zaken, mooie tieten en mooie dijen. Ze heeft geen ring aan haar vingers. Dat ze haar trouwring af heeft gedaan spreekt voor zich, maar waarom heeft die nieuwe vent haar geen ring gegeven? Ik dacht dat je dat als eerste deed, je vrouw een ring geven. Ze had nu stil moeten zijn, ze had haar mond moeten houden, maar ze begint te praten. Ze zegt dat ze begrijpt dat ik het moeilijk heb en dat iedereen wel eens problemen heeft, maar dat ze ziet dat ik een goeie kerel ben die niemand kwaad wil doen. Ze zegt niet 'kerel', ze zegt 'mens'. Dat ik een goed mens ben en dat we de tuin in kunnen gaan om daar de rest van het bier te drinken en een beetje lucht in het hoofd te krijgen.

'Je begrijpt verdikkeme ook helemaal niets.'

'Wat begrijp ik niet?'

Ik wil haar vertellen wat ik heb gezien als ik in een café of een pub zat na door de stad te hebben gesjouwd. Ik doe alsof ik een krant lees en dan is het heel vaak zo dat twee vrienden bij elkaar zitten te lachen en te praten en elkaar goed kennen, en opeens pakt de een zijn mobieltje en laat de ander een foto zien, en door die brutale opscheppergrijns is er geen enkele twijfel over wat hij laat zien. Soms gaat het mobieltje de pub rond en het zijn geen jonge jongens, het zijn volwassen mannen in nette kleren die knikken en grijnzen, hun vrouw had eens moeten weten.

Ik zou zoiets nooit hebben gedaan, ik zou die foto voor mezelf hebben gehouden, helemaal voor mezelf, voor altijd. Dat wil ik zeggen, ik wil haar bij haar schouders pakken, haar door elkaar schudden en tot haar door laten dringen dat ze blij zou moeten zijn dat ik niet zo'n smeerlap ben, maar ik kan geen woord uitbrengen.

Boven klinken voetstappen, er komt iemand de trap af.

ELISABETH

Dit mag niet gebeuren, ze mag niet naar beneden komen. Ik wil roepen dat ze moet maken dat ze naar boven komt en daar moet blijven. Ik kijk naar zijn opengehaalde handen en durf niet, het roepen lukt me niet. Het raast door mijn hoofd, beeld na beeld, ik heb geen idee hoe vaak Regine is opgestaan nadat ze nog maar een paar uur heeft geslapen. Ik herinner me de eerste keer alsof het gisteren was. We dachten dat ze alleen nog maar kon kruipen. Ze leerde niet vooruit te kruipen, maar achteruit, ze raakte steeds gefrustreerder omdat ze steeds verder van haar doel vandaan raakte. Na verloop van tijd leerde ze van wand naar wand te waggelen, maar ze waagde zich nooit op de trap. Toen Andreas en ik op een avond ieder met een krant in het rijtjeshuis zaten, hoorden we een heel ongewoon geluid, het was akelig, zoals nu, aangezien we het nooit eerder hadden gehoord.

Ze kwam achterwaarts de trap af gekropen, in berenpyjama, haar haar stond rechtovereind, ze had een slaapwang en blote voeten; we hoefden elkaar niet aan te kijken om te snappen dat we een wonder beleefden. Regine had ons zien traplopen, maar werd zelf gedragen. Op een avond nam ze het risico en daar stond ze, zo klein en warm, en ze kon iets wat ze nog nooit had gekund en haar ogen stonden wild.

Daar staat ze, ook nu met rechtovereind staand haar, een slaapwang en blote voeten. Het roze pyjamajasje is scheef geknoopt, ik zie iets wat me niet eerder is opgevallen, een zuigplek op haar hals. Die zit ver naar beneden, bijna op haar sleutelbeen, de plek werd vast verborgen door haar trui, maar hij is zo duidelijk als wat. De man die hier is binnengedrongen zal het ook wel zien, ik heb geen idee wat dat bij hem kan oproepen, maar ik moet haar weg zien te krijgen.

'Regine,' begin ik en ik wil opstaan, maar hij grijpt mijn arm en trekt me terug.

Regine staat daar maar, onbeschermd, overgeleverd met haar zuigplek. Ze lijkt geschrokken, maar niet zo erg als had gemoeten. Ik probeer te zien wat zij ziet, een vreemde kerel en mij met bierflesjes op tafel, briefjes van duizend op de vloer samen met een stukgescheurd boek, vakantiefoto's op de glazen tafel, van mij in bikini en van haar in de witte zomerjurk.

Ze moet zien dat ik bang ben en ze moet zien dat hij hier niet hoort te zijn, ze moet zelf doodsbang worden.

Ik wil dat ze verdwijnt, naar de buren, ver hiervandaan. Ik wil haar vragen te rennen, maar herinner me wat ik heb gehoord over honden, dat het laatste wat je moet doen is provoceren door te gaan rennen. Ik probeer een waarschuwing te geven met mijn blik, maar ze kijkt niet naar mij, ze kijkt naar hem.

'Jij bent die man die toen zijn brief heeft laten vallen.'

'Dat weet ik natuurlijk nog wel.'

'Heb je nu mijn portemonnee gevonden?'

'Wat bedoel je daarmee?'

'Jij liep toch achter ons op het pad? Naar de paarden. Ik was aan het rennen en heb daar mijn portemonnee verloren.'

'Ik heb je portemonnee toch niet!'

'Waarom ben je dan hier?'

Hij beweegt zijn lippen, maar zegt niets, het ronde gezicht maakt een verwarde indruk. Ik begrijp niet over welke brief ze het heeft en ik weet niet of ze haar portemonnee echt heeft verloren of dat ze dat gewoon verzint. Het maakt niet uit. Wat wel uitmaakt is dat ik zie hoe de uitdrukking die ik zo goed ken langzaam maar zeker sterker wordt, de uitdrukking die ze krijgt als volwassenen te ver gaan, die ze die keer kreeg toen ze klein was en haar tanden in de dij zette van de man die zijn hond sloeg. Ze is bezig op te bouwen wat wij altijd de Regine-woede noemen. Ik wil haar tegenhouden, maar ben te laat.

'Ben jij mij gevolgd?'

Hij antwoordt nu ook niet, maar hij zet het bierflesje met een klap weg voordat hij overeind komt.

'Verdomme, ben je me gevolgd? Lieve hemel, ik heb je zo vaak gezien. Ik heb je gezien als je aan het water vogels staat te fotograferen en ik heb je in de videotheek gezien. Weet je wat ik heb gedacht?'

'Hoe moet ik dat weten?'

'Ik heb gedacht dat die man die daar loopt een aardige kerel is. En dan ben je een varken. Ben je dat, een smerig varken?'

'Dat ben ik niet, nee! Maar je moeder kan niet goed op je passen.'

'Alsof er iemand op mij moet passen!'

Ze is zo recalcitrant en zo onvoorzichtig, ze is zo onbedorven en opgewonden, ze staat daar maar met haar normale manier van doen en heeft geen idee waar ze zich aan blootstelt, waar ze ons aan blootstelt. Hij heeft gore sms'jes gestuurd. Hij heeft gedronken. Hij heeft zijn goudvis opgegeten. Of hij zegt dat hij zijn goudvis heeft opgegeten. Een man die op zo'n manier praat, is ver van de wereld en Regine staat daar tegen hem te schreeuwen alsof hij zich in ons universum bevindt. Regine staat daar met een zuigplek, een verkeerd geknoopt jasje en de grijze joggingbroek waarin ze vaak slaapt. Er zit alleen een strik in de taille van haar broek.

'Regine, alsjeblieft, zeg niets,' begin ik, maar meer kan ik niet zeggen voordat hij zich naar me toe draait en roept dat ik mijn mond moet houden. Zijn gezicht is rood, hij zegt dat ik maar een verdomd zeurwijf ben dat niet knap meer is en dat hij, ook al zou dat mogen, niet zou hoeven. Hij zegt dat ik me er niet mee moet bemoeien aangezien ik er niets mee te maken heb. Zijn woorden raken me als een vuistslag in mijn maag, ze maken me misselijk en woedend. Ik wil niet gedwongen worden om te gaan zitten, ik wil nergens toe gedwongen worden in mijn eigen huis. Ik wil niet uitgeprobeerd worden. Ik wil opstaan en hem een schop verkopen, ik wil hem iets in het gezicht gooien, ik wil hem bespugen. Ik wil dat Regine weet dat hij onze sleutels en mijn mobieltje heeft, maar dat durf ik niet te zeggen, dan kan hij bedenken dat hij Regines mobieltje ook moet pakken.

Hij staat haar aan te staren alsof hij nog nooit zoiets heeft gezien en nergens anders naar kan kijken. Mijn hart bonkt zo dat het te horen moet zijn. Ik doe alsof ik mijn haar in orde breng, zo voorzichtig mogelijk simuleer ik 'telefoon' met mijn duim en pink, maar ze kijkt niet naar mij. Ze kijkt naar de foto's van ons die op de tafel tegen elkaar aan zijn gelegd, nu begint de situatie vermoedelijk tot haar door te dringen, nu moet ze niet in paniek raken en zijn ontstekingsmechanisme inschakelen.

'Heb je verkering met die vent?'

'Wat bedoel je?'

'Die zwarte vent die je zijn gang laat gaan. Heb je verkering met hem?'

Ze geeft geen antwoord. Ze is geschokt. Ze pakt de kraag van haar pyjamajasje vast, ze voelt wat hij ziet. Hij heeft haar met Kim gezien. Ergens is hij langs hen heen gelopen en heeft hen gezien. Regine en Karim Ibrahim Marsini. Die hier zonet hebben gezeten en zo optimistisch praatten over alles wat ze in de toekomst graag willen doen, alles wat ze hopen voor elkaar te krijgen. Die hier zojuist op de bank hebben gelegen en hun vingers in elkaars haar hebben gevlochten, die hier op die mooie manier hebben gelegen, de manier die iedereen hoopt te beleven. Regine is nog geen zestien, ze is klein, ze is mijn kind, vanaf haar geboorte heb ik geprobeerd veiligheid om haar heen te bouwen, ze hoort dit niet mee te maken, ze mag daar niet staan met die zuigplek zichtbaar, ze moet in haar bed liggen slapen.

'Hoor je niet wat ik je vraag?'

Ik sta op en deze keer is hij te laat om me neer te trekken. Mogelijk heb ik veel fouten gemaakt, maar hier hoef ik niet naar te luisteren, dat hij daar mijn dochter uitvraagt over zaken waarvan zelfs ik niets weet. Een vreemde kerel die niets bij ons te maken heeft, ik kan zijn aanwezigheid niet verdragen, dat gezette lijf niet, dat ronde gezicht, die opengehaalde handen met de mollige vingers, de blauwe badstof sokken, dat is zo ondraaglijk intiem. Ik kan me niet langer beheersen, ik durf hem geen duw te geven, maar ik stoot zo hard ik kan tegen de tafel zodat beide bierflesjes omvallen. Het bier dat eruit spat vraagt lang genoeg zijn aandacht om Regine mij een teken te laten geven. Ze strijkt met haar hand over de zak van haar joggingbroek. Ze doet het zonder mimiek, zonder me aan te kijken, het is alleen een handbeweging die iets wil zeggen, maar ik begrijp niet wat.

Het bier stroomt over de foto's, die meteen gaan bobbelen, het stroomt van de glasplaat op de krantenplank, die vol noties ligt, het schrift vervloeit. Het stroomt verder op het lichte vloerkleed, het is akelig om te zien, ik wil iets halen om het weg te vegen, dat bied ik aan.

'Komt niets van in, ga zitten! Kijk eens wat je hebt gedaan, als hier iémand een varken genoemd moet worden, dan is het je moeder!' zegt hij en hij kijkt naar Regine.

Ja, knikt ze.

'Geef antwoord op wat ik je heb gevraagd. Heb je verkering met die neger die met je stond te vrijen?'

'We hebben geen verkering, maar hij komt zo meteen.'

'Je liegt,' zegt hij, maar er komt iets onzekers in zijn blik.

Regine wijst op haar wang: 'Je hebt je gesneden.'

'Daar heb jij niets mee te maken.'

'Je hebt je daar gesneden. Het ziet er lelijk uit.'

'Daar moet jij je niet mee bemoeien. Er komen hier nu geen andere mensen.'

'Hij heet Karim Ibrahim, hij geeft les in kickboksen en hij is over een paar minuten hier. Hij belt niet aan, hij heeft zijn eigen sleutel.'

Dat klinkt waar, maar kan niet waar zijn, dat moet gewoon een strohalm zijn, iets wat ze verzint omdat ze net zo bang is als ik en wil proberen hem van de wijs te brengen. Als haar vriendje echt een eigen sleutel heeft en hier 's nachts komt, hebben ze achter mijn rug om gehandeld. Dan hebben ze me voor de gek gehouden en mijn vertrouwen misbruikt. Dat maakt niet uit, ik zal hun eeuwig dankbaar zijn als ze me nu voor de gek hebben gehouden. Het is de klassieke manier om ouders voor de gek te houden, daar bestaat sinds oudsher zelfs een apart woord voor, ik weet niet meer welk woord. Alleen al de gedachte dat Kim kan terugkomen, geeft me enorme hoop. Een jongen die ik niet ken, maar die groot en gespierd was en snel kon nadenken. Iemand die zich al eerder heeft moeten verdedigen. Iemand die het beste met Regine voorheeft, iemand die zo graag het beste voor haar wil dat hij haar een merkteken heeft toegebracht.

Hij is meer dan een uur geleden vertrokken, het is nacht, hij gaat naar school, hij komt hier nu niet weer naartoe. Regine verzint dit ongetwijfeld. Ze is bang, heel bang, geen twijfel mogelijk, ik zie het aan haar mondhoeken, maar ze steekt haar hand in haar zak en haalt haar mobieltje tevoorschijn.

Ik wil niet geloven wat ik zie.

Ze ontgrendelt het mobieltje, toetst iets in en geeft de telefoon aan hem; het allerdomste wat ze kan doen. Dan hebben we geen mobieltje meer om mee te bellen, geen telefoon om contact met iemand op te nemen.

Hij pakt hem aan en leest. Ik heb geen idee wat er staat en voel mijn spieren samentrekken. Ik verwacht dat hij zal ontploffen, iets zal schreeuwen, iets zal doen, een van ons zal aanvallen, maar hij geeft haar het mobieltje terug en blijft gewoon naar zijn bier staan staren dat in een plas op de glazen tafel ligt.

HENRY

Het bier stroomt van het tafelblad af en ik herinner me de klep die conciërge Trondsen op het fonteintje op het schoolplein plaatste voordat de vorst intrad. Die was van groen metaal en spits als een hoed en was er met harde schroeven opgeschroefd. Vanaf die dag kon je er niet meer uit drinken en dat was een teleurstelling, niet alleen omdat je niet meer kon drinken, maar omdat je niet meer naar het water kon kijken. Het was leuk om er, als niemand dronk, van een afstand naar te kijken, dan waren er twaalf openingen in een cirkel waaruit het water spoot. De straal was klein en slap, maar als je alleen was en wilde drinken, kon je twee gaten afsluiten en dan werd de straal sterker. Wanneer zes kinderen op hetzelfde moment hun handen erop legden en lang wachtten tot ze die er tegelijk van af haalden, was de druk zo groot dat de stralen als een metershoge zuil omhoogkwamen, en de druppels werden gebroken door de zon zodat ze flitsten en schitterden om vervolgens klein en armzalig naar beneden te vallen.

Ik heb daar nooit aan meegedaan, maar ik stond vaak toe te kijken.

Het water werd altijd afgesloten op de avond voordat de conciërge met de metalen kap zou komen. Op een keer ging ik terug naar het schoolplein, ik zorgde ervoor dat niemand me zag en probeerde het fonteintje te kussen door mijn lippen tegen een van de openingen te drukken waaruit het water moest komen. Het smaakte naar metaal en dat was niet lekker, het deed pijn en nog lange tijd daarna had ik geen gevoel in mijn lippen.

Wat Regine me nu laat zien is akelig.

Een sms waarmee ik niets te maken heb en die ik niet wil zien. Verstuurd op 19-09-2007. Het is geen donderdag meer, het is vrijdag geworden. Het is al na twaalven, de mensen liggen te slapen, maar die figuur in zijn capuchontrui schrijft 'Kom gauw naar je toe. Kizz'. Hij had op zijn minst kunnen leren normaal te schrijven, het moet 'kus' zijn, k-u-s.

Misschien probeert ze slim te zijn. Misschien heeft ze boven in bed gelegen en onze stemmen gehoord, de situatie begrepen en het bericht zelf ingetikt. Maar dan zou haar mobiele nummer eronder hebben gestaan, en dit nummer heb ik nog nooit gezien. Het begint met 93. Van een woestijnneger. Die haar niet alleen mag kussen, maar als een bloedzuiger bij haar sleutelbeen een merkteken heeft liggen zuigen. Dan is hij ook verder naar onderen bij haar geweest. Dat is niet goed. Zo hoort het niet te zijn. Zo hoorde het niet te gaan. Ik heb een dure camera gekocht, ik heb met tassen en rugzakken gezeuld, ik heb in allerlei weersomstandigheden buiten gestaan, ik was gedwongen bier uit een thermoskan te drinken, ik heb koude voeten gehad, koude handen, overal kou. Ik heb rondgesjouwd en pijn gehad omwille van haar, ben moe geweest omwille van haar, heb honger en dorst geleden omwille van haar. Ik heb op de zonnebank gelegen en hels gezweet. Ik heb eindeloos gewacht en haar knappe gezicht en mooie lichaam voor me gezien. Ik heb eindeloos nagedacht over hoe we elkaar zouden ontmoeten en wat we zouden zeggen. Ik heb veel varianten voor ogen gehad, maar geen daarvan was als deze, dat ze daar staat te zeggen dat hier een ander iemand naartoe zal komen.

Het bier houdt niet op met stromen, de foto's op tafel bobbelen zo dat je niet meer kunt zien wie erop staat. Ik hoef geen foto's te zien, dat is gewoon onzin die ik heb bedacht. De moeder in bikini, wie geeft er nu om een moeder in bikini? Regine staat voor me en dat is meer dan genoeg. Je de oogkleur van mensen herinneren is lastig, die zie je pas als je heel dichtbij komt, die van mij is een mix van blauw en grijs. Dat staat in mijn paspoort. Oogkleur: grijsblauw. Die van Regine is zo blauw, zo blauw, maar ze stelt me nu teleur.

Alsof ze denkt dat er iets mis is met mijn IQ.

Alsof ze denkt dat mij kwijtraken een fluitje van een cent is.

'Kom gauw naar je toe. Kizz.'

Dat kan morgen of een andere dag betekenen, dat hoeft niet vannacht te betekenen. Hoe dan ook, ik hoef die capuchontrui-jongen niet te ontmoeten en ik wil Elisabeth Sørensen niet zo dicht bij me hebben, ze ademt zo snel dat ik gestrest raak door ernaar te luisteren. Er is iets aan de hand met zulke vrouwen, ze denken dat ze alles en iedereen kunnen sturen, bepaalde dingen hebben ze nooit geleerd.

Ik ben zo verdomde moe. Ik moet gaan liggen en eindelijk een beetje rust krijgen. Ik moet opnieuw beginnen, dat moet ik doen. Ik moet opnieuw beginnen zodat Regine eindelijk de kans krijgt te begrijpen dat wat ik wil mooi is.